Diogenes Taschenbuch 20412

detebe

JULES VERNE
ROBUR - LE - CONQUÉRANT
DESSINS PAR L.
C. W.

Jules Verne

Robur der Eroberer

Übersetzt von Peter Laneus
Mit achtundvierzig Illustrationen
von L. Benett

Diogenes

Der Titel des Originals lautet
›Robur-le-Conquérant‹ (J. Hetzel, Paris 1886)
Die Illustrationen sind der
französischen Erstausgabe entnommen
Die Erstausgabe dieser Neuübersetzung erschien 1970
im Diogenes Verlag

Veröffentlicht als Diogenes Taschenbuch, 1977

60/82/29/3
ISBN 3 257 20412 4

Inhalt

ERSTES KAPITEL

AUS DEM GELEHRTE SO WENIG KLUG WERDEN WIE IGNORANTEN

Piff! – Paff!

Die beiden Pistolenschüsse gingen beinahe gleichzeitig los. Eine der Kugeln saß im Rückgrat der Kuh, die fünfzig Schritt entfernt vorbeitrottete. Nichtsdestoweniger hatte sie mit der Geschichte nichts zu tun.

Die Gegner blieben aber beide unversehrt.

Wer waren die zwei Herren? Das weiß man nicht, obwohl hier fraglos die Gelegenheit gewesen wäre, ihre Namen der Nachwelt zu hinterlassen. Alles, was man sagen kann, ist dies: der ältere war ein Engländer, der jüngere ein Amerikaner.

Leichter ist es jedoch, die Stelle zu bezeichnen, an der jener friedliche Wiederkäuer sein letztes Büschel Gras abrupfte. Es geschah am rechten Ufer des Niagara, unweit der Hängebrücke, die das amerikanische Ufer mit dem kanadischen verbindet, drei Meilen unterhalb der Fälle.

Der Engländer ging jetzt auf den Amerikaner zu.

»Dennoch bleibe ich dabei, daß es die ›Rule Britannia‹ war!« sagte er.

»Nein! Der ›Yankee Doodle‹!« erwiderte der andere.

Der Streit wollte von neuem beginnen, als einer der Sekundanten – ohne Zweifel im Interesse des Viehbestandes – mit den Worten dazwischentrat:

»Wir wollen annehmen, daß es die ›Rule Doodle‹ *und* der ›Yankee Britannia‹ war, und frühstücken gehen!«

Dieser Kompromiß zwischen den beiden Nationalgesängen von Amerika und Großbritannien wurde zu allseitiger Zufriedenheit angenommen. Gegen den Strom gingen Amerikaner und Engländer das linke Ufer des Niagara hinauf und setzten sich im Hotel auf der Ziegeninsel, einem neutralen Gebiet zwischen den beiden Fällen, zu Tisch. Da sie nun mit gekochten Eiern, dem traditionellen Schinken, kaltem Roastbeef, das mit scharfen Pickles gewürzt ist, und mit Fluten von Tee beschäftigt sind, welche die berühmten Katarakte neidisch machen könnten, wollen wir sie nicht weiter belästigen. Im übrigen ist wenig wahrscheinlich, daß von den beiden noch einmal die Rede sein wird in dieser Geschichte.

Wer aber hatte recht, der Engländer oder der Amerikaner? Schwer zu sagen. Auf jeden Fall zeigt dies Duell, wie arg sich die Geister nicht allein in der Neuen, auch in der Alten Welt über ein unerklärliches Phänomen erhitzt hatten, das seit etwa einem Monat die Leute aus der Fassung brachte.

... Os sublime dedit coelumque tueri,

hat Ovid zur höchsten Ehre des Menschen gesagt. In Wahrheit war der Himmel nie so betrachtet worden, seit der Mensch auf dem Erdball erschienen.

Gerade in der voraufgegangenen Nacht hatte über der Gegend von Kanada, die zwischen dem Ontariosee und dem Eriesee liegt, eine Lufttrompete ihre metallenen Töne durch den Raum schallen lassen. Die einen hatten den ›Yankee Doodle‹, die andern die ›Rule Britannia‹ gehört. Daher dieser Streit von Angelsachsen, der mit einem Frühstück auf der Ziegeninsel endete. Sollte es sich zu guter Letzt weder um den einen noch um den anderen dieser beiden patriotischen Gesänge gehandelt haben? Unzweifelhaft hingegen war für jedermann, daß dieser sonderbare Klang höchst seltsam vom Himmel herab zur Erde tönte.

Mußte man gar an eine himmlische Posaune glauben, die ein Engel oder Erzengel blies? Waren es nicht doch eher muntere Luftschiffer, die das volltönende Instrument spielten, welches der Öffentlichkeit so gewaltig in den Ohren dröhnte?

Nein! Da war kein Ballon, da waren keine Luftschiffer. In den oberen Zonen des Himmels war ein staunenerregendes Phänomen zutage getreten – ein Phänomen, dessen Art sich ebensowenig erkennen ließ wie sein Ursprung. Heute erschien es über Amerika, achtundvierzig Stunden später über Europa, acht Tage danach in Asien über dem Himmlischen Reiche. Wahrhaftig, wenn die Trompete, die ihren Vorüberzug kundtat, nicht zum Jüngsten Gericht gehörte, was war sie dann?

So entstand in allen Ländern der Erde, ob Königreiche oder Republiken, eine gewisse Unruhe, die es auszuräumen galt. Wenn Sie in Ihrem Haus befremdlichen und unerklärlichen Lärm vernähmen, würden Sie nicht versuchen, die Ursache dieses Lärms schnellstens zu ergründen, und würden Sie nicht, wenn die Untersuchung zu nichts führt, Ihr Haus verlassen, um in einem anderen zu wohnen? Sicher doch! In diesem Fall war das Haus jedoch der Erdball. Da gibt's kein Mittel, sich auf den Mond, auf Mars, Venus, Jupiter oder überhaupt einen anderen Planeten des Sonnensystems abzusetzen. Man mußte also herausfinden, was vor sich ging, nicht in ferner Unendlichkeit, sondern in den Zonen der Atmosphäre. In der Tat, ohne Luft kein Lärm; und weil es ein Geräusch gab – noch immer die berüchtigte Trompete –, hieß dies, daß sich die Erscheinung innerhalb der Luftschicht abspielte, deren Dichte rasch abnimmt und die sich nicht höher als bis auf zwei französische Meilen rings um unser Sphäroid ausdehnt.

Tausende von populären Blättern bemächtigten sich natürlich der Frage, handelten sie in allen ihren Möglichkeiten ab, erhellten sie oder verdunkelten sie, berichteten wahre oder falsche Tatsachen, alarmierten oder beschwichtigten – im Interesse der Auflage – ihre Leser und wühlten schließlich die leicht närrisch gemachten Massen auf. Damit war das Problem wieder ein irdisches geworden, und die Geschäfte gingen deswegen auch nicht schlechter. Aber um was handelte es sich eigentlich?

Die Observatorien der ganzen Welt wurden um Auskunft gebeten. Wenn sie die Antwort schuldig blieben, wozu wären dann Observatorien gut? Wenn die Astronomen, die bis auf hunderttausend Milliarden von Meilen Sterne unterscheiden und ihre Position bestimmen, außerstande wären, den Ursprung eines kosmischen Phänomens in der Höhe von nur einigen Kilometern festzustellen, wozu wären dann Astronomen gut?

Was obendrein an Teleskopen, Brillen, Ferngläsern, Lorgnetten, Binokeln und Monokeln in schönen Sommernächten gegen den Himmel gerichtet wurde, wie viele Augen am Okular von Instrumenten aller Reichweite und aller Größe hingen, ließ sich nicht abschätzen. Mag sein Hunderttausende, wenn nicht mehr. Zehnmal, zwanzigmal mehr, als man mit bloßen Augen am Himmel Sterne zählen kann. Nein, keine von allen Punkten des Globus gleichzeitig beobachtete Sonnenfinsternis war je ein solches Volksfest gewesen.

Die Observatorien antworteten, aber nicht zufriedenstellend. Jedes trug eine Meinung vor, aber jedes eine andere. Daher der interne Krieg in der gelehrten Welt während der letzten Wochen des April und der ersten des Mai.

Das Observatorium von Paris gab sich sehr reserviert. Keine der Abteilungen sprach sich aus. In der Sektion für mathematische Astronomie hatte man Beobachtungen verschmäht, in der Sektion für Meridianberechnungen nichts entdeckt, in der für physikalische Beobachtungen nichts wahrgenommen, in der Geodäsie nichts bemerkt, in der Meteorologie nichts vorausgesehen – die Kalkulatoren schließlich hatten auch nichts gesehen. Wenigstens das wurde frank und frei eingestanden. Ebenso frank und frei paßten das Observatorium von Montsouris und die magnetische Station im Park Saint-Maur. Derselbe Respekt vor der Wahrheit im Büro der Längengrade. Wahrhaftig, Frankreich kommt von ›frank‹.

Die Provinz war ein wenig aussagefreudiger. Möglicherweise war in der Nacht auf den 7. Mai ein Lichtschein elektrischen Ursprungs für die Dauer von nicht mehr als zwanzig Sekunden aufgetaucht. Tief im Süden hatte sich dieser Lichtschein zwischen neun und zehn Uhr abends gezeigt.

Im meteorologischen Observatorium von Puy-de-Dôme war er zwischen ein und zwei Uhr morgens erspäht worden, am Mont Ventoux in der Provence zwischen zwei und drei Uhr, in Nizza zwischen drei und vier Uhr, am Semnoz schließlich, zwischen Annecy, Le Bourget und am Léman in dem Augenblick, als die Morgendämmerung den Zenit aufhellte.

Es leuchtet ein, daß sich diese Beobachtungen nicht insgesamt verwerfen ließen. Kein Zweifel, daß der Lichtschein im Verlaufe von einigen Stunden an verschiedenen Stellen hintereinander beobachtet worden war. Also wurde er entweder von mehreren Quellen erzeugt, welche die irdische Atmosphäre durcheilten, oder die Quelle, sofern der Schein von nur einer einzigen hervorgebracht wurde, vermochte sich mit einer Schnelligkeit zu bewegen, die bei gut zweihundert Kilometern pro Stunde liegen mußte.

Aber hatte man bei Tage nie irgend etwas Ungewöhnliches in der Luft gesehen?

Nie.

Hatte sich wenigstens die Trompete in den Lüften vernehmen lassen?

Nicht den geringsten Ton hatte die Trompete zwischen Sonnenaufgang und -untergang erschallen lassen.

Im Vereinigten Königreiche war man sehr verlegen. Die Observatorien konnten sich nicht einigen. Greenwich zeigte sich außerstande, mit Oxford ins Einvernehmen zu gelangen, wiewohl beide Seiten versicherten, die Sache beruhe auf nichts.

»Optische Täuschung!« sagten die einen.

»Akustische Täuschung!« versetzten die andern.

Darüber ging der Disput. In jedem Fall: eine Täuschung.

Dank dem Observatorium von Berlin und dem von Wien drohte die Diskussion internationale Verwicklungen heraufzubeschwören. Aber Rußland, in Gestalt des Direktors vom Observatorium zu Pulkowa, bewies, daß beide Parteien recht hatten; das hing lediglich von dem Standpunkt ab, von dem aus man sich anschickte, die Natur der Erscheinung zu determinieren: In der Theorie war sie unmöglich, in der Praxis aber möglich.

In der Schweiz, im Observatorium am Säntis im Kanton Appenzell, am Rigi, am Gäbris, in den Warten am Sankt Gotthard, am Sankt Bernhard, am Julier, am Simplon, in Zürich, im Somvix in den Schweizer Alpen, bewies man äußerste Zurückhaltung einem Geschehnis gegenüber, das niemand hatte bestätigen können, was denn auch vernünftig ist.

Aber in Italien zögerten die Beobachter in den meteorologischen Stationen am Vesuv, der Warte am Ätna, die in der alten Casa Inglese eingerichtet worden ist, und in der Warte am Monte Cavo durchaus nicht, das Phänomen als materiell anzuerkennen, mit Rücksicht darauf, daß es ihnen vergönnt gewesen war, dieses zu sehen: eines Tages in

Form eines kleinen Dampfkringels, eines Nachts in Gestalt einer Sternschnuppe. Übrigens hieß das nur: sie wußten rein gar nichts.

In Wahrheit begann das Geheimnis die Männer der Wissenschaft zu ermüden, während es weiterhin Erregung und Schrecken verbreitete selbst im geringen Volk und unter Ignoranten, die auf dieser Welt die erdrückende Mehrheit bilden, gebildet haben und bilden werden, dank einem der weisesten Gesetze der Natur. Astronomen und Meteorologen hätten also darauf verzichtet, sich mit der Frage zu befassen, wenn nicht für die Nacht auf den 27. die Norweger vom Observatorium zu Kantokeino in Finnmarken einerseits und die Schweden im Observatorium von Isfjord auf Spitzbergen für die Nacht auf den 29. andererseits einmütig folgenden Vorfall bezeugt hätten: das Auftauchen einer Art von großem Vogel oder Luftungeheuer im Nordlicht. Wenn es auch nicht möglich gewesen war, seinen Bau klar zu erkennen, so war doch immerhin unzweifelhaft, daß jener Körper kleine Partikeln von sich geschleudert hatte, die wie Bomben detonierten.

In Europa wollte man die Beobachtung der Stationen in Finnmarken und auf Spitzbergen nicht in Frage stellen. Das größte Aufsehen erregte die ganze Geschichte jedoch dadurch, daß Schweden und Norweger über diesen Punkt überhaupt hatten Einigkeit erzielen können.

In allen Observatorien Südamerikas wurde über

die vermeintliche Entdeckung gelacht, in Brasilien, in Peru wie am La Plata, Lachen in Australien, in Sydney, Adelaide, Melbourne. Und was steckt mehr an als das Lachen der Australier!

Kurzum, nur einen Direktor einer Wetterwarte gab es, der sich zu einer konkreten Stellungnahme verstand, ungeachtet des beißenden Spotts, den er nach schließlicher Klärung der Vorfälle möglicherweise hätte auf sich ziehen können. Um einen Chinesen handelte es sich, den Direktor der Warte in Zi-Ka-Wey, welche inmitten klarer Luft wenigstens zehn französische Meilen vom Meer entfernt auf einer weiten Ebene mit unermeßlichem Horizont liegt.

»Es könnte sein«, sagte dieser, »daß das fragliche Objekt ganz schlicht ein aviatorischer Apparat ist, eine fliegende Maschine!«

Welch gelungener Scherz!

Doch wenn schon in der Alten Welt die Kontroversen lebhaft ausgetragen wurden, so kann man sich vorstellen, wie sie in jener Hälfte der Neuen Welt ausfallen mußten, deren größten Teil die Vereinigten Staaten einnehmen.

Ein Yankee, wie man weiß, läuft nicht zickzack. Er schlägt nur einen Weg ein, und im allgemeinen den, der direkt zum Ziel führt. Auch die Observatorien der amerikanischen Föderation zögerten nicht, sich ihre Standpunkte mitzuteilen. Wenn man sich dabei die Objektive nicht an den Kopf warf, so nur, weil sie dann just in dem Moment zu ersetzen gewesen wären, wo man ihrer am dringendsten bedurfte.

In dieser so kontroversen Frage boten die Observatorien von Washington im Distrikt Columbia und von Cambridge im Staate Duna dem Observatorium des Darmouth-College in Connecticut und dem von Aun-Arbor in Michigan die Stirn. Gegenstand ihres Disputes war freilich nicht die Natur des beobachteten Körpers, sondern der genaue Zeitpunkt der jeweiligen Beobachtung; denn alle behaupteten, das geheimnisvolle Mobil in derselben Nacht, derselben Stunde, derselben Minute, derselben Sekunde festgestellt zu haben, obwohl die Höhe seiner Flugbahn nur mäßig über dem Horizont gelegen hatte. Nun ist aber die Entfernung von Connecticut nach Michigan und von Duna nach Columbia groß genug, um diese doppelte Beobachtung im selben Augenblick als ein Ding der Unmöglichkeit erscheinen zu lassen.

Dudley in Albany, Staat New York, und die Militärakademie Westpoint setzten ihre Kollegen durch eine Berechnung des geraden Aufstiegs und der Abweichung des besagten Körpers ins Unrecht.

Aber später stellte sich heraus, daß die Beobachter sich in dem Körper geirrt hatten, weil er nichts als ein Bolide gewesen war, der die mittlere Luftschicht durchquert hatte. Dieser Bolide konnte also nicht das strittige Objekt sein. Wie hätte der Bolide auch Trompete blasen sollen?

Was die Trompete betraf, so versuchte man vergeblich, ihre schmetternde Fanfare als akustische Täuschung abzutun. Die Ohren irrten sich hierin so wenig wie die Augen. Unzweifelhaft hatten die Augen gesehen, unzweifelhaft die Ohren gehört. In der Nacht auf den 13. Mai konnten Beobachter in der zur Yale University gehörenden Sheffield Scientific School einige Viervierteltakte einer musikalischen Phase in A-dur festhalten, die Note für Note und im exakten Rhythmus den Refrain von ›Chant du Départ‹ ergab.

»Vortrefflich«, meinten die Witzbolde, »ein französisches Orchester also, das die Lüfte unsicher macht!«

Aber witzeln heißt nicht antworten. Dies war's, was das von der ›Atlantic Iron Works Society‹ gegründete Observatorium in Boston zu bemerken wußte, dessen Ansichten über Fragen der Astronomie und Meteorologie in der gelehrten Welt wie Gesetze zu wirken anfingen.

Da intervenierte das Observatorium von Cincinnati, das 1870 dank der Großzügigkeit eines Mr. Kilgoor auf dem Berge Lookout eingerichtet worden war und sich durch seine mikrometrischen Bestimmungen von Doppelsternen hohes Ansehen erworben hatte. In vollstem Glauben erklärte sein Direktor, daß sicherlich an der Sache etwas sei, daß irgendein Mobil in ziemlich nah beieinanderliegenden Zeitabständen sich an verschiedenen Punkten innerhalb der Atmosphäre zeige, daß aber über die Art dieses Mobils, über Ausmaße, Schnelligkeit und Flugbahn Aussagen zu treffen unmöglich sei.

Ein Journal von außerordentlicher Verbreitung, der ›New York Herald‹, erhielt von einem Abonnenten folgenden nicht gezeichneten Leserbrief:

›Noch ist der Streit nicht vergessen, der vor einigen Jahren zwischen den beiden Erben der Begum[1] von Ragginahra entbrannte, dem französischen Arzt Sarrasin aus Franceville und dem deutschen Ingenieur Schultze aus Stahlstadt, welche beide Städte im südlichen Teil von Oregon, Vereinigte Staaten, liegen.

Ebensowenig dürfte vergessen sein, daß Herr Schultze, um Franceville zu zerstören, eine furchtbare Maschine abfeuerte, die über der französischen Stadt niedergehen und sie mit einem Schlag vom Erdboden tilgen sollte.

Nicht minder dürfte in Erinnerung geblieben sein, daß diese Maschine, deren Anfangsgeschwindigkeit beim Austritt aus der Mündung der Monsterkanone schlecht kalkuliert worden war, sechzehnmal schneller flog als gewöhnliche Geschosse, nämlich mit einer Geschwindigkeit von 150 Meilen pro Stunde, und daß sie nicht auf die Erde zurückgefallen ist, sondern wie ein Meteor um unseren Globus kreist und ewig kreisen muß.

[1] Siehe Jules Verne, Die 500 Millionen der Begum, Diogenes Verlag Zürich.

Warum sollte der fragliche Körper, dessen Existenz nicht geleugnet werden kann, nicht jene Maschine sein?‹

Ganz ausgesprochen ein genialer Kopf, dieser Abonnent des ›New York Herald‹. Und die Trompete? ... Eine Trompete hatte Herr Schultze doch nicht in sein Projektil eingebaut!

All diese Erklärungen erklärten also nichts, all diese Beobachter beobachteten schlecht.

Blieb immer noch die Hypothese, die der Direktor von Zi-Ka-Wey aufgestellt hatte. Aber die Meinung eines Chinesen ...!

Ein Irrtum auch, anzunehmen, daß die Öffentlichkeit der Alten und der Neuen Welt der Frage schließlich überdrüssig geworden wäre. Nein, die Diskussionen liefen prächtig weiter, ohne daß je Übereinstimmung erzielt worden wäre. Und trotzdem gab es einmal eine Ruhepause. Ein paar Tage gingen vorbei, ohne daß jenes Objekt, Bolide nun oder etwas anderes, gemeldet worden wäre, ohne daß ein Ton aus der Trompete sich hätte in den Lüften hören lassen. War der Körper etwa über einem Punkt der Erde abgestürzt, an dem seine Spur nur schwer aufzufinden gewesen wäre – ins Meer zum Beispiel? Ruhte er in den Tiefen des Atlantischen, des Pazifischen, des Indischen Ozeans? Zu welchem Schluß sollte man jetzt gelangen?

Aber da ereignete sich zwischen dem 2. und dem 9. Juni eine Serie neuerlicher Zwischenfälle, die durch die Existenz eines kosmischen Phänomens allein unmöglich zu erklären waren.

Innerhalb von acht Tagen konnten die Hamburger an der Spitze des Turmes von Sankt Michael, die Türken auf dem höchsten Minarett der Hagia Sophia, die Bürger von Rouen hoch an der metallenen Spitze ihrer Kathedrale, die Straßburger auf dem höchsten Punkt des Münsters, die Amerikaner auf dem Kopf der Freiheitsstatue an der Einfahrt zum Hudson und auf dem Scheitel des Washington-Denkmals in Boston, die Chinesen auf dem Dach der Fünfstockpagode in Kanton, die Hindus an der sechzehnten Etage der Pyramide ihres Tempels in Tandschur, die Gemeinde von San Pietro am Kreuz der Peterskirche in Rom, die Engländer am Kreuz von St. Paul in London, die Ägypter in dem spitzen Winkel der großen Pyramide von Gizeh, die Pariser 300 m hoch am Blitzableiter des Eiffelturmes – einen Wimpel sehen, der an jedem dieser schwer zugänglichen Punkte flatterte.

Und dieser Wimpel war aus schwarzem Etamin, übersät mit Sternen, eine goldene Sonne in der Mitte.

ZWEITES KAPITEL

IN DEM DIE MITGLIEDER DES WELDON-INSTITUTES DISPUTIEREN, OHNE EINIG ZU WERDEN

»Der erste, der das Gegenteil behauptet...«

»Wahrhaftig!... Aber es wird behauptet werden, wenn Grund dafür vorhanden ist!«

»Und allen Ihren Drohungen zum Trotz...!«

»Hüten Sie Ihre Zunge, Bat Fyn!«

»Und Sie die Ihre, Onkel Prudent!«

»Ich stehe dafür, die Schraube darf hinten nicht sein!«

»Wir auch... wir auch!« riefen fünfzig Stimmen einmütig durcheinander.

»Nein! Vorn muß sie sein!« schrie Phil Evans.

»Vorn!« antworteten fünfzig andere Stimmen in nicht geringerer Lautstärke.

»Niemals werden wir gleicher Ansicht sein!«

»Niemals! Niemals!«

»Was also soll der Disput überhaupt?«

»Das ist kein Disput!... Eine Diskussion ist das!«

Unerhörte Widerreden, Protestrufe und Zornausbrüche erfüllten seit einer guten Viertelstunde den Sitzungssaal. Der Saal, soviel ist unbestritten, war der größte im Weldon-Institut, dem allseits angesehenen Klub an der Walnut-Street zu Philadelphia im Staate Pennsylvanien, Vereinigte Staaten von Amerika.

Nun war es am Abend zuvor anläßlich der Wahl des Gaslaternen-Anzünders in der Stadt zu öffentlichen Kundgebungen gekommen, zu hitzigen Volksaufläufen und Tätlichkeiten auf beiden Seiten. So waren die Gemüter noch in Aufruhr, und auch die Überreiztheit, die die Mitglieder des Weldon-Instituts an den Tag legten, mochte daher rühren. Nichtsdestoweniger handelte es sich hier lediglich um eine Versammlung von Luftschiffern, die über die auch heute noch brennende Frage der Lenkbarkeit von Ballons debattierten.

Dies trug sich in einer Stadt der Vereinigten Staaten zu, deren jähes Wachstum selbst die Entwicklung von New York, Chicago, Cincinnati und San Francisco überflügelt hatte – einer Stadt, die jedoch keinen Hafen hat und weder ein Schwerpunkt in der Förderung von Kohle oder Öl noch eine Ballung von Industrie noch ein Knotenpunkt des Eisenbahnnetzes ist – einer Stadt größer als Berlin, Manchester, Edinburg, Liverpool, Wien, Petersburg oder Dublin – einer Stadt mit einem Park, in dem die sieben Parks der Hauptstadt von England zusammen Platz hätten – einer Stadt schließlich, die derzeit an die zwölfhunderttausend Seelen zählt und sich die vierte Stadt der Welt nach London, Paris und New York nennt.

Mit seinen Häusern im großen Stil und seinen öffentlichen Bauten, die keine Rivalen haben, ist Philadelphia beinahe eine Stadt aus Marmor. Das bedeutendste aller Colleges der Neuen Welt ist das Girard College, und es liegt in Philadelphia. Die längste Eisenbrücke der Welt ist die Brücke über den Schuylkill, und sie steht in Philadelphia. Der schönste Tempel der Freimaurer ist der Tempel in Philadelphia. Der größte Klub der Adepten der Luftschiffahrt schließlich ist ebenfalls in Philadelphia zu finden. Und wer Lust hatte, ihn an diesem Abend des 12. Juni zu besuchen, der ist dort wohl auf seine Kosten gekommen.

Gestikulierend, debattierend, diskutierend, räsonierend stießen und drängten sich in dem großen Saal – alle mit dem Hut auf dem Kopf – gut hundert Luftschiffer unter der hohen Autorität eines Präsidenten, dem ein Sekretär und ein Schatzmeister assistierten. Keineswegs waren sie Ingenieure von Beruf. Nein, schlichte Amateure in allen Fragen der Aerostatik, aber enragierte Amateure und erklärte Feinde aller, die da dem Ballon mit Apparaten ›schwerer als Luft‹ Konkurrenz machen wollten, mit Flugmaschinen, Schwebeschiffen oder was auch immer. Schwer vorzustellen, daß diese braven Leute je die Technik finden würden, einen Ballon zu dirigieren. Hatte doch der Präsident schon seine Not, die versammelten Herren selbst zu dirigieren.

Der Präsident, wohlbekannt in ganz Philadelphia, war der famose Onkel Prudent. Prudent lautete sein Familienname. Was den Zusatz Onkel betrifft, so ist er nicht weiter verwunderlich für Amerika, wo man Onkel sein kann, ohne einen Neffen oder eine Nichte aufzuweisen. Onkel sagt man dort, wie man anderswo Vater sagt, zu Leuten, die niemals auch nur einen Finger gerührt haben, um sich diesen Namen zu verdienen.

Onkel Prudent war eine beachtliche Persönlichkeit und war, obwohl sein Name Umsichtigkeit herbeizitieren will, von sprichwörtlicher Verwegenheit. Obendrein sehr reich, was niemals schadet, auch in den Vereinigten Staaten nicht. Und wie hätte er es nicht sein sollen, wo er doch einen großen Teil der Niagara-Falls-Aktien besaß? Zu jener Zeit hatte sich nämlich in Buffalo eine Gesellschaft von Ingenieuren zur wirtschaftlichen Ausbeutung der Fälle zusammengeschlossen. Ein blühendes Geschäft. Die 7500 Kubikmeter Wasser, die der Niagara pro Sekunde verdrängt, erzeugen 7 Millionen Pferdestärken. Die Verteilung dieser ungeheuren Energie auf sämtliche Fabriken in einem Umkreis von 500 Kilometern erbrachte jährlich 1500 Millionen Francs, wovon ein Teil in die Kassen der Gesellschaft zurückfloß und insbesondere in die Taschen von Onkel Prudent. Zudem war er Junggeselle, lebte einfach und hielt außer seinem Diener Frycollin, der kaum würdig war, in Diensten bei einem derart kühnen Herrn zu stehen, keinerlei Hauspersonal. Solche Ungereimtheiten gibt es nun einmal. – Daß Onkel Prudent Freunde hatte, versteht sich, da er reich war, von selbst; aber Feinde hatte er auch, da er Präsident des Klubs war – unter anderen alle, welche ihm dies Amt neideten. Zu seinen grimmigsten Widersachern gehörte der Sekretär des Weldon-Instituts.

Phil Evans hieß dieser, ebenfalls steinreich, da er die ›Walton Watch Company‹ leitete, eine bedeutende Uhrenfabrik, die täglich 500 Gehwerke herstellte und deren Produkte den besten der Schweiz vergleichbar waren. Phil Evans hätte also als einer der glücklichsten Menschen auf der Welt und sogar in den Vereinigten Staaten gelten können, hätte nicht Onkel Prudent diesen Posten gehabt. Wie dieser war Phil Evans fünfundvierzig Jahre alt, wie dieser von unverwüstlicher Gesundheit, wie dieser von unbestreitbarer Verwegenheit, wie dieser wenig geneigt, die sicheren Vorteile seines Junggesellenstandes gegen die zweifelhaften Vorteile eines Ehelebens einzutauschen. Zwei Männer also, wie geschaffen, um sich zu verstehen, doch verstanden sie sich nicht. Beiden, es muß gesagt werden, war ein extremer Charakter eigen, von grimmiger Hitze bei Onkel Prudent, von grimmiger Kälte bei Phil Evans.

Und wie kam es, daß Phil Evans nicht zum Präsidenten des Klubs gewählt worden war? Onkel Prudent und er hatten die gleiche Stimmenzahl erzielt. Zwanzigmal war man zur Stichwahl geschritten, und zwanzigmal konnte keiner von beiden die Mehrheit erlangen. Eine kitzlige Situation, die länger hätte währen können als das Leben beider Kandidaten.

Ein Mitglied des Klubs schlug schließlich ein Mittel vor, das Problem der Stimmengleichheit zu lösen. Jem Cip war der Kluge, Schatzmeister des Weldon-Instituts und überzeugter Vegetarier, anders ausgedrückt einer von diesen Grünzeuglern, von diesen Vorkämpfern der Proskription jeglicher tierischer Nahrung und aller gegorenen Getränke, Brahmanen halb und halb auch Muselmanen. Den Niewman, Pitman, Ward, Davie, deren Namen für diese Sekte zahmer Narren glänzen, machte Jem Cip ernste Konkurrenz.

Im vorliegenden Fall erhielt Jem Cip durch ein anderes Klubmitglied Unterstützung, durch William T. Forbes, Direktor einer großen Fabrik, in der Glukose durch Behandlung von Lumpen mit Schwefelsäure hergestellt – respektive Zucker aus alter Wäsche gewonnen wurde. Auch William T. Forbes war ein wohlsituierter Herr, Vater von zwei reizenden alten Jungfern, nämlich Miss Dorothee, genannt Doll, und Miss Martha, genannt Mat, die in der besseren Gesellschaft von Philadelphia den Ton angaben.

Unterstützt durch William T. Forbes und einige andere, führte der Vorschlag von Jem Cip zu dem Beschluß, durch ein ›Mittelpunktverfahren‹ zu einem Klubpräsidenten zu kommen.

Tatsächlich könnte dieser Wahlmodus in all den Fällen Anwendung finden, wo es den Würdigsten zu küren gilt, und eine Anzahl großzügig denkender Amerikaner träumte bereits davon, den Präsidenten der Vereinigten Staaten nach diesem Verfahren wählen zu lassen.

Auf zwei blendend weißen Tafeln war eine

schwarze Linie gezogen worden. Die Länge jeder dieser Geraden war mathematisch völlig gleich, denn man hatte sie mit einer Genauigkeit ermittelt, als wäre es um die Basis eines Vermessungsdreiecks gegangen. Sobald dies geschehen war, wurden die beiden Tafeln in der Mitte des Sitzungssaales aufgestellt, die beiden Konkurrenten bewaffneten sich mit einer spitzen Nadel und gingen gleichzeitig auf die ihnen bestimmte Tafel los. Wer von den beiden Anwärtern seine Nadel der Mitte der Geraden am nächsten placierte, der sollte zum Präsidenten des Weldon-Institutes proklamiert werden.

Es braucht nicht gesagt zu werden, daß diese Operation mit einem einzigen Stich vollzogen werden mußte, ohne Hilfszeichen und ohne vorherige Versuche, auf nichts begründet als die Sicherheit des Auges. Den Kompaß im Auge, wie ein geläufiger Ausdruck lautet, das war da die Maxime.

Onkel Prudent stach seine Nadel in dem Augenblick ein, als Phil Evans seine Nadel einstach. Dann wurde gemessen, um festzustellen, welcher der beiden Bewerber der Mitte am nächsten gekommen sei.

O Mirakel! Derart war die Präzision der Konkurrenten, daß die Messung keinen feststellbaren Unterschied ergab. War auch die mathematische Mitte der Geraden nicht aufs Haar getroffen worden, so ergab die Abweichung der Nadeln dennoch keinen wahrnehmbaren Unterschied, vielmehr schien sie in beiden Fällen gleich zu sein.

Darob große Ratlosigkeit in der Versammlung.

Rettung kam von einem Mitglied namens Truk Milnor, der auf einer nochmaligen Prüfung des Ergebnisses durch ein Meßgerät bestand, dessen Unterteilungen durch das von Herrn Perreaux in seiner mikrometrischen Maschine entwickelte Verfahren gewonnen wurden und den Millimeter in 1500 Einheiten zerlegten. Dies Gerät, bei dem die fünfzehnhundert einzelnen Teilstriche des Millimeters mit einem Diamantensplitter eingeritzt sind, wurde zu einer neuerlichen Messung herangezogen. Nachdem die Abstände mit einem Mikroskop abgelesen worden waren, sah man sich folgenden Resultaten gegenüber:

Onkel Prudent hatte den Mittelpunkt um weniger als sechs fünfzehnhundertstel Millimeter verfehlt, Phil Evans um weniger als neun fünfzehnhundertstel Millimeter.

Auf diese Weise war Phil Evans nur Sekretär des Weldon-Instituts geworden, wohingegen Onkel Prudent zum Präsidenten des Klubs ausgerufen wurde.

Ein Abstand von drei fünfzehnhundertstel Millimetern hatte genügt, daß Phil Evans einem Haß gegen Onkel Prudent verfiel, der dadurch, daß er ihn in seinem Innersten verbarg, nichts an Schrecklichkeit verlor.

Durch die im letzten Viertel des 19. Jahrhunderts unternommenen Experimente war damals die Frage der lenkbaren Luftschiffe immerhin schon weiter gebracht. Gondeln mit Propellerschrauben, wie sie an Aerostaten von länglicher Form 1852 von Henri Giffard, 1872 von Dupuy de Lôme,

1883 von den Brüdern Tissandier und 1884 von den Kapitänen Krebs und Renard angebracht worden waren, hatten Resultate erbracht, die in Rechnung zu stellen waren. Wenn diese Maschinen jedoch in einem Element, schwerer als sie selber, unter dem Druck einer Schraube eine Flugrichtung schräg gegen den Wind erreicht und bei der Rückkehr zu ihrem Ausgangspunkt sogar einen leichten Gegenwind überwunden hatten, also tatsächlich dirigiert worden waren, so hatte dies sich freilich nur dank außerordentlich günstigen Umständen bewerkstelligen lassen. In großen, geschlossenen und abgedeckten Hallen – perfekt! In einer ruhigen Luft – trefflich! Bei einem schwachen Wind von fünf bis sechs Metern pro Sekunde, da mochte das angehen. Aber im Grunde genommen war kein praktischer Erfolg erzielt worden. Bei einem Mühlenwind – acht Meter pro Sekunde – wären solche Maschinen kaum von der Stelle gekommen; von einer frischen Brise – zehn Meter in der Sekunde – wären sie abgetrieben worden; von einem Sturm – fünfundzwanzig bis dreißig Meter pro Sekunde – wären sie wie eine Feder fortgetragen worden; bei einem Orkan – fünfundvierzig Meter pro Sekunde – wären sie wohl Gefahr gelaufen, zerfetzt zu werden; nach einem Zyklon schließlich, dessen Geschwindigkeit hundert Meter in der Sekunde übersteigt, hätte man nicht einmal einen Fetzen mehr von ihnen aufgefunden.

Auch die aufsehenerregenden Experimente der

Kapitäne Krebs und Renard hatten also nichts daran geändert, daß selbst lenkbare Luftschiffe, die eine gewisse eigene Fahrt entwickeln, dennoch nicht mehr als gerade die Geschwindigkeit erreichen, die notwendig ist, um sich gegen eine mäßige Brise zu behaupten. Mithin bestand die Unmöglichkeit, zu einer praktischen Verwendung dieses Beförderungsmittels zu gelangen, fort.

Neben der Frage der Lenkbarkeit von Aerostaten, das heißt dem Problem, welche Mittel einzusetzen wären, um Luftschiffen Eigengeschwindigkeit zu geben, waren in der Entwicklung der Motoren selbst unverhältnismäßig rasch Fortschritte gemacht worden. Nach den Dampfmaschinen von Henri Giffard und dem Einsatz von Muskelkraft durch Dupuy de Lôme[1] hatten sich nach und nach Elektromotoren durchgesetzt. Die von den Brüdern Tissandier verwendeten Batterien, welche, mit Kaliumbichromat gespeist, Strom spendeten, erzeugten eine Geschwindigkeit von vier Metern in der Sekunde. Die dynamo-elektrischen Maschinen der Kapitäne Krebs und Renard

[1] Stanislas Charles Henri Laurent Dupuy de Lôme (1816–1885), französischer Ingenieur und Schiffskonstrukteur, der ausgediente Kriegssegelschiffe in Dampfer umbaute und 1859 das erste Panzerschiff der französischen Flotte schuf. Während der Belagerung von Paris baute er einen lenkbaren Luftballon, mit dem 1872 die ersten Versuche unternommen wurden. Die Propellerschraube seines Ballons ließ Dupuy de Lôme durch die Muskelkraft von acht Matrosen betreiben. Anmerkung des Übersetzers

entwickelten eine Kraft von zwölf Pferdestärken und bewirkten eine Fahrt von sechseinhalb Metern im Durchschnitt.

Im Zuge dieser Entwicklung hatten Ingenieure und Elektriker sich mehr und mehr jenem Desideratum genähert, das sich mit dem Schlagwort umreißen ließe: ›eine Pferdestärke in einem Uhrgehäuse‹. Auch war die Wirksamkeit der galvanischen Kette, aus der die Kapitäne Krebs und Renard ein Geheimnis gemacht hatten, nach und nach erhöht worden, so daß die Luftschiffer nun Motoren einsetzen konnten, die leichter und gleichzeitig stärker waren.

Für die Partisanen des Fortschritts, die an die Verwendbarkeit lenkbarer Luftschiffe glaubten, gab es also keinen Grund zur Entmutigung. Und doch, wie viele tüchtige Köpfe sträubten sich, diese Möglichkeit anzuerkennen! Denn in dem Augenblick, in dem die Luft einen Aerostaten trägt, gehört er dem Element, in dem er Halt gefunden hat, da ihn die Luft ja gänzlich umschließt. Wie sollte ein Körper, der den Strömungen der Atmosphäre so viel Angriffsfläche bietet, unter diesen Umständen auch nur mäßigen Winden trotzen, mochte sein Propeller noch so stark sein?

Das war die stete Frage; indessen hoffte man, sie durch den Einsatz von Apparaten größeren Ausmaßes zu lösen.

Es zeigte sich nun, daß bei diesem Wettstreit der Erfinder in der Entwicklung eines starken und doch leichten Motors die Amerikaner dem leuchtenden Fernziel am nächsten gekommen waren. Einem bis dahin unbekannten Chemiker aus Boston war die Erfindung eines dynamo-elektrischen Apparates abgekauft worden, der auf der Anwendung einer neuen galvanischen Kette beruhte, deren Zusammensetzung allerdings noch ein Geheimnis war. Äußerst sorgsame Kalkulationen, mit letzter Exaktheit ausgeführte Diagramme bewiesen, daß mit diesem Apparat eine Geschwindigkeit von achtzehn bis zwanzig Metern in der Sekunde zu erreichen wäre, wenn er eine Schraube von ganz bestimmter Größe antriebe.

Das wäre großartig gewesen, in der Tat!

»Und das ist nicht einmal teuer!« hatte Onkel Prudent erklärt, als er dem Erfinder gegen das in aller Form aufgesetzte Quittungspapier das letzte Notenbündel der hunderttausend Dollar, die man für die Erfindung bezahlte, aushändigte.

Das Weldon-Institut nahm das Projekt unverzüglich in Angriff. Wenn es um ein Experiment geht, das einigen praktischen Nutzen verspricht, fließt das Geld freiwillig aus amerikanischen Taschen. Das Kapital strömt zusammen, auch ohne daß es notwendig wäre, eine Aktiengesellschaft zu gründen. 300 000 Dollar, das sind 1 500 000 Francs, brachte der erste Aufruf in die Kassen des Klubs. Das Unternehmen lief an unter der Leitung des berühmtesten Luftschiffers der Vereinigten Staaten, Harry W. Tinder, der sich durch drei sei-

ner unzähligen Aufstiege einen unvergänglichen Namen gemacht hat: bei dem einen hatte er eine Höhe von 12 000 Metern erreicht und damit Gay-Lussac, Coxwell, Sivel, Crocé-Spinelli, Tissandier und Glaisher übertroffen; bei dem zweiten hatte er ganz Amerika von New York bis San Francisco überflogen und die Fahrten von Nadar, Godard und den vielen anderen wie John Wise, der die 1150 Meilen von St. Louis bis zum Distrikt Jefferson zurückgelegt hatte, um mehrere hundert französische Meilen überboten; der dritte schließlich fand durch einen schrecklichen Sturz aus einer Höhe von 1500 Fuß sein Ende und kostete doch nur eine Verstauchung des rechten Daumens, während Pilâtre de Rozier, weniger vom Glück begünstigt, bei einem Absturz aus der Höhe von nur 700 Fuß auf der Stelle getötet worden war.

Zu dem Zeitpunkt, da diese Geschichte einsetzt, war das Projekt, vom Weldon-Institut mit Energie betrieben, bereits kräftig vorangebracht worden. Auf der Turnerschen Werft in Philadelphia reckte sich ein gewaltiges Luftschiff, dessen Solidität einer Prüfung mit stark komprimierter Luft unterzogen werden sollte. Diesem vor allen andern gebührte der Name Superballon.

Wieviel maß denn nun Nadars ›Géant‹? 6000 Kubikmeter. Und der Ballon von John Wise? 20 000 Kubikmeter. Wieviel Giffards Ballon der Ausstellung von 1878? 25 000 Kubikmeter bei 18 Metern Durchmesser. Vergleicht man diese drei Aerostaten mit der Flugmaschine des Weldon-Instituts, deren Volumen sich auf 40 000 Kubikmeter belief, dann sieht man ein, daß Onkel Prudent und seine Kollegen einige Berechtigung hatten, sich vor Stolz zu blähen.

Dieser Ballon, der nicht dazu bestimmt war, die höchsten Luftschichten zu erforschen, führte ausnahmsweise nicht den Namen ›Excelsior‹, der bei den Bürgern Amerikas wohl ein wenig zu hoch in Ehre steht – nein! Schlicht hieß er der ›Go ahead‹, was soviel wie ›Vorwärts‹ bedeutet, und die Berechtigung dieses Namens würde sich schon erweisen, wenn er willfährig allen Manövern seines Kapitäns folgte oder nicht.

Die Konstruktion der dynamo-elektrischen Maschine nach dem Plan der Erfindung, die das Weldon-Institut erworben hatte, war seinerzeit so gut wie abgeschlossen. Allgemein wurde erwartet, daß der ›Go ahead‹ in weniger als sechs Wochen seinen Flug durch die Lüfte absolviert haben würde.

Jedoch hatte man feststellen müssen, daß noch nicht alle Probleme der Mechanik gelöst waren. Sitzungen über Sitzungen waren einberufen worden, keineswegs, um die Form der Schraube oder ihre Ausmaße zu diskutieren, sondern allein die Frage, ob sie am Vorderteil des Flugapparates anzubringen sei, wie es die Brüder Tissandier getan hatten, oder am Hinterteil, wie es die Kapitäne Krebs und Renard gehalten hatten. Unnötig zu erwähnen, daß die Anhänger der beiden Prinzipien im Verlauf der Erörterungen handgemein wurden. Beide Gruppen waren gleich stark. Onkel

Prudent aber, dessen Votum bei Stimmengleichheit den Ausschlag gegeben hätte, Onkel Prudent, fraglos der Schule des Professors Buridan[1] entsprungen, war noch nicht dazu gekommen, sich auszusprechen.

Unmöglich war es also, zu einer Verständigung zu kommen, unmöglich, die Schraube anzubringen. Das mochte lange währen, es sei denn, die Regierung hätte interveniert. Aber in den Vereinigten Staaten schätzt es die Regierung, wie man weiß, gar nicht, in Privatangelegenheiten einzugreifen oder sich überhaupt in Dinge zu mischen, die sie nichts angehen. Und darin hat sie völlig recht.

So standen die Dinge, und jene Sitzung am 13. Juni drohte kein Ende oder vielmehr ein Ende mit Schrecken zu nehmen – Beleidigungen wurden aus-

[1] Buridan, Jean, franz. Philosoph, geb. um 1300 zu Béthune in Artois, gest. nach 1358, Schüler Occams in Paris und wie dieser Nominalist, ward um 1350 Lehrer der Philosophie und Theologie daselbst, soll später nach Wien geflohen sein und die Stiftung der dortigen Universität veranlaßt haben. Er schrieb Kommentare zu Aristoteles, ferner ›Summa de dialectica‹ (Paris 1487) und ›Compendium logicae‹ (Venedig 1489). Bekannter als durch seine Schriften ist er durch Buridans Esel. B. neigte nämlich dem Determinismus zu, und um die ursachlose Willensentscheidung als eine Täuschung darzutun, soll er das Beispiel vom Esel gebraucht haben, der, zwischen zwei ganz gleiche Heubündel gestellt, von beiden gleich stark angezogen werden und so verhungern müßte.
Zitat des Übersetzers aus ›Meyers Großem Konversations-Lexikon‹, Leipzig 1909

getauscht, Fausthiebe folgten den Beleidigungen, Stockschläge folgten auf Fausthiebe, Revolverschüsse folgten auf Stockschläge – als es um 8 Uhr 37 Minuten zu einer Ablenkung kam.

Der Pförtner des Weldon-Instituts hatte sich – kalt und ruhig wie ein Policeman inmitten eines kochenden Meetings – dem Tisch des Präsidenten genähert. Er überreichte eine Karte und harrte der Befehle, die Onkel Prudent zu erteilen geruhen würde.

Onkel Prudent ließ das Nebelhorn ertönen, das ihm das Präsidentenglöcklein ersetzte, denn selbst die Glocke des Kremls hätte hier nicht ausgereicht! ... Doch schwoll der Tumult nur an. Da griff der Präsident zum letzten Mittel. Er nahm den Hut vom Kopf, und der Spektakel stockte.

»Eine Mitteilung!« sprach Onkel Prudent, nachdem er eine gewaltige Prise aus der Tabaksdose genommen hatte, ohne die er nicht denkbar war.

»Reden! Reden!« antworteten achtundneunzig Stimmen, in diesem Punkte zufälligerweise einig.

»Ein Fremder, verehrte Kollegen, bittet darum, in den Sitzungssaal eingelassen zu werden.«

»Niemals!« riefen alle Stimmen.

»Mich dünkt«, versetzte Onkel Prudent, »er wünscht, vor uns den Beweis zu erbringen, daß es eine gänzlich abwegige Utopie ist, an die Lenkbarkeit von Ballons zu glauben.«

Ein Knurren begleitete diese Erklärung.

»Eintreten! ... Soll eintreten!«

»Wie heißt denn diese einzigartige Persönlichkeit?« fragte Sekretär Phil Evans.

»Robur«, antwortete Onkel Prudent.

»Robur! ... Robur! ... Robur!« brüllte die ganze Versammlung.[1]

Wenn das Geschrei über diesen erstaunlichen Namen so einhellig war, ließ das wohl auf die Hoffnung schließen, alle angestaute Erbitterung im Weldon-Institut an dem Träger dieses Namens auslassen zu können.

Der Sturm hatte sich also für eine Weile beruhigt, zumindest dem äußeren Anschein nach. Wie wäre denn auch gänzliche Windstille zu erwarten bei einem Volk, das stürmisch genug ist, zwei- bis dreimal pro Monat Europa rauhen Wind spüren zu lassen?

DRITTES KAPITEL

IN DEM EINE NEUE PERSON NICHT VORGESTELLT ZU WERDEN BRAUCHT, WEIL SIE SICH SELBER VORSTELLT

»Bürger der Vereinigten Staaten von Amerika, mein Name ist Robur. Dieses Namens bin ich würdig. Mein Alter beträgt vierzig Jahre, obwohl ich aussehe wie dreißig. Ich besitze eine eiserne Konstitution, unverwüstliche Gesundheit, staunenerregende Muskelkraft und einen Magen, der selbst

[1] robur (lat.) = Eichenholz, Eichenkeule; übertragen: Stärke, Festigkeit; Kern einer Sache, Kerntruppe. Davon abgeleitet ›robust‹ (franz. robuste), das in lateinischer Grundbedeutung ›eichen‹ heißt. Anmerkung des Übersetzers

unter Straußen als ungewöhnlich widerstandsfähig gelten würde. Soviel zu meiner Physis.«

Man lauschte. Wahrhaftig! Dieser Diskurs über das persönliche Gesundheitsbild verschlug den Schreihälsen die Sprache. Beliebte der Herr zu spaßen oder war er ein Narr? Gleichviel, er imponierte und setzte sich durch. Kein Hauch ging mehr durch die Versammlung, die eben noch einen Sturm entfacht hatte. Die Ruhe nach der Sturzsee.

Obendrein schien Robur der Mann zu sein, für den er sich ausgab. Von mittlerem Wuchs, mit geometrisch abgezirkelten Schultern – solchermaßen ein Mannsbild wie ein regelmäßiges Trapez, bei dem die Schulterlinie die beherrschende Breitseite der beiden Parallelen abgab. Über dieser Linie ein mächtiger sphäroidischer Kopf auf gedrungenem Hals. Mit welchem Tierkopf hätte man ihn vergleichen können, um die Vorliebe für gemütvolle Analogien zu berücksichtigen? Mit dem Kopf eines Stiers, aber eines Stiers mit intelligentem Gesicht. Augen, in denen bei dem geringsten Widerspruch Weißglut zu brennen drohte, und darüber jenes beständige Zusammenziehen des Augenbrauenmuskels, das höchste Energie verrät. Die Haare kurz, ein wenig kraus und von metallischem Schimmer, wie wenn Robur ein Toupet aus Stahlspänen getragen hätte. Eine weite Brust, die sich hob und senkte wie ein Blasebalg. Arme, Hände, Füße, Beine schließlich, die dem starken Körper durchaus entsprachen.

Kein Schnurrbart und kein Backenbart, sondern ein prächtiger Kinnbart nach amerikanischer Mode, so daß die Kinnbackengelenke und das Spiel der Kaumuskeln, die bei Robur von vernichtender

Kraft sein mußten, zu sehen waren. Man hat berechnet – denn was berechnet man nicht? –, daß die Kinnlade eines gewöhnlichen Krokodils einen Druck von 400 Atmosphären hervorbringen kann, während ein großer Jagdhund bestenfalls mit 100 Atmosphären beißt. Man hat sogar folgende kuriose Formel aufgestellt: Wenn ein Kilogramm Hund acht Kilogramm Kaukraft entwickelt, so entwickelt ein Krokodil zwölf Kilogramm Kaukraft. Wenn nun ein Kilogramm Robur zehn Kilogramm Malmkraft produzierte, so war es das mindeste. Er stand also zwischen Hund und Krokodil.

Aus welchem Lande stammte diese merkwürdige Erscheinung? Das hätte sich schwerlich sagen lassen. Jedenfalls drückte er sich im Englischen flüssig aus, ohne jenen etwas schleppenden Tonfall, der die Yankees aus Neuengland kennzeichnet.

Robur fuhr fort wie folgt:

»Doch jetzt zu meiner Moral, verehrte Bürger. Sie haben einen Ingenieur vor sich, dessen moralischer Wuchs seiner physischen Stärke in nichts nachsteht. Ich fürchte mich vor nichts, ob Person, ob Sache. Meine Willenskraft hat sich nie einem andern Willen gebeugt. Habe ich mir ein Ziel gesetzt, könnte ganz Amerika, könnte die ganze Welt vereint mich nicht daran hindern, es zu erreichen. Habe ich eine Idee, so wünsche ich, daß man sie teilt, und dulde keinen Widerspruch. Ich halte mich, verehrte Bürger, bei diesen Einzelheiten auf, weil Sie mich von Grund auf kennenlernen sollen.

Mag sein, Sie finden, daß ich zuviel von mir rede. Macht nichts! Doch überlegen und entschließen Sie sich jetzt, bevor Sie mich später unterbrechen, denn ich bin gekommen, Ihnen Dinge zu sagen, die vielleicht nicht geeignet sind, Ihren Beifall zu finden.«

Ein Getöse hob an und pflanzte sich brandend von den ersten Reihen des Saales aus fort – zum Zeichen, daß die See flugs wieder stürmisch werden wollte.

Onkel Prudent, der nur mühsam an sich hielt, begnügte sich mit der Antwort:

»Sprechen Sie, verehrter Fremdling.«

Und Robur fuhr wie zuvor ohne sonderliche Rücksicht auf sein Publikum zu sprechen fort:

»Ja, ich weiß! Nach einem Jahrhundert von Experimenten, die nichts einbrachten, von Anstrengungen, die zu keinem Ergebnis führten, gibt es noch immer schlecht ausbalancierte Geister, die sich nach wie vor dazu versteigen, an die Lenkbarkeit von Ballons zu glauben. Sie bilden sich ein, es genüge, irgendeinen Motor, sei er elektrisch oder sonstwie betrieben, an ihren aufgeblasenen Spielzeugen anzubringen, die doch allen Luftströmungen eine so große Angriffsfläche bieten. Sie stellen sich vor, sie könnten Herr eines Aerostaten sein, wie man Herr eines Schiffes auf der Meeresoberfläche ist. Weil einige Erfinder bei ruhiger oder beinahe unbewegter Luft schräg gegen den Wind aufzukommen oder eine leichte Brise zu überwinden vermochten, sollen lenkbare Flugapparate, die leichter sind als die Luft, praktikabel sein? Hören wir doch auf damit! Hier sitzen an die hundert Männer, die an die Verwirklichung ihrer Träume glauben und Tausende von Dollars zwar nicht ins Wasser, so doch in die Luft dafür werfen. Das heißt aber, gegen das Unmögliche ankämpfen wollen!«

Sonderbare, reichlich sonderbare Sache: die Mitglieder des Weldon-Instituts rührten sich bei dieser Behauptung nicht. Waren sie gleichermaßen taub wie geduldig geworden? Hielten sie sich aus Neugier zurück, weil sie doch sehen wollten, bis wohin dieser kühne Widersacher zu gehen wagen würde?

Robur sprach weiter:

»Was will man überhaupt mit einem Ballon, wenn ein Kubikmeter Gas vonnöten ist, um das Gewicht von nur einem Kilogramm aufzuheben? Ein Ballon, der versucht, mit Hilfe seines Mechanismus dem Wind zu widerstehen, wenn eine starke Brise mit nicht weniger als 400 Pferdestärken auf das Segel eines Schiffes drückt, wenn man gesehen hat, daß bei dem Zusammenbruch der Brücke über den Tay der Orkan einen Druck von 440 Kilogramm auf den Quadratmeter ausübte! Ein Ballon, wenn die Natur niemals ein nach diesem System fliegendes Wesen hervorgebracht hat, ob es nun Flügel trägt wie die Vögel oder wie einige Fische und gewisse Säugetiere mit Flughäuten ausgestattet ist.«

»Säugetiere?« schrie ein Mitglied des Klubs.

»Ja, die Fledermaus, die fliegt, wenn ich mich nicht irre! Weiß der Zwischenrufer nicht, daß dieses fliegende Geschöpf ein Säugetier ist, und hat er je erlebt, daß aus Fledermauseiern ein Omelett gebacken wurde?«

Der Zwischenrufer sah daraufhin von weiteren Zwischenrufen ab, und Robur setzte seinen Vortrag mit unvermindertem Elan fort:

»Aber soll das heißen, daß der Mensch auf die Eroberung der Luft und darauf, die zivilen und politischen Sitten unserer alten Welt durch Ausnutzung dieses grandiosen Fortbewegungsmittels umzugestalten, verzichten solle? Keineswegs! So wie er mit dem Schiff Herr der Meere geworden ist durch Ruder und Segel, durch Rad oder Schraube, geradeso wird er Herr der Atmosphäre werden durch Flugapparate, die schwerer sind als Luft, denn will man stärker sein als die Luft, muß man schwerer sein als sie.«

Diesmal ging die Versammlung durch. Welch eine Salve von Schreien brach aus all diesen Mündern wie aus Gewehrmündungen oder Kanonenschlünden gegen Robur los! Forderte solch eine offene Kriegserklärung, ins versammelte Lager der Ballontechniker hinuntergeschleudert, nicht eine Antwort? Hieß das nicht den Kampf zwischen den Prinzipien ›Leichter als Luft‹ und ›Schwerer als Luft‹ aufs neue entfesseln? – Robur zuckte mit keiner Wimper. Die Arme über der Brust verschränkt, wartete er standhaft ab, daß Ruhe eintrete.

Mit einer Handbewegung befahl Onkel Prudent, das Feuer einzustellen.

»Ja«, sprach Robur weiter, »die Zukunft gehört den Flugmaschinen. Die Luft ist eine solide Unterlage. Man gebe einer Luftsäule eine Antriebsbewegung von 45 Metern in der Sekunde, und ein Mensch würde sich auf dem Gipfel dieser Säule halten können, sofern die Fläche seiner Schuhsohlen nicht mehr als ein achtel Quadratmeter beträgt. Wird die Geschwindigkeit der Säule auf 90 Meter gebracht, wird er barfuß auf ihr gehen können. Wenn nun eine Luftmasse unter den Flügeln einer Schraube mit gleicher Geschwindigkeit getrieben wird, so erreicht man dasselbe Resultat.«

Was Robur da vortrug, war genau das, was vor ihm alle Verfechter der Luftschiffahrt gesagt hatten, deren Arbeiten langsam, aber sicher zur Lösung des Problems führen mußten. Den Herren de Ponton d'Amécourt, de La Landelle, Nadar, de Luzy, de Louvrié, Liais, Béléguic, Moreau, den Brüdern Richard, Babinet, Jobert, du Temple, Salives, Penaud, de Villeneuve, Gauchot und Tatin, Michel Loup, Edison, Planavergne und vielen anderen noch gebührt die Ehre, diese so einfachen Gedanken verbreitet zu haben! Nachdem sie mehrfach verworfen und dann doch wieder aufgegriffen worden waren, konnte der schließliche Triumph dieser Ideen nicht ausbleiben. Fiel denn die Antwort an die Gegner dieser Theorie schwer, die behaupteten, nur deswegen halte sich der Vogel im

Flug, weil er die Luft, mit der er sich aufpumpt, erwärme? Hatte man ihnen nicht bewiesen, daß ein Adler mit fünf Kilogramm Gewicht sich demzufolge mit fünfzig Kubikmetern erwärmter Luft hätte aufblähen müssen, um nur in der Schwebe zu bleiben?

Das war es, was Robur in dem Spektakel, der sich von allen Seiten erhob, mit zwingender Logik demonstrierte. Zusammenfassend donnerte er diese folgenden Sätze den Ballontechnikern ins Gesicht:

»Mit Ihren Aerostaten vermögen Sie nichts, erreichen Sie nichts und riskieren Sie nichts! Der unerschrockenste Ihrer Luftschiffer, John Wise, mußte seinen Plan, den Atlantik zu überqueren, fallenlassen, obwohl er bereits eine Ballonfahrt über den amerikanischen Kontinent von 1200 Meilen hinter sich gebracht hatte. Und seither sind Sie mit dieser Flugmethode keinen Schritt, nicht einen einzigen, weitergekommen!«

»Mein Herr«, warf da der Präsident ein, der sich vergeblich abmühte, ruhig zu bleiben, »Sie vergessen, was unser unsterblicher Franklin gesagt hat, als die erste Montgolfiere[1] auftauchte, damals,

[1] Montgolfiere = Heißluftballon. Benannt nach Joseph Michel Montgolfier (1740 – 1810), dem Erfinder des Luftballons. Montgolfier konstruierte unter Mithilfe seines jüngeren Bruders Jacques Etienne einen mit erwärmter Luft gefüllten Ballon, den er am 5. Juni 1783 in Annonay (Departement Ardèche) öffentlich aufsteigen ließ. Anmerkung des Übersetzers

als der Ballon geboren wurde: ›Das ist erst ein Kind, aber es wird wachsen!‹ Und es ist gewachsen ...«

»Nein, Präsident, nein! Es ist nicht gewachsen, es ist in die Breite gegangen. Das ist nicht dasselbe!«

Dies bedeutete eine direkte Attacke auf die Pläne des Weldon-Instituts, das den Bau eines Ungetüms von Ballon beschlossen, gefördert und subventioniert hatte. Mithin wurden im Saal alsbald beunruhigende Vorschläge der folgenden Art laut:

»Nieder mit dem Eindringling!«

»Werft ihn von der Tribüne herunter!«

»Damit er merkt, daß er schwerer ist als Luft!«

Und so fort.

Doch blieb es bei den Vorschlägen; von der Verwirklichung sah man ab. Also konnte Robur unbewegt noch ausrufen:

»Der Fortschritt, meine ballonistischen Herren, liegt nicht bei den Ballons, er gehört den Flugmaschinen. Der Vogel fliegt und ist doch kein Ballon, sondern ein Mechanismus!«

»Zugegeben, er fliegt«, schrie der überschäumende Bat T. Fyn, »aber er fliegt gegen alle Regeln der Mechanik!«

»Was Sie nicht sagen!« erwiderte Robur achselzuckend.

Darauf fuhr er fort:

»Seit man den Flug der großen und kleinen Geschöpfe der Luft studiert hat, herrscht folgende, höchst einfache Vorstellung vor: die Aufgabe besteht lediglich darin, die Natur zu imitieren, denn die Natur irrt sich nie. Zwischen dem Albatros, der kaum zehn Flügelschläge in der Minute macht, dem Pelikan, der siebzig Flügelschläge macht ...«

»Einundsiebzig!« rief eine spöttische Stimme.

»Und der Biene mit einhundertzweiundneunzig Flügelschlägen in der Sekunde ...«

»Einhundertdreiundneunzig!« wurde höhnisch gerufen.

»Und der Stubenfliege mit dreihundertdreißig ...«

»Dreihundertdreißig und ein halber!«

»Und dem Moskito mit Millionen von Flügelschlägen ...«

»Nein! Milliarden!«

Aber Robur unterbrach allen Störungen zum Trotz seine Beweisführung nicht.

»Zwischen diesen verschiedenen Abweichungen ...« sprach er.

»Liegt ein großer Unterschied!« schrie jemand.

»... liegt die Möglichkeit, eine praktische Lösung zu finden. An dem Tag, als Herr de Lucy nachweisen konnte, daß der Hirschkäfer, dieses Insekt, das nicht mehr als zwei Gramm wiegt, eine Last von vierhundert Gramm zu heben imstande ist, das Zweihundertfache seines Eigengewichts mithin, war das Problem der Flugtechnik gelöst. Außerdem war bewiesen, daß die Flügelfläche in dem Maße abnimmt, wie Ausmaß und Gewicht des

Tieres wachsen. Seither ist es zum Entwurf oder zur Konstruktion von mehr als sechzig Apparaten gekommen...«

»Die alle nicht fliegen konnten!« rief Sekretär Phil Evans.

»... die geflogen sind oder fliegen werden«, entgegnete Robur, ohne sich aus der Ruhe bringen zu lassen. »Und ob man sie nun Streophoren, Helikopter oder Orthopteren nennt, ob von Luftschiffahrt oder von Kunstflug die Rede ist, alles läuft auf einen Apparat hinaus, dessen Schöpfung den Menschen zum Herrn des Raumes machen muß.«

»Aha! Auf die Schraube läuft es hinaus!« warf Phil Evans ein. »Aber der Vogel hat keine Schraube, soviel wir wissen.«

»Doch«, antwortete Robur. »Wie Penaud bewiesen hat, macht in Wirklichkeit der Vogel sich selber zur Schraube, und sein Flug ist helikopterisch. Deswegen auch ist der Antrieb der Zukunft die Schraube.«

»D'un pareil maléfice,
Sainte-Hélice, préservez-nous!...«

sang einer der Anwesenden vor sich hin, dem zufällig dieses Motiv aus Hérolds ›Zampa‹ haften geblieben war.

Und im Chor fielen alle ein, mit Intonierungen, als wollten sie den französischen Komponisten in seinem Grabe schaudern machen.

Als die letzten Noten dann in einer greulichen

Katzenmusik untergegangen waren, glaubte Onkel Prudent, eine vorübergehende Beruhigung nutzend, sagen zu müssen:

»Fremder Bürger, bis hierher hat man Sie reden lassen, ohne Sie zu unterbrechen.«

Allem Anschein nach bedeuteten alle Zwischenrufe, Schreie und Wortverdrehungen für den Präsidenten des Weldon-Institutes keineswegs Unterbrechungen, sondern schlichten Austausch von Argumenten.

»Gleichwohl«, fuhr er fort, »möchte ich Sie darauf aufmerksam machen, daß die Theorie der Aviatik im vorhinein bereits verworfen ist und von der Mehrheit amerikanischer sowie ausländischer Ingenieure abgelehnt wird. Ein System, zu dessen Lasten der Tod von Sarrasin Volant in Konstantinopel, des Mönches Voador in Lissabon, der Tod von Letur im Jahre 1852 und von Groof 1864 geht, nicht eingerechnet die Opfer, an die ich mich nicht erinnern kann, und wäre es auch nur der mythologische Ikarus ...«

»Ein solches System«, gab Robur zurück, »ist nicht verdammenswerter als jenes andere, auf dessen Märtyrertafel die Namen von Pilâtre de Rozier, gestorben in Calais, von Madame Blanchard, gestorben in Paris, von Donaldson und Grimwood stehen, die in den Michigansee stürzten, von Sivel und Crocé-Spinelli, von Eloy und so vielen anderen, die der Vergessenheit schwerlich anheimfallen werden!«

Das war eine rechte Konterparade, wie man in der Fechtkunst sagt.

»Zudem«, fuhr Robur fort, »können Sie mit Ihren Ballons, so vollendet sie auch eingerichtet sein mögen, niemals auf eine wirklich zweckdienliche Geschwindigkeit kommen. Zehn Jahre würden Sie brauchen für eine Reise um die Erde – die eine Flugmaschine in acht Tagen wird bewältigen können!«

Neue Protestschreie und neuer Widerspruch über drei volle Minuten hin, bis es endlich Phil Evans gelang, das Wort zu ergreifen.

»Mein Herr Flugkünstler«, sagte er, »Sie, die Sie uns die Vorzüge des Kunstfluges preisen, sind Sie denn je frei wie ein Vogel geflogen?«

»Sicher!«

»Haben also die Eroberung der Luft vollbracht?«

»Vielleicht, mein Herr!«

»Robur dem Eroberer ein Hurra!« rief jemand ironisch.

»Nun gut, ja! Robur der Eroberer! Den Namen nehme ich an und werde ihn führen, denn ich habe ihn verdient!«

»Daran werden wir uns noch Zweifel erlauben!« schrie Jem Cip.

»Meine Herren«, versetzte Robur und runzelte die Brauen, »wenn ich hier eine ernsthafte Sache ernsthaft diskutiere, leide ich nicht, daß man mir mit bloßen Gegenerklärungen kommt, und glücklich wäre ich, den Namen des Zwischenrufers kennenzulernen.«

»Jem Cip heiße ich – und ich bin Vegetarier ...«

»Bürger Jem Cip«, erwiderte Robur, »mir ist bekannt, daß die Vegetarier im allgemeinen längere Gedärme als andere Menschen haben – um gut einen Fuß längere zum mindesten. Das reicht doch schon! Bringen Sie mich also nicht dazu, die Ihrigen einschließlich der Ohren noch länger zu ziehen ...«

»Raus!«

»An die frische Luft!«

»Reißt den Kerl in Stücke!«

»Lynchen!«

»Macht doch eine Schraube aus ihm!«

Die Wut der Ballonisten hatte ihren Höhepunkt erreicht. Sie kamen auf die Beine. Sie umringten das Rednerpult. Robur verschwand hinter einem wogenden Wald drohend geschwungener Fäuste. Umsonst dröhnte das Nebelhorn wahre Salven von Fanfarenstößen über die Gesellschaft hin. An diesem Abend mußte Philadelphia glauben, Feuer verschlinge ein Viertel der Stadt und alles Wasser des Schuylkill reiche nicht aus, es zu löschen.

Plötzlich stockte der Tumult. Robur hatte die Hände aus den Taschen gezogen und reckte sie den ersten Reihen der erbitterten Menge entgegen.

Aus den beiden Händen war ein Fäustepaar amerikanischer Art geworden, in dem zugleich Re-

volver liegen, die bei jedem Druck der Finger losgehen: kleine Taschenmitrailleusen.

Und dann, den Augenblick nutzend, da die Angreifer nicht allein zurückprallten, sondern es ihnen auch die Sprache verschlug, rief Robur aus:

»Ein für allemal, nicht Amerigo Vespucci war es, der die Neue Welt entdeckt hat, sondern Sebastiano Caboto! Sie sind gar keine Amerikaner, meine Herren Ballonisten! Sie sind bloß Cabo ...«

Da knallten Schüsse, vier oder fünf. Sie waren jedoch in die Luft gezielt und verletzten niemanden. Inmitten des Rauches verschwand der Ingenieur, und als der Rauch sich verzogen hatte, war von Robur dem Eroberer keine Spur mehr zu finden. Er war auf und davon, als habe irgendein Flugkörper ihn in die Lüfte gehoben.

VIERTES KAPITEL

IN DEM DER VERFASSER BEI DER EINFÜHRUNG DES DIENERS FRYCOLLIN DEN MOND WIEDER ZU EHREN ZU BRINGEN VERSUCHT

Gewiß hatten die Mitglieder des Weldon-Instituts mehr als einmal schon stürmische Diskussionen mit Geschrei auf der Walnut Street und in den angrenzenden Straßen fortgesetzt. Mehr als einmal hatten sich die Einwohner des Viertels zu Recht über die lauten Diskussionsrunden beklagt, deren Lärm sie bis in ihre Wohnungen hinein belästigte. Mehr als einmal hatte die Polizei schließlich einschreiten müssen, um eine Gasse für die Passanten frei zu halten, die in der Mehrheit den internen Fragen der Luftschiffahrt höchst gleichgültig gegenüberstanden. Nie zuvor hatte der Tumult jedoch solche

Ausmaße angenommen wie an diesem Abend, nie hatte mehr Grund für Beschwerden bestanden, mehr Notwendigkeit für eine Intervention der Polizei.

Dennoch war der Aufruhr der Mitglieder des Weldon-Instituts in gewisser Hinsicht entschuldbar. Ein Fremder hatte sich nicht gescheut, den Löwen in seiner Höhle anzugreifen! Diesen enragierten Verfechtern der ›Leichter-als-Luft‹-Theorie hatte ein nicht minder enragierter Verfechter der ›Schwerer-als-Luft‹-Theorie äußerst unangenehme Dinge gesagt. In dem Augenblick dann, als man ihm zeigen wollte, was er verdient hätte, hatte er sich aus dem Staube gemacht.

Wahrhaftig, das schrie nach Vergeltung. Um bei Beleidigungen dieses Kalibers auf Rache zu brennen, muß man nicht einmal amerikanisches Blut in seinen Adern haben. Die Söhne Amerigos Söhne Cabotos zu heißen! War das nicht eine Beleidigung, die um so weniger verziehen werden konnte, als sie – historisch zu Recht gefallen war?

Die Mitglieder des Klubs stürzten also in verschiedenen Gruppen auf die Walnut Street, dann in die benachbarten Straßen, dann durch das ganze Viertel. Sie weckten die Bevölkerung auf. Sie nötigten die Leute, ihre Häuser durchsuchen zu lassen, auf die Gefahr hin, hohen Schadenersatz zahlen zu müssen für so vielfältigen Eingriff in das Privatleben anderer, das bei den Völkern angelsächsischen Ursprungs besonders respektiert wird. Aber vergeblich all diese Scherereien, vergeblich die ganze Jagd. Robur war nirgends zu entdecken. Keine Spur von ihm. Hätte er sich mit dem ›Go ahead‹, dem Ballon des Weldon-Instituts, davongemacht, er hätte nicht unauffindbarer sein können. Nach einer Stunde mußte man die Hatz aufgeben. Die Vereinsmitglieder trennten sich, nicht ohne sich geschworen zu haben, daß die Nachforschungen auf das ganze Gebiet des zweifachen Amerikas, das den neuen Weltteil bildet, ausgedehnt werden würden.

Gegen elf Uhr war die Ruhe im Viertel wieder einigermaßen hergestellt. Philadelphia konnte sich wieder in jenen tiefen Schlaf versenken, der ein beneidenswerter Vorzug der Städte ist, die das Glück haben, keine Industrie zu besitzen. Die einzelnen Mitglieder des Klubs dachten jetzt nur noch daran, nach Hause zu kommen. So strebte, um nur einige der markantesten zu erwähnen, William T. Forbes seinem gewaltigen Zuckergefäß entgegen, neben dem Miss Doll und Miss Mat schon seinen abendlichen, mit der eigenen Glukose gesüßten Tee aufgetragen hatten. Truk Milnor schlug den Weg zu seiner Fabrik in der abgelegensten aller Vorstädte ein, wo die Feuerspritze Tag und Nacht spuckte. Schatzmeister Jem Cip, dem öffentlich nachgesagt worden war, er habe einen Fuß mehr Gedärm, als zur Inneneinrichtung des Menschen gehöre, eilte in sein Speisezimmer, wo ein vegetarisches Souper seiner harrte.

Zwei der erlauchtesten Ballonisten – nur zwei –

schienen nicht darauf bedacht zu sein, bald ihr Heim aufzusuchen, sondern nutzten die Gelegenheit, um sich noch hingebungsvoller zu unterhalten. Es handelte sich um die unversöhnlichen Rivalen Onkel Prudent und Phil Evans, Präsident und Sekretär des Weldon-Instituts.

An der Tür des Klubs wartete der Diener Frycollin auf Onkel Prudent, seinen Herrn.

Ohne sich durch das Thema um seine Ruhe bringen zu lassen, das die beiden Kollegen in Rage versetzte, folgte er nach.

Das Verb ›unterhalten‹ zu benutzen, um auszudrücken, womit Präsident und Sekretär des Klubs befaßt waren, ist freilich ein glatter Euphemismus. In Wirklichkeit stritten sie mit einer Heftigkeit, die ihren Ursprung in der alten Eifersucht hatte.

»Nein, mein Herr, nein!« wiederholte Phil Evans, »hätte ich die Ehre gehabt, das Weldon-Institut zu präsidieren, niemals, nein, niemals, wäre ein solcher Skandal vorgekommen!«

»Und was hätten Sie getan, wenn Sie die Ehre gehabt hätten?« fragte Onkel Prudent.

»Ich hätte diesem öffentlichen Lästerer das Wort abgeschnitten, bevor er noch den Mund aufgemacht hätte!«

»Mir scheint, um jemandem das Wort abzuschneiden, muß man es ihm zunächst einmal gelassen haben!«

»Nicht in Amerika, mein Herr, nicht in Amerika!«

Auf diese Weise mehr Spitzen als Freundlichkeiten austauschend, durchquerten sie Straßen, die sie mehr und mehr von ihren Wohnungen fortführten. Sie ließen Stadtviertel hinter sich zurück, deren Lage sie zu großen Umwegen nötigte.

Frycollin immer hinterher. Aber wohl war ihm nicht, seinen Herrn in Gegenden abirren zu sehen, die schon einen recht verlassenen Eindruck machten. Solche Gegenden mochte er nicht, der Diener Frycollin, schon gar nicht kurz vor Mitternacht. Denn tiefe Finsternis herrschte, und der zunehmende Mond hatte kaum seine achtundzwanzigtägige Runde begonnen.

Nach rechts, nach links hielt Frycollin also Ausschau, ob sich nicht verdächtige Schatten zeigten. Und tatsächlich glaubte er, gerade fünf oder sechs große Teufel zu sehen, die die Spaziergänger nicht aus den Augen zu lassen schienen.

Instinktiv rückte Frycollin näher zu seinem Herrn auf; aber um nichts in der Welt hätte er es gewagt, ihn in einem Gespräch zu stören, womit er nur einen Zornausbruch auf sein Haupt gezogen hätte.

Der Zufall ergab es, daß Präsident und Sekretär des Weldon-Instituts ihre Schritte in Richtung auf den Fairmount Park hin lenkten. Dort schritten sie, in lebhaftesten Disput verwickelt, auf der berühmten Stahlbrücke über den Schuylkill. Nur wenige verspätete Passanten begegneten ihnen, und schließlich befanden sie sich mitten in weitläufigem Gelände, auf der einen Seite endlose Wiesen, auf der anderen herrliche Bäume, die diesen Park einzigartig auf der Welt machen.

Schrecken bestürmten daselbst den Diener Frycollin in erschütternder Weise, und dies nicht ohne Grund, waren doch die fünf, wenn nicht sechs Schatten hinter ihm über die Schuylkill-Brücke geschlüpft. Auch hatten seine Pupillen sich derart geweitet, daß sie sich bis an den Rand der Iris dehnten. Gleichzeitig sank sein ganzer Körper in sich zusammen, schrumpfte, als sei er mit jener besonderen Fähigkeit, sich zusammenzuziehen, ausgestattet wie Mollusken und gewisse Gliedertiere.

Der Diener Frycollin war nämlich ein ausgemachter Hasenfuß.

Ein Neger aus Südcarolina mit einem vierschrötigen Kopf auf einem schmächtigen Körper. Gerade einundzwanzig Jahre alt, was hieß, daß er niemals Sklave gewesen war, auch nicht im Augenblick seiner Geburt, aber deswegen taugte er kaum mehr. Ein Fratzenschneider war er, Vielfraß, Faulpelz und vor allem ein unvergleichlicher Angsthase. Seit drei Jahren stand er in Onkel Prudents Diensten. Hundertmal war er Gefahr gelaufen, vor die Tür gesetzt zu werden, und behalten worden aus Angst vor noch Schlimmerem. Doch gebunden an das Leben eines Herrn, der stets bereit war, sich in die verwegensten Unternehmungen zu stürzen, mußte Frycollin immer wieder

Situationen ins Auge blicken, die ihm rüde Prüfungen auferlegten. Aber er hatte auch seinen Ausgleich. Weder wegen seiner Gefräßigkeit noch wegen seiner Faulheit wurde er arg drangsaliert. Armer Frycollin, wenn du die Zukunft hättest lesen können!

Warum war er auch nicht in den Diensten einer gewissen Familie Sneffel in Boston geblieben, die von dem beschlossenen Plan, in die Schweiz zu reisen, aus Furcht vor Bergstürzen Abstand genommen hatte! War das nicht eine Familie, die besser zu Frycollin paßte als der Haushalt von Onkel Prudent, wo eine Tollheit die andere jagte?

Aber die Dinge waren nun einmal so gekommen, und sein Herr hatte sich schließlich immerhin in seine Fehler geschickt. Einen Vorzug besaß Frycollin freilich. Obwohl ein Neger, sprach er nicht wie ein Neger – und das ist beachtlich, denn nichts Unangenehmeres gibt es als diesen penetranten Jargon, in dem Possessivpronomen und Infinitive so unmäßig strapaziert werden.

Es war also hinlänglich bewiesen, daß der Diener Frycollin ein Duckmäuser von solchen Graden war, daß die Redensart ›ängstlich wie der Mond‹ auf ihn paßte.

Doch muß bei dieser Gelegenheit gerechter Protest gegen den Vergleich eingelegt werden, der schmachvoll ist für die blonde Phöbe, die liebliche Selene, die keusche Schwester des strahlenden Apoll.

Mit welchem Recht kann man ein Gestirn der Ängstlichkeit zeihen, das, seit es besteht, der Erde immer das Gesicht gezeigt hat, ohne ihr je den Rücken zuzukehren?

Wie dem auch sei, zu dieser Stunde – es war kurz vor Mitternacht – begann die bleiche Sichel des ›Verleumdeten‹, hinter den hohen Wipfeln des Parks im Westen unterzutauchen. Die Strahlen glitzerten durch die Zweige und warfen ein flekkiges Muster auf den Boden. Der Waldesgrund schien weniger düster zu sein.

Frycollin erlaubte es sich, einen genauer prüfenden Blick schweifen zu lassen.

»Brr!« machte er, »sie sind schon da, die Halunken, sie kommen tatsächlich heran!«

Er hielt es nicht mehr aus und trat an seinen Herrn heran. »Master Onkel«, sagte er.

So nannte er ihn, und so wünschte der Präsident des Weldon-Instituts angeredet zu werden.

Die Auseinandersetzung der beiden hatte gerade ihren Höhepunkt erreicht, und jeder wünschte dem anderen, er möge sich zum Henker scheren. Frycollin wurde brutal bedeutet, er solle denselben Weg nehmen.

Während die Herren dann Auge in Auge weiterstritten, gelangten sie immer weiter in die verlassenen Wiesen des Fairmount Parkes und entfernten sich vom Schuylkill und von der Brücke, über die sie doch zurück mußten, wenn sie wieder in die Stadt heimkehren wollten.

Jetzt befanden sich die drei nächtlichen Wanderer mitten im tiefen Wald, dessen Baumkronen im letzten Schimmer des Mondes lagen. Hinter den Bäumen tat sich eine weite Lichtung auf, ein riesiges Oval, das großartig für eine Rennbahn geeignet gewesen wäre. Keine Unebenheit des Bodens hätte den Galopp der Pferde behindert, keine Baumgruppe den Zuschauern die Aussicht auf eine Rennstrecke von mehreren Meilen versperrt.

Doch hätten Onkel Prudent und Phil Evans die Lichtung verändert gefunden, wären sie nicht so gepackt gewesen von ihrem Wortgefecht, hätten sie sich nur ein wenig aufmerksam umgesehen. War hier denn eine Mehlfabrik gegründet worden? Von einem Tag auf den andern? Man hätte tatsächlich an eine Mehlfabrik denken können, wenn man all diese Windmühlenflügel sah, die, unbeweglich jetzt, im Halbdunkel spukhafte Fratzen schnitten.

Aber weder dem Präsidenten noch dem Sekretär des Weldon-Instituts fiel die erstaunliche Wandlung im Bild des Fairmount Parks auf. Auch Frycollin hatte keine Augen dafür, schien ihm doch, daß die huschenden Schatten jetzt näher kamen, zusammenrückten wie zu einem bösen Anschlag. Er verging vor Angst, die Glieder waren ihm gelähmt, alle Haare standen ihm zu Berge. Frycollin erlebte panisches Entsetzen.

Während die Knie ihm den Dienst versagten, fand er noch die Kraft, ein letztesmal aufzuschreien:

»Master Onkel! Master Onkel!«

»Eh! Was ist denn?« erkundigte sich Onkel Prudent.

Vielleicht wäre es Phil Evans und ihm gar nicht unlieb gewesen, ihren Zorn abzukühlen, indem sie dem unglücklichen Diener eine gehörige Tracht Prügel verabreicht hätten. Aber dazu hatten sie keine Zeit. Onkel Prudent kam nicht einmal mehr zu einer Antwort.

Unter den Bäumen ertönte ein Pfiff. Im Augenblick brach mitten auf der Lichtung ein Strahlen auf wie von einem elektrischen Stern.

Ein Signal ohne Zweifel, und in diesem Fall hieß es, daß der Augenblick gekommen war, eine Gewalttat anzuzetteln.

Schneller, als man denken kann, sprangen sechs Männer aus dem Wald hervor, zwei warfen sich auf Onkel Prudent, zwei auf Phil Evans, zwei auf den Diener Frycollin – wobei die letzten beiden offensichtlich überflüssig waren, denn der Neger war völlig außerstande, sich zu wehren.

Obwohl der Präsident und der Sekretär des Weldon-Instituts von dem Angriff überrascht wurden, setzten sie zum Widerstand an. Doch reichte weder die Zeit dazu noch ihre Kraft. Innerhalb von Sekunden waren sie überwältigt und gefesselt. Einen Knebel im Mund, eine Binde vor den Augen, wurden sie eilig über die Lichtung geschleppt. Was konnten sie anderes denken, als daß sie es mit jenem wenig rücksichtsvollen Schlag von Menschen zu tun hatten, die verspätete Spaziergänger im Walde unbedenklich bis aufs Hemd ausplündern. Dies war jedoch durchaus nicht der Fall. Nicht einmal ihre Taschen wurden durchwühlt, obwohl doch Onkel Prudent, seiner Gewohnheit getreu,

stets etliche tausend Dollar Banknoten bei sich trug.

Kurz, eine Minute nach dieser Attacke, während der kein Wort zwischen den Angreifern gewechselt worden war, fühlten Onkel Prudent, Phil Evans und Frycollin sich behutsam nicht auf dem Gras der Lichtung, sondern auf so etwas wie einer Planke, die unter ihrem Gewicht knarrte, niedergelegt. Seite an Seite blieben sie dort liegen. Neben ihnen schloß sich eine Tür. Sodann belehrte das Quietschen eines Riegels sie darüber, daß sie Gefangene waren.

Jetzt entstand ein anhaltendes Geräusch, das wie ein schnarrendes Brausen klang. ›Frrrr‹ ging das, wobei das ›rrrr‹ sich endlos hinzog, ohne daß irgendein anderer Laut wahrzunehmen gewesen wäre in dieser sonst so ruhigen Nacht.

Welch ein Aufruhr anderntags in Philadelphia! Schon am frühen Morgen hatte sich herumgesprochen, was am Abend zuvor in der Sitzung des Weldon-Instituts vorgefallen war: das Auftauchen einer geheimnisvollen Persönlichkeit, eines gewissen Ingenieurs namens Robur – Robur der Eroberer! –, der Streit mit den Mitgliedern des Klubs, den auszutragen er allem Anschein nach gekommen war, dann sein unerklärliches Verschwinden.

Doch war das erst eine Sensation, als die Stadt erfuhr, daß der Präsident und der Sekretär des Klubs in der Nacht auf den 13. Juni gleichermaßen verschwunden waren!

Ein Suchen fing an in der ganzen Stadt und in der Umgebung! Aber vergebens. Die Blätter von Philadelphia, dann die Zeitungen Pennsylvaniens, schließlich die Presse ganz Amerikas bemächtigten sich des Ereignisses und gaben hundert Versionen zur Erklärung des Vorfalls aus, von denen nicht eine die Wahrheit treffen sollte. In Anzeigen und auf Plakaten wurden erhebliche Summen zugesichert – nicht allein für den, der die verschwundenen Herrschaften zurückbrächte, sondern auch für jeden, der einen Hinweis geben konnte, der auf ihre Spur führen würde. Nichts kam dabei heraus. Hätte die Erde sich aufgetan, um sie zu verschlingen, Präsident und Sekretär des Weldon-Instituts hätten nicht spurloser vom Erdboden verschwunden sein können.

Die Regierungsblätter forderten in diesem Zusammenhang, die Polizeimannschaften gehörig zu verstärken, da ja auch auf die ersten Bürger der Vereinigten Staaten solche Attentate verübt werden könnten. Und die Regierungsblätter waren im Recht.

Wahr ist allerdings auch, daß die Oppositionsblätter forderten, das Personal der Polizei als überflüssig zu entlassen, da ja solche Attentate verübt werden konnten, ohne daß es möglich gewesen war, die Urheber ausfindig zu machen. Und die Oppositionsblätter waren möglicherweise nicht im Unrecht.

Am Ende blieb die Polizei, wie sie war und wie sie immer bleiben wird in der besten aller Welten, die nicht vollkommen ist und das wohl auch nie sein wird.

FÜNFTES KAPITEL
IN DEM PRÄSIDENT UND SEKRETÄR DES WELDON-INSTITUTS SICH AUF EINE VERTAGUNG DER FEINDSELIGKEITEN EINIGEN

Eine Binde vor den Augen, einen Knebel im Mund, einen Strick um die Handgelenke, einen Strick um die Füße, ohne Möglichkeit also, zu sehen, zu sprechen oder sich zu rühren: das war nicht danach, für Onkel Prudent, Phil Evans und den Diener Frycollin die Situation annehmbarer zu gestalten. Ferner nicht zu wissen, wer die Entführer waren und wo man abgelegt worden war wie einfaches Frachtgut in einem Gepäckwagen, nicht zu ahnen, wohin es ging und welchem Schicksal entgegen, das war eher danach, selbst die geduldigsten Exemplare vom Volk der Hammel aufzubringen, doch waren die Mitglieder des Weldon-Instituts bekanntlich nicht gerade Schafe in ihrer Geduld. Wer die Heftigkeit seines Charakters kennt, kann sich mühelos ausmalen, in welchem Zustand Onkel Prudent sein mußte.

Auf jeden Fall mußten Phil Evans und er denken, daß es für sie mit Schwierigkeiten verbunden sein würde, morgen abend ihren Platz im Vorstand des Klubs einzunehmen.

Frycollin seinerseits war mit verbundenen Augen und verstopftem Mund nicht einmal imstande, darüber nachzudenken, was die Zukunft bringen würde. Er war dem Tode näher als dem Leben.

Die Lage der Gefangenen änderte sich in der nächsten Stunde nicht. Niemand kümmerte sich um sie, noch wurde ihnen ihre Rede- und Bewegungsfreiheit wiedergegeben, wonach sie so starkes Verlangen trugen. Auf wütendes Grunzen und Krächzen, soweit es die Knebel erlaubten, mußten sie sich beschränken, auf die Zuckungen von Karpfen außerhalb ihres heimischen Elementes. Was da an stummem Zorn sich staute, an unterdrückter oder besser geknebelter Wut, das läßt sich nachempfinden. Nach derlei fruchtlosen Anstrengungen lagen sie dann für eine Weile da ohne eine Äußerung von Leben. Dann achteten sie, weil optisch verhindert, darauf, ob ihnen nicht die Akustik den beunruhigenden Stand der Dinge durch ein Anhaltszeichen erhellen würde. Aber umsonst versuchten sie, ein anderes Geräusch aufzufangen als dieses endlose und unerklärliche ›frrrr‹, das eine eisige Atmosphäre um sie zu erzeugen schien.

Unterdessen hatte sich folgendes ergeben: Ruhigen Blutes hatte Phil Evans den Strick, der seine Handgelenke fesselte, zu lockern vermocht. Nach und nach hatte der Knoten sich dann gelöst, die Finger glitten aneinander entlang, die Hände waren wieder frei.

Kräftiges Reiben stellte die normale Blutzirkulation wieder her, die durch die Abschnürung behindert worden war. Einen Augenblick später hatte Phil Evans die Binde über den Augen entfernt, den Knebel aus dem Mund gerissen, die

Stricke mit der scharfen Klinge seines ›bowie-knife‹ durchschnitten. Ein Amerikaner, der nicht ständig sein Bowiemesser in der Tasche trüge, hätte aufgehört, ein Amerikaner zu sein.

Wenn Phil Evans auch wieder sprechen und sich bewegen konnte, so war das übrigens alles. Seinen Augen war es nicht vergönnt, sich nützlich zu machen – im Augenblick wenigstens nicht. Tiefe Dunkelheit herrschte in der Zelle. Immerhin schimmerte ein wenig Helligkeit durch eine Art Guckloch, das in sechs oder sieben Fuß Höhe in die Wand eingelassen war.

Es versteht sich von selbst, daß Phil Evans keine Sekunde zögerte, seinen Rivalen, mochte er sein, wie er wollte, zu befreien. Ein paar Schnitte mit dem Bowiemesser genügten, die Knoten zu zerteilen, die ihm Füße und Hände zusammengeschnürt hielten. Im Nu war Onkel Prudent, schier rasend, auf den Knien, riß er Binde und Knebel weg; mit halb erstickter Stimme würgte er »Danke!« hervor.

»Nein! keinen Dank!« erwiderte der andere.

»Phil Evans?« – »Onkel Prudent ...?«

»Hier gibt es keinen Präsidenten und keinen Sekretär des Weldon-Instituts, hier gibt es keine Gegner mehr!«

»Recht haben Sie«, gab Phil Evans zurück. »Hier sind wir nur noch zwei Menschen, die sich rächen müssen an einem Dritten, dessen Anschlag nach unerbittlicher Vergeltung schreit. Und dieser Dritte ...«

»Das ist Robur!«

»Ist Robur!«

Endlich also ein Punkt, über den die beiden Ex-Rivalen vollkommen einer Meinung waren. Über dieses Thema war kein Disput zu befürchten.

»Und ihr Diener?« fragte Phil Evans, auf Frycollin deutend, der wie ein Seehund schnaufte. »Er muß befreit werden.«

»Noch nicht«, antwortete Onkel Prudent. »Er würde uns den Kopf verrückt machen mit seinem Gejammer, und wir haben andere Dinge zu tun, als ihm den Kopf zurechtzurücken.«

»Was also tun, Onkel Prudent?«

»Uns retten, wenn das möglich ist.«

»Auch wenn es unmöglich ist!«

»Richtig, Phil Evans, auch wenn es unmöglich ist!«

Auch nur einen Augenblick daran zu zweifeln, ob die Entführung diesem wunderlichen Robur anzulasten war, das kam dem Präsidenten und seinem Kollegen noch nicht einmal in den Sinn. Einfache und ehrliche Räuber hätten allerdings auch zunächst einmal Uhren, Ringe, Brieftaschen und Portemonnaies genommen und ihre Opfer dann mit einem Schnitt durch die Gurgel in den Schuylkill geworfen, statt sie einzusperren in der Tiefe von ... ja, von was denn eigentlich? Wichtige Frage, in der Tat – eine Frage, die aufgeklärt werden mußte, bevor man mit einiger Aussicht auf Erfolg zu den Fluchtvorbereitungen schreiten konnte.

»Phil Evans«, sagte Onkel Prudent, »statt nach unserer Sitzung Freundlichkeiten auszutauschen, auf die zurückzukommen jetzt nicht der Augenblick ist, hätten wir besser getan, weniger zerstreut zu sein. Wären wir auf den Straßen von Philadelphia geblieben, wäre das hier nicht geschehen. Ohne Frage hat dieser Robur geahnt, was im Klub geschehen würde, er hat die Zornausbrüche vorausgesehen, die seine herausfordernde Haltung entfesseln mußte, und hat einige von seinen Banditen vor der Tür postiert, um nicht ohne Beistand zu sein. Als wir die Walnut Street verließen, haben uns die Häscher belauert, verfolgt und leichtes Spiel gehabt, als sie sahen, daß wir unvorsichtig genug waren, uns in den Alleen des Fairmount Parks zu verlieren.«

»Zugegeben«, antwortete Phil Evans, »es war sehr falsch, daß wir nicht unverzüglich nach Hause gegangen sind, ja!«

»Es ist immer ein Fehler, das Falsche zu tun«, sagte Onkel Prudent.

Da wehte aus der finstersten Ecke der Zelle ein trauriger Seufzer herüber.

»Was ist denn das?« fragte Phil Evans.

»Nichts, Frycollin träumt.«

Und Onkel Prudent fuhr fort:

»Zwischen dem Augenblick, als wir ergriffen wurden, ein paar Schritt vor der Lichtung, und dem Augenblick, als wir in dieses Loch geworfen wurden, sind nicht mehr als zwei Minuten verstrichen. Es steht also fest, daß uns diese Kerle nicht aus dem Fairmount Park hinausgeschleppt haben.«

»Und wenn sie es getan hätten, würden wir unweigerlich eine Fortbewegung verspürt haben.«

»Völlig richtig«, meinte auch Onkel Prudent. »Mithin besteht kein Zweifel, daß wir in dem Abteil irgendeines Wagens eingeschlossen liegen – vielleicht in einem dieser langen Präriewagen oder in einem Zigeunerkarren.«

»Offensichtlich! Denn wenn wir auf einem Boot wären, das am Ufer des Schuylkill festgemacht ist, würden wir ein gewisses Schlingern bemerken, das die Strömung hervorruft.«

»Richtig, immer noch richtig«, sagte Onkel Prudent, »und da wir uns nach wie vor auf der Lichtung befinden, denke ich, daß jetzt oder nie der Augenblick ist zu fliehen; auch wenn wir diesen Robur erst später wiedersehen ...«

»Um gründlich Rechenschaft von ihm zu fordern für diesen Angriff auf die Freiheit zweier Bürger der Vereinigten Staaten von Amerika!«

»Gründlich! Sehr gründlich!«

»Was war das überhaupt für ein Kerl? Wo kam der her? Ein Engländer, Deutscher, Franzose ...?«

»Ein Schuft, das genügt«, antwortete Onkel Prudent. – »Ans Werk jetzt!«

Mit ausgestreckten Händen und gespreizten Fingern tasteten beide die Wände des Abteils nach einer Fuge oder Ritze ab. Nichts. Nichts, nicht einmal bei der Tür. Sie war hermetisch verschlossen, und das Schloß zu sprengen, wäre ein Unding gewesen. Also mußte ein Loch geschlagen werden, um durch diese Öffnung zu entkommen. Blieb noch die Frage, ob die Wände ihren Bowiemessern nicht widerstehen, ob die Klingen nicht stumpf werden oder gar brechen würden bei dieser Arbeit.

»Aber woher kommt nur dieses Surren, das nicht endet?« fragte Phil Evans, arg verwundert über das unablässige ›frrrr‹.

»Sicher der Wind«, erwiderte Onkel Prudent.

»Wind? Bis gegen Mitternacht scheint mir die Luft aber ganz unbewegt gewesen zu sein.«

»Es hatte den Anschein. Aber, Phil Evans, wenn das eben nicht der Wind war, was soll es dann Ihrer Meinung nach gewesen sein?«

Phil Evans klappte die schärfste Klinge seines Messers auf und griff damit nahe der Tür die Wand an. Vielleicht würde es genügen, einen Spalt zu schaffen, um die Tür von außen zu öffnen, falls sie nur durch einen Riegel versperrt oder der Schlüssel im Schloß gelassen worden war.

Einige Minuten Arbeit brachten kein anderes Resultat, als daß die Spitzen der Messer abbrachen und die Klingen zu schartigen Sägen mit tausend Zacken wurden.

»Das Messer dringt wohl nicht ein, Phil Evans?«

»Nein.« – »Stecken wir in einem Käfig aus Eisen?«

»Keineswegs, Onkel Prudent. Wenn man die Wände abklopft, klingen sie überhaupt nicht nach Metall.«

»Eisenholz vielleicht?«

»Nein! Weder Eisen noch Holz.«

»Was dann?«

»Schwer zu sagen; auf jeden Fall ein Material, das Stahl nicht angreift.«

Ein heftiger Zornausbruch überkam Onkel Prudent; er fluchte, stampfte auf den dumpf widerhallenden Boden, während seine Hände einen imaginären Robur zu erwürgen versuchten.

»Ruhe, Onkel Prudent, Ruhe!« sagte Phil Evans. »Versuchen Sie es noch einmal.«

Onkel Prudent probierte es, aber das Bowiemesser kam der Wand nicht bei, die hart wie Kristall war und sich von den besten Klingen noch nicht einmal ritzen ließ.

Jede Flucht war also ausgeschlossen, außer daß sie einmal gewagt werden könnte, wenn die Tür geöffnet werden sollte.

Für den Augenblick hatten die Gefangenen sich damit abzufinden, was freilich kaum nach dem Temperament eines Yankee ist, muß es eminent praktisch veranlagten Geistern doch zuwiderlaufen, auf nichts als einen Zufall zu warten. So ging es nicht ab ohne Verwünschungen, große Worte, wilde Schmähreden an die Adresse Roburs, bei dem nicht einmal feststand, daß er der Mensch war, sich dadurch aus der Ruhe bringen zu lassen, falls er sich auch privat so gab, wie ihn das Weldon-Institut kennengelernt hatte.

Frycollin hatte inzwischen begonnen, unmißverständliche Zeichen von Not und Pein zu äußern. Magenkrämpfe suchten ihn heim oder Krämpfe in den Gliedern, jedenfalls schüttelte es ihn jämmerlich.

Onkel Prudent glaubte, dieser Gymnastik ein Ende machen zu müssen, und zerschnitt die Stricke, die den Neger gefesselt hielten.

Er sollte es vielleicht bereuen. Sogleich stimmte der Diener eine endlose Litanei an, in der Entsetzen und Hungerqualen durcheinandergingen. Frycollin wurde von seinem Hirn nicht weniger gemartert als von seinem Magen. Es war schwer auszumachen, welchem der beiden Organe der Neger mehr Qualen verdankte.

»Frycollin!« schrie Onkel Prudent.

»Master Onkel!... Master Onkel!« schluchzte der Neger zwischen zwei steinerweichenden Seufzern.

»Es ist möglich, daß wir dazu verdammt sind, in diesem Gefängnis Hungers zu sterben. Aber wir sind entschlossen, unseren Geist nicht aufzugeben, bevor wir alles verspeist haben, was nur irgend geeignet sein könnte, unser Leben zu verlängern.«

»Mich essen?« kreischte Frycollin.

»Wie man es in einer solchen Lage mit einem Neger immer macht! Also, Frycollin, bemühe dich zu vergessen...«

»Oder wir ›frycassieren‹ Frycollin!« fügte Phil Evans hinzu.

Und Frycollin bekam allen Ernstes Angst, er

müsse zur Verlängerung zweier Existenzen herhalten, die offenbar mehr galten als seine. Folglich ließ er es mit Seufzern *in petto* genug sein.

Unterdessen verstrich die Zeit, und jeder Versuch, Tür oder Wand zu sprengen, war gescheitert. Woraus die Wand bestand, war nicht herauszufinden. Sie war nicht aus Metall, sie war nicht aus Holz und auch nicht aus Stein. Der Boden der Zelle schien überdies aus dem gleichen Material gemacht. Stampfte einer der Gefangenen auf, gab der Boden einen sonderbaren Ton zurück, den Onkel Prudent nicht so leicht unter bekannte Geräusche einzuordnen gewußt hätte. Eine andere Beobachtung: unter dem Boden schien es hohl hervorzuklingen, wie wenn er nicht unmittelbar auf dem Boden der Lichtung ruhte. Ja das unerklärliche ›frrrr‹ schien an der Unterfläche entlangzuschmeicheln. All dies wirkte nicht eben beruhigend.

»Onkel Prudent?« fragte Phil Evans.

»Phil Evans?« fragte Onkel Prudent zurück.

»Können Sie sich vorstellen, daß unser Kerker seinen Platz gewechselt hat?«

»Unmöglich.«

»Zu dem Zeitpunkt aber, als wir eingesperrt wurden, konnte ich deutlich den frischen Geruch des Grases und den harzigen Duft der Bäume im Park wahrnehmen, und jetzt schnüffle ich vergebens. Mir scheint, alle diese Gerüche sind verschwunden.«

»Tatsächlich.«

»Wie ist das zu erklären?«

»Nehmen wir als Erklärung, was wir wollen, Phil Evans, aber keinesfalls die Hypothese, daß unser Gefängnis seinen Standort verändert hat. Ich wiederhole, wären wir auf einem Wagen, der sich fortbewegt, oder auf einem Schiff, das schwimmt, würden wir es spüren.«

Da ließ Frycollin ein langes Stöhnen vernehmen, das man für seinen letzten Seufzer hätte halten können, wenn nicht noch andere Seufzer gefolgt wären.

»Ich glaube schon, daß dieser Robur uns bald zu sich zitiert«, sagte Phil Evans.

»Das will ich hoffen«, rief Onkel Prudent aus, »und dann werd' ich ihm sagen ...«

»Was?«

»Daß er als Frechling aufgetreten und als Schurke abgegangen ist!«

Bei diesem Gespräch machte Phil Evans die Beobachtung, daß der Tag zu grauen begann. Ein noch ungewisser Lichtschimmer drang durch das enge Guckloch, das sich in dem oberen Teil der Wand gegenüber der Tür befand. Vier Uhr morgens mußte es also ungefähr sein, da dies die Stunde ist, zu der im Monat Juni und unter diesem Breitengrad die ersten Strahlen des Morgens den Horizont von Philadelphia erhellen.

Als aber Onkel Prudent seine Repetieruhr – ein Meisterwerk aus der Werkstatt seines Kollegen – schlagen ließ, gab das kleine Läutwerk Viertel vor drei als Zeit an, obwohl die Uhr keineswegs etwa stehengeblieben war.

»Komisch!« sagte Phil Evans. »Um Viertel vor drei müßte es noch Nacht sein.«

»Meine Uhr müßte also nachgegangen sein ...« antwortete Onkel Prudent.

»Eine Uhr der *Walton Watch Company!«* rief Phil Evans.

Gleichviel, es graute der Tag. Immer schärfer zeichnete sich in der tiefen Finsternis der Zelle das Guckloch weiß ab. Doch nicht allein, daß die Morgendämmerung früher heraufkam, als dem 40. Breitengrad, unter dem Philadelphia doch liegt, entspricht, sie setzte sich auch nicht mit der den niedrigen Graden eigentümlichen Schnelligkeit durch.

Eine neue Beobachtung, die Onkel Prudent machen mußte, eine neue Erscheinung unerklärlicher Art.

»Vielleicht könnte man sich bis zu dem Guckloch hochziehen«, bemerkte Phil Evans, »um zu sehen, wo wir sind.«

»Das geht«, entgegnete Onkel Prudent.

Er wandte sich Frycollin zu.

»Auf, Fry, auf die Beine!«

Der Neger erhob sich.

»Lehn dich mit dem Rücken gegen die Wand«, sagte Onkel Prudent, »und Sie, Phil Evans, wollen bitte auf seine Schultern steigen. Ich helfe stützen, damit Sie Halt haben.«

»Ausgezeichnet«, sagte Phil Evans.

Einen Augenblick später kniete er auf den Schultern Frycollins und hatte die Augen in Höhe des Gucklochs.

Es war geschlossen, allerdings nicht durch gewölbtes Glas wie bei einem Bullauge, sondern durch eine einfache Glasscheibe. Obwohl sie nicht sehr stark war, behinderte sie die Aussicht von Phil Evans, dessen Gesichtswinkel sehr stark eingeschränkt war.

»Nun, schlagen Sie die Scheibe doch ein«, empfahl Onkel Prudent. »Vielleicht können Sie dann besser sehen.«

Mit dem Heft seines Bowiemessers schlug Phil Evans heftig gegen das Glas. Es gab einen silberhellen Ton von sich, zerbrach aber nicht.

Ein zweiter Schlag, noch stärker. Dasselbe Ergebnis.

»Das ist gut«, rief Phil Evans, »unzerbrechliches Glas!«

In der Tat mußte die Scheibe aus einem Glas sein, das nach dem Verfahren des Erfinders Siemens gehärtet worden war, denn trotz wiederholter Schläge blieb sie heil.

Immerhin war es mittlerweile hell genug geworden, um einen Blick nach draußen werfen zu können – zumindest innerhalb der Grenzen, die der Rahmen des Gucklochs zog.

»Was sehen Sie?« wollte Onkel Prudent wissen.

»Nichts.«

»Wie bitte? Keine Bäume?«

»Nein.«

»Auch keine Baumwipfel?«

»Auch nicht.«

»Wir sind also nicht mehr mitten auf der Lichtung?«

»Weder auf der Lichtung noch im Park.«

»Sehen Sie wenigstens Häuserdächer, die Spitze eines Denkmals?« fragte Onkel Prudent, dessen

Enttäuschung, untermalt von Ingrimm, beständig wuchs.

»Weder Dächer noch irgendwelche Spitzen.«

»Was denn! Auch keinen Flaggenmast, keinen Kirchturm, keinen Fabrikschlot?«

»Nichts als den leeren Raum.«

In dem Augenblick öffnete sich die Tür der Zelle. Ein Mann erschien.

Es war Robur.

»Meine Herren Ballopingenieure«, sagte er mit ernster Stimme, »Sie sind jetzt frei, sich zu bewegen, wie es Ihnen beliebt.«

»Frei!« donnerte Onkel Prudent.

»Ja ... innerhalb der Grenzen der *Albatros!*«

Onkel Prudent und Phil Evans stürzten aus der Zelle. Und was sahen sie?

Zwölf- oder dreizehnhundert Meter unter ihnen die Oberfläche eines Landes, das sie vergeblich zu erkennen versuchten.

SECHSTES KAPITEL

DAS INGENIEURE, MECHANIKER UND ÄHNLICH BESCHLAGENE LEUTE WOHL BESSER ÜBERSCHLAGEN

»In welchem Zeitalter wird der Mensch aufhören, durch die Niederungen zu kriechen, um im Azur und im Frieden des Himmels zu leben?«

Die Antwort auf diese Frage Camille Flammarions fällt leicht: die Zeit wird gekommen sein, sobald die Fortschritte in der Mechanik die Lösung des Problems der Aviation ermöglichen. Und seit einigen Jahren ließ sich absehen, daß eine wirksamere Ausnutzung der Elektrizität zur Lösung dieses Problems führen mußte.

Bevor die Brüder Montgolfier 1783 die erste Montgolfiere konstruierten und der Physiker Charles seinen ersten Ballon, hatten kühne Geister schon davon geträumt, den Raum mit Hilfe mechanischer Apparate zu erobern. Die ersten Erfinder hatten also nicht auf leichter als die Luft gebaute Apparate spekuliert – eine Vorstellung, die der Stand der Physik zu ihrer Zeit auch gar nicht erlaubte. Die Fortbewegung durch den Raum gedachten sie mit Flugmaschinen, die schwerer als Luft sein und den Vogelflug imitieren sollten, zu erreichen.

Das war genau die Idee, die der närrische Sohn des Dädalus hatte, jener Ikarus, dessen mit Wachs geklebte Flügel zur Erde sanken, als er der Sonne zu nahe kam. Doch brauchen wir nicht in mythologische Zeiten hinabzusteigen, da sich der Gedanke an Maschinen, dazu bestimmt, durch die Atmosphäre zu fahren, schon in den Arbeiten des Danti von Perugia, bei Leonardo da Vinci und bei Guidotti findet. Zweieinhalb Jahrhunderte später schwillt die Zahl der Erfinder an. 1742 baut der Marquis de Bacqueville ein System von Flügeln, erprobt es über der Seine, stürzt ab und bricht sich den Arm. 1768 entwirft Paucton einen von zwei Schrauben getriebenen Apparat, deren eine ihn heben, deren andere ihn vorwärts bewegen soll. 1781 konstruiert der Architekt des Fürsten von Baden, Meerwein, eine Vogelflugmaschine und stellt sich gegen die Vorstellung, die gerade erfundenen Aerostaten je lenken zu können. 1784 bringen Launoy und Bienvenu einen Schraubenflieger in die Luft, der seinen Antrieb der Kraft von Federn verdankt. 1808 Flugversuche durch den Österreicher Jakob Degen. 1810 wird in Nantes die Broschüre von Deniau veröffentlicht, in der er die Grundsätze der These ›Schwerer als Luft‹ darlegt. Zwischen 1811 und 1840 dann die Studien und Erfindungen von Berblinger, Vigual, Sarti, Dubochet, Cagniard de Latour. 1842 tritt der Engländer Henson mit seinem System schräger Tragflächen und dampfgetriebener Schrauben hervor; 1845 Cossus mit seinem von Auftriebsschrauben gehobenen Apparat; 1847 Camille Vert mit einem Helikopter, bei dem die Blätter der Schrauben mit Federn besetzt sind; 1852 Letur mit einem System von steuerbaren Fallschirmen, dessen Erprobung den Erfinder das Leben kostet; im selben Jahr Michel Loup mit einer durch die Luft gleitenden Plattform, an der vier kreisende Flügel befestigt sind; 1853 Béléguic mit seinem von Zugschrauben getriebenen Drachenflieger, Vaussin-Chardannes mit seinem frei lenkbaren Drachen, Georges Cauley mit Entwürfen von Flugmaschinen, die mit einem

Gasmotor ausgerüstet sind. Von 1854 bis 1863 erscheinen Joseph Pline, der sich verschiedene Flugverfahren patentieren läßt, Bréant, Carlingford, Le Bris, Du Temple, Bright, dessen Auftriebsschrauben sich entgegengesetzt drehen, Smythies, Panafieu, Crosnier und andere. 1863 wird schließlich auf Betreiben Nadars eine Gesellschaft *Plus lourd que l'air* in Paris gegründet. Dort experimentieren die Erfinder mit teilweise schon patentierten Maschinen: Ponton d'Amécourt mit seinem Dampfhelikopter, de la Landelle mit seinem System, bei dem Schrauben mit Schrägflächen und Fallschirmen kombiniert sind, Louvrié mit seinem ›Aeroskaph‹, Esterno mit seinem mechanischen Vogel und Groof mit einem Apparat, dessen Flügel durch Hebel bewegt werden. Der Anstoß war gegeben, die Erfinder erfinden, die Kalkulatoren kalkulieren jede Möglichkeit, die Fortbewegung durch die Luft praktischer werden zu lassen. Bourcart, Le Bris, Kaufmann, Smyth, Stringfellow, Prigent, Danjard, Pomès und de la Pauze, Moy, Pénaud, Jobert, Hureau de Villeneuve, Achenbach, Garapon, Duchesne, Danduran, Parisel, Dieuaide, Melkisff, Forlanini, Brearey, Tatin, Dandrieux, Edison, sie alle sinnen, kreieren, bauen, die einen mit Flügeln oder Schrauben, die andern mit Schrägflächen, und vervollkommnen ihre Flugmaschinen, die auf den Tag warten, an dem irgendein Erfinder sie mit einem mächtigen und dennoch äußerst leichten Motor bestücken wird.

Man möge diese etwas lange Liste von Namen verzeihen. Aber mußten nicht alle Stufen in der Entwicklung der Luftschiffahrt aufgezeigt werden, auf deren Gipfel Robur der Eroberer erschien? Hätte er einen so vollkommenen Apparat erfinden können ohne die tastenden Versuche und die Erfahrungen seiner Vorgänger? Nein, gewiß nicht! Und wenn er nur Verachtung kannte für alle, die noch immer sich darin verbissen, die Lenkbarkeit von Ballons zu erreichen, so schätzte er hoch alle Anhänger der These ›Schwerer als Luft‹ ein, Engländer, Amerikaner, Italiener, Österreicher, Franzosen – zumal Franzosen, deren durch ihn vollendete Arbeiten ihn erst dazu gebracht hatten, diese fliegende Maschine zu erdenken und dann zu bauen, seine *Albatros,* die jetzt die Strömungen der Atmosphäre durchschnitt.

»Taube, flieg!« hatte ein hartnäckiger Anhänger der Vogelflugtheorie gerufen.

»Man wird auf der Luft noch herumtrampeln wie auf einem Stück Erde!« war die nicht minder sture Antwort.

Der lauteste Schreier von allen, der die Posaunen der Publizität betätigte, war in den Ruf ausgebrochen: »Nach der Lokomotive die Aeromotive!«

Durch Experimente und Berechnungen ist in der Tat nichts klarer bewiesen, als daß die Luft einen äußerst starken Widerstand bietet. Ein Fallschirm von einem Meter Durchmesser kann einen Sturz durch die Luft nicht nur bremsen, sondern kann sogar zu einer gleichbleibenden Fallgeschwindigkeit führen. Dies alles war bekannt.

Ebenso war bekannt, daß wenn die Geschwindigkeit groß ist, die Wirkung der Schwerkraft ungefähr im umgekehrten Verhältnis zum Quadrat dieser Geschwindigkeit abnimmt und beinahe unbedeutend wird.

Weiter war bekannt, daß die Flügelfläche, die notwendig ist, um einen Vogel in der Luft zu halten, proportional desto weniger groß sein muß, je größer das Gewicht des Vogels wird, wiewohl die Flügelschläge, die er ausführt, langsamer werden.

Ein aviatorischer Apparat muß also derart konstruiert sein, daß er diese Gesetze der Natur ausnutzt und den Vogel nachahmt, »diesen herrlichen Typ der Luftlokomotive«, wie Doktor Marey vom Institut de France gesagt hat.

Im großen und ganzen lassen sich die Flugapparate, die zur Lösung dieses Problems taugen, in drei Gruppen unterteilen:

1. Helikopter oder Schraubenflieger, die durch Luftschrauben an vertikaler Achse gehoben werden;

2. Orthopter oder Geradflügler, Maschinen, deren Konstruktion darauf abzielt, den natürlichen Vogelflug nachzuvollziehen;

3. Aeroplane, die genaugenommen – wie der Drachen – nichts als Schrägflächen sind, jedoch durch horizontale Schrauben bugsiert oder getrieben werden.

Jedes dieser Systeme hat entschiedene, wenn nicht fanatische Anhänger gehabt und hat sie noch immer.

Die beiden ersten hatte Robur jedoch nach reiflicher Überlegung verworfen.

Zweifellos bietet ein Orthopter, der mechanische Vogel, gewisse Vorteile. Das haben 1884 die Arbeiten und Experimente von Renaud bewiesen. Doch darf man, wie Renaud auch vorgeworfen wurde, die Nachahmung der Natur nicht sklavisch betreiben. Die Lokomotive ist schließlich auch keine Kopie des Hasen und das Dampfschiff nicht die Kopie eines Fisches. Die Lokomotive hat man mit Rädern ausgestattet, die durchaus keine Beine sind, und das Dampfschiff mit einer Schraube und nicht mit einer Flosse. Beide machen deswegen nicht schlechtere Fahrt. Im Gegenteil. Weiß man übrigens, was beim Flug der Vögel, deren Bewegungen höchst kompliziert sind, mechanisch vor sich geht? Hat Doktor Marey nicht vermutet, daß jedesmal, wenn die Flügel zum Schwung ausholen, die Federn sich öffnen, um Luft durchzulassen? Ein Manöver, das von einer künstlichen Maschine zumindest nicht ohne Schwierigkeiten nachzumachen wäre.

Andererseits unterliegt es keinem Zweifel, daß mit Aeroplanen allerlei gute Resultate erzielt worden sind. Schrauben, die der Luft eine schiefe Ebene entgegentreiben, sind durchaus das Mittel, Auftrieb zu gewinnen, und die kleinen Apparate, mit denen experimentiert wurde, haben den Beweis geliefert, daß das disponible Gewicht, das heißt die Nutzlast, mit dem Quadrat der Geschwindigkeit zunimmt. Hierin liegen große Vorteile – gerade gegenüber den Aerostaten, die auf eine Verschiebungsbewegung angewiesen sind.

Robur hatte sich gleichwohl gedacht, daß das Bessere noch immer das Einfachere sei. Auch hatten sich die Schrauben – die ›heiligen Schrauben‹, wie ihm im Weldon-Institut höhnisch zugerufen worden war – in jeder Hinsicht als ausreichend erwiesen. Die einen brachten seine Flugmaschine in die Höhe, die andern trieben sie mit großartiger Schnelligkeit und Sicherheit voran.

Theoretisch könnte tatsächlich eine Schraube mit genügend geringer Steigung, aber möglichst großer Oberfläche, »um die Dinge auf die Spitze zu treiben«, wie Victor Tatin gesagt hat, »eine unbegrenzte Last mit einem Minimum an Energieaufwand heben«.

Wenn ein Orthopter – entsprechend dem Flügelschlag der Vögel – sich erhebt, indem er sich regelrecht auf die Luft stützt, so steigt ein Helikopter dadurch, daß seine Propellerflügel die Luft in einem schrägen Winkel peitschen, als ob er an einer schiefen Ebene emporklettern würde. Um Flügel in Schraubenform handelt es sich dabei und nicht um Flügel in Schaufelform. Die Schraube bugsiert die Luft notwendigerweise in der Richtung ihrer Achse. Liegt die Achse vertikal, hebt die Schraube vertikal. Liegt die Achse horizontal, zieht die Schraube horizontal.

Der ganze Flugapparat des Ingenieurs Robur beruhte auf diesen beiden Bewegungsprinzipien.

Hier die exakte Beschreibung, die sich in drei Teile gliedert: Verdeck, Hub- und Triebmechanismus, Maschinerie.

Verdeck: Eine Plattform von dreißig Metern Länge und vier Metern Breite, ein richtiges Schiffsdeck mit einem Bug in Schnabelform. Darunter wölbt sich ein festgefügter Rumpf, der die Maschinen zur Erzeugung mechanischer Kraft beherbergt, die Munitionskammer, die Geräte- und Werkzeugkammer, das allgemeine Magazin mit Vorräten verschiedenster Art, zum Beispiel Wasserkanistern. Rund um das Verdeck läuft ein Geländer, von leichten Pfosten getragen, die durch Drähte verbunden sind. Auf dem Verdeck stehen drei Aufbauten, deren Abteile teils der Mannschaft als Kajüten dienen, teils Maschinen bergen. Im mittleren Aufbau arbeitet die Maschine, die die Hubschrauben treibt; im vorderen die Maschine für den vorderen Propeller, im hinteren der Antrieb für den hinteren Propeller. Propeller und Hubschrauben verfügen also über jeweils getrennte Energiequellen. Im ersten Aufbau am Bug liegen zwei Aufenthaltsräume für die Mannschaft und die Küche. Im letzten Aufbau hinten am Heck sind mehrere Kabinen untergebracht, darunter die des Ingenieurs, und ein Speiseraum. Über diesem ist ein Glaskäfig aufgebaut, in dem der Steuermann mit einem starken Rad den Flug des Apparates lenkt. Alle Aufbauten bekommen durch Luken Licht, die durch Hartglas verschlossen sind, welches zehnmal stärker ist als normales Glas. Unter dem Rumpf ist ein System von elastischen Federn installiert, um Erschütterungen bei der Landung aufzufangen, obwohl sie überaus weich durchgeführt werden kann. So weitgehend ist der Ingenieur Herr der Bewegung seines Apparats.

Hub- und Triebmechanismus: Über dem Deck ragen siebenunddreißig Achsen senkrecht auf, fünfzehn an jeder Bordseite und noch höher sieben in der Mitte. Man möchte von einem Schiff mit siebenunddreißig Masten sprechen. Nur tragen diese Masten statt Segeln je zwei horizontal liegende Schrauben mit ziemlich geringer Steigung und schmalen Flügeln, die sich freilich in rasende Rotation bringen lassen. Jede Achse ist unabhängig von der Bewegung der anderen, und darüber hinaus wechselt die Drehrichtung nach jeweils zwei Achsen. Diese Anordnung ist notwendig, damit der Apparat nicht in eine Kreiselbewegung gerät. Auf diese Weise bleiben die Schrauben, während sie auf vertikaler Luftsäule unaufhörlich steigen, gegen den horizontalen Gegendruck im Gleichgewicht. Der Apparat ist so mit vierundsiebzig Hubschrauben ausgerüstet, deren drei Flügel an der Spitze in einen Metallring gefaßt sind, der als Schwungrad dazu dient, die Motorenkraft besser auszunützen. Am Bug und am Heck drehen sich zwei vierflügelige gegenläufige Propellerschrauben mit starker Steigung auf horizontaler Achse und bewirken die Vorwärtsfahrt. Diese Schrauben, die

einen größeren Durchmesser haben als die Hubschrauben, können gleichfalls mit hoher Drehgeschwindigkeit laufen.

Im großen und ganzen beruht dieser Apparat auf den Systemen, für die Cossus, de la Landelle und Ponton d'Amécourt eingetreten sind, deren Vervollkommnung jedoch erst der Ingenieur Robur erreicht hat. Sein Recht, als Erfinder zu gelten, ist vor allem durch die Wahl und die Anwendung der Triebkraft begründet.

Maschinerie: Weder Wasserdampf oder andere Flüssigkeiten, noch Preßluft oder andere dehnungsfähige Gase, noch eine explosive Mischung, die sich mechanisch ausbeuten ließe, verdankt sie der Elektrizität, jenem Agens, das eines Tages die Seele der industriellen Welt sein wird. Übrigens ist am Prozeß der Energiegewinnung keinerlei Elektromotor beteiligt. Säulen und Akkumulatoren sind alles. Doch welche Elemente sind es, die notwendig zum Aufbau dieser Säulen gehören, und welche Säuren bringen sie in Tätigkeit? Das ist das Geheimnis Roburs. Mit den Akkumulatoren steht es ebenso. Welcher Art sind ihre positiven und ihre negativen Platten? Man weiß es nicht. Der Ingenieur hat sich – und das mit Grund – gehütet, seine Erfindung patentieren zu lassen. Im ganzen genommen ergibt sich folgendes Resultat: Batterien von außerordentlich hoher Leistung, Säuren von beinahe uneingeschränkter Widerstandsfähigkeit gegen Verdunstung oder Gefrieren, Akkumulatoren, welche die Faure-Sellon-Volckmarschen weit übertreffen, elektrische Ströme schließlich, deren Amperezahlen sich in bislang noch unbekannten Größenordnungen bewegen. Hieraus ergibt sich eine Mächtigkeit an elektrischen Pferdestärken, die sozusagen unbegrenzt ist und den Schrauben eine Hub- und Schubkraft verleiht, die jenseits aller Erfordernisse liegt, gleichgültig, welche Umstände man annimmt.

Aber es muß wiederholt werden: dies alles vermag allein der Ingenieur Robur zu erreichen, der daraus ein Geheimnis macht. Gelingt es dem Präsidenten und dem Sekretär des Weldon-Instituts nicht, dieses Geheimnis aufzudecken, wird es für die Menschheit sehr wahrscheinlich verloren sein.

Unnötig zu sagen, daß dank der Lage des Schwerpunktes ausreichende Stabilität gewährleistet ist. Es besteht keine Gefahr, daß der Apparat in eine bedrohliche Schräglage gerät, aber auch kein Grund zu der Befürchtung, er könne sich überschlagen.

Bleibt noch die Frage, welches Material der Ingenieur Robur für die Konstruktion seines Luftschiffes verwendet hat. Luftschiff – das ist wohl die Bezeichnung, die auf den *Albatros* am besten zutrifft. Was war das für ein Stoff, so hart, daß ihn Phil Evans Bowiemesser nicht angriff und Onkel Prudent sich seine Beschaffenheit nicht zu erklären wußte? Ganz einfach: Papier.

Seit einigen Jahren schon hatte die Fertigung von Papier eine bemerkenswerte Entwicklung genommen. Ungeleimtes Papier, das mit Dextrin und Stärke imprägniert wird und dann unter eine hydraulische Presse kommt, ergibt ein Material, das hart ist wie Stahl. Flaschenzüge, Schienen und Wagenräder, die solider sind als Metallräder und leichter, werden daraus hergestellt. Diese beiden Eigenschaften waren es, die Robur der Konstruktion seiner Luftlokomotive zugute kommen lassen wollte. Alles, Rumpf, Verdeck, Aufbauten, Kabinen, waren aus Strohpapier, das unter Druck wie zu Metall geworden und – ein weiterer nicht zu verachtender Punkt für einen in großen Höhen fliegenden Apparat – nicht brennbar war. Für die einzelnen Teile der Hub- und Triebmaschinen hatte der gelatinierte Faserstoff das widerstandsfähige und zugleich elastische Material geliefert. Es vermochte alle Formen anzunehmen, blieb in den meisten Gasen und Flüssigkeiten, Säuren und Ölen unlöslich, von seinen isolierenden Eigenschaften gar nicht zu reden, und war mithin in der Verwendung für die elektrische Maschinerie der *Albatros* von höchstem Nutzen gewesen.

Der Ingenieur Robur, sein Maschinist Tom Turner, ein Mechaniker mit zwei Gehilfen, zwei Steuerleute und ein Koch – insgesamt also acht Mann – bildeten die Mannschaft, die in jeglicher Hinsicht zur Bedienung des Luftschiffes ausreichte.

Jagd- und Kampfwaffen, Fischfanggerät und elektrische Scheinwerfer gehörten zur Ausrüstung des Luftschiffs, ferner Meßinstrumente, Bussolen und Sextanten zur Berechnung des Kurses, Thermometer und verschiedene Barometer, die einen, um die erreichten Höhen zu ermitteln, die andern, um die Schwankungen des Luftdrucks festzustellen, des weiteren ein Storm-glass, um anziehende Unwetter zu erkennen, sowie eine kleine Bibliothek, eine kleine, transportable Druckerei und ein schwenkbares Geschütz mitten auf dem Verdeck, ein Hinterlader mit 6-cm-Kaliber, samt dem dazugehörigen Vorrat an Pulver, Kugeln und Dynamitpatronen, nicht zu vergessen eine von den Strömen der Akkumulatoren geheizte Küche, ein Stapel Fleisch- und Gemüsekonserven, griffbereit in einer Proviantkammer neben einigen Fässern Brandy, Whisky und Gin, kurzum, alles, was man braucht, um monatelang der Sorge enthoben zu sein, landen zu müssen. Ein wohlbekanntes Instrument fehlte nicht: ein Nebelhorn.

Darüber hinaus gab es ein leichtes, unversenkbares Kautschukboot an Bord, das auf einem Fluß, einem See oder auf einem ruhigen Meer acht Mann bergen konnte.

Aber hatte Robur nicht wenigstens Fallschirme anbringen lassen für ein etwaiges Unglück? Nein. An einen Absturz glaubte er nicht. Die Achsen der Schrauben waren unabhängig voneinander. Fielen die einen aus, beeinträchtigte das nicht die Arbeit der anderen. Wenn nur die Hälfte von ihnen lief, reichte das hin, um die *Albatros* in ihrem Element zu halten.

»Mit der *Albatros*«, wie Robur der Eroberer bald Gelegenheit hatte, seinen neuen Gästen – Gästen wider Willen – zu erklären, »mit ihr bin ich Herr über den siebenten Teil der Welt, der größer ist als Australien, Ozeanien, Asien, Amerika und Europa, jenes himmlische Ikarien, das Tausende von Ikariern[1] eines Tages bevölkern werden!«

[1] Diese Bezeichnung hat neben dem mythologischen einen literarischen und politischen Bezug. Der Name ist keine Erfindung Jules Vernes. Ikarier (›Icariens‹ oder ›communistes icariens‹) nannten sich in Frankreich die Anhänger des frühen Sozialisten Etienne Cabet (1788– 1856), der seine Ideen von einer Gütergemeinschaft im Staate in dem berühmt gewordenen Roman ›Voyage en Icarie, roman philosophique et social‹ (Paris 1842) entwickelt hat. Nach der Pariser Junischlacht von 1848, als über 10000 Arbeiter erschlagen wurden, wanderten etwa 400 Ikarier nach Amerika aus und ließen sich in der ehemaligen Mormonenstadt Nauvoo (Illinois), aus der die Sekte nach Kämpfen zum Großen Salzsee abgezogen war, nieder. Die ikarischen Kommunisten spalteten sich später, und der diktatorisch regierende Cabet wurde durch einen Aufstand gestürzt und vertrieben. Anmerkung des Übersetzers

SIEBENTES KAPITEL

IN DEM ONKEL PRUDENT UND PHIL EVANS ES NEUERLICH ABLEHNEN, SICH ÜBERZEUGEN ZU LASSEN

Der Präsident des Weldon-Instituts war starr, sein Kollege wie betäubt. Aber beide waren gewillt, sich von ihrer sehr verständlichen Bestürzung nichts anmerken zu lassen.

Der Diener Frycollin hingegen verbarg sein Entsetzen nicht, an Bord einer solchen Maschine durch den Weltenraum geschleppt zu werden, und dachte auch gar nicht daran, es zurückzuhalten.

Rasend sausten unterdes die Hubschrauben über ihren Köpfen. So hoch die Drehgeschwindigkeit jedoch schon war, hätte sie trotzdem noch verdreifacht werden können, wenn die *Albatros* in höhere Zonen hätte aufsteigen sollen.

Die beiden Propeller, die auf ein ziemlich mäßiges Tempo eingestellt waren, gaben dem Apparat nur eine Fahrt von zwanzig Kilometern pro Stunde.

Als die Passagiere der *Albatros* sich über das Geländer hinausbeugten, konnten sie ein langes und gewundenes flüssiges Band erkennen, das sich wie ein schmaler Bach durch ein hügeliges Land schlängelte, zwischen funkelnden Seen hindurch, auf die schräg die Strahlen der Sonne fielen. Der Bach, das war ein Strom, und einer der bedeutendsten dieses Landes. An seinem linken Ufer zeichnete sich eine

Gebirgskette ab, die sich bis in eine Ferne fortsetzte, in die das Auge nicht mehr zu folgen vermochte.

»Sie werden uns wohl sagen, wo wir sind?« erkundigte sich Onkel Prudent mit zornbebender Stimme.

»Ich wüßte nicht warum«, entgegnete Robur.

»Erfahren wir wenigstens, wohin es geht?« fragte Phil Evans.

»Immer durch den Raum.«

»Und wie lange?«

»So lang wie nötig.«

»Befinden wir uns auf einer Weltreise?« wollte Phil Evans ironisch wissen.

»Bescheiden ausgedrückt.«

»Und wenn diese Reise uns nicht paßt?« rief Onkel Prudent.

»Sie wird Ihnen passen müssen«, antwortete Robur.

Dies als Vorgeschmack der Beziehungen, die sich zwischen dem Herrn der *Albatros* und seinen Gästen, um nicht zu sagen: seinen Gefangenen, entwickeln sollten. Doch offenbar wollte Robur ihnen zunächst einmal Zeit geben, sich wieder zu besinnen, und Zeit, den herrlichen Apparat zu bewundern, der sie durch die Lüfte trug, und ganz sicher auch die Gelegenheit, dem Erfinder dieses oder jenes Kompliment zu sagen. So schlenderte er jetzt von einem Ende des Verdecks zum andern, während es jenen freistand, die Anordnung der Maschinen und die Verhältnisse auf dem Luftschiff zu begutachten oder auch alle Aufmerksamkeit der Landschaft zuzuwenden, die sich wie ein Relief unter ihnen ausbreitete.

»Onkel Prudent«, sagte Phil Evans, »wenn ich mich nicht täusche, schweben wir mitten über Kanada. Der nach Nordosten fließende Strom ist der Sankt Lorenz. Die Stadt, die wir gerade hinter uns lassen, das ist Quebec.«

Es war tatsächlich die alte Stadt Champlains[1], deren Weißblechdächer wie Reflektoren in der Sonne blendeten. Bis zum 46. Grad nördlicher Breite also war die *Albatros* vorgedrungen. Dies erklärte den frühzeitigen Tagesanbruch und die ungewöhnliche Länge der Morgendämmerung.

»Ja«, fuhr Phil Evans fort, »dort breitet sich die Stadt wie ein Amphitheater aus. Dort liegt der Hügel, der die Zitadelle trägt – dies amerikanische Gibraltar! Dort die englische und die französische Kathedrale! Dort das Zollhaus mit der britischen Flagge auf der Kuppel!«

Phil Evans hatte noch nicht zu Ende gesprochen, als die Hauptstadt Kanadas[2] in der Ferne zu verschwinden begann. Das Luftschiff trat in ein Feld

[1] Samuel de Champlain (1567 – 1635), franz. Seefahrer und erster Gouverneur von Neufrankreich, der 1608 Quebec gründete.

[2] Quebec war Hauptstadt Kanadas von 1663 an. 1858 bestimmte Königin Victoria Ottawa zur Hauptstadt. Der Roman erschien 1886.

kleiner Wolken ein, die mehr und mehr die Sicht auf den Boden versperrten.

Als Robur sah, daß Präsident und Sekretär des Weldon-Instituts ihre Aufmerksamkeit jetzt auf die Einrichtung der *Albatros* richteten, trat er hinzu und sagte:

»Nun, meine Herren, glauben Sie immer noch nicht an die Möglichkeit einer Fortbewegung durch den Raum mit Apparaten, die schwerer sind als Luft?«

Es wäre schwierig gewesen, dem offensichtlichen Beweis zu widersprechen. So verweigerten Onkel Prudent und Phil Evans die Antwort.

»Sie schweigen?« fuhr der Ingenieur fort. »Sicherlich ist es der Hunger, der Sie daran hindert zu sprechen! Wenn ich es auch auf mich genommen habe, Sie in die Luft zu befördern, so müssen Sie deswegen nicht glauben, daß sie von Luft, die wenig nahrhaft ist, auch leben sollen. Ihr erstes Frühstück wartet.«

Da Onkel Prudent und Phil Evans ihren Hunger schon als recht beißend empfanden, schien es ihnen nicht geraten, viel Umstände zu machen. Eine Mahlzeit verpflichtet zu nichts, und wenn sie erst wieder auf der Erde sein würden, dann, dachten sie sich, würden sie Robur zeigen, daß man mit ihnen nicht machen konnte, was man wollte.

Sie wurden beide zum hinteren Aufbau und in einen kleinen ›dining-room‹ geleitet. Dort fanden sie einen sorgfältig gedeckten Tisch vor, an dem sie

während der ganzen Reise für sich allein speisen sollten. Neben verschiedenen Konserven gab es eine Art Brot, das zu gleichen Teilen aus Mehl und einem Fleischpulver gemacht und mit pikanten Speckwürfeln gespickt war. Im Wasser gekocht, ergab dies Brot eine köstliche Suppe. Weiter standen etliche Scheiben gebackener Schinken und Tee auf dem Tisch. Auch Frycollin war nicht vergessen worden. Weiter vorn auf dem Luftschiff gab es eine starke Suppe aus ebendiesem Brot für ihn. Er mußte einen wölfischen Hunger haben, sonst hätte er wohl keinen Löffelvoll heruntergebracht, denn seine Kinnlade bebte vor Angst und drohte ihm den Dienst zu versagen.

»Wenn das bricht!... Wenn das bricht!« wiederholte der unglückliche Neger in einem fort.

Unausgesetzte Ängste plagten ihn. Man stelle sich das nur vor! Ein Sturz aus fünfzehnhundert Metern Höhe, und er wäre Brei!

Eine Stunde später erschienen Onkel Prudent und Phil Evans wieder auf der Plattform. Robur war nicht mehr da. Der Steuermann saß in seinem Glaskasten, den Blick auf die Bussole geheftet, und hielt, ohne sich zu rühren, den Kurs, den der Ingenieur gegeben hatte.

Das übrige Personal saß wahrscheinlich beim Frühstück. Nur ein Hilfsmechaniker, der die Maschinen zu überwachen hatte, spazierte zwischen den Aufbauten hin und her.

Die Geschwindigkeit des Apparates war hoch. Aber die beiden Kollegen waren außerstande, sie auch nur annähernd zu schätzen, obwohl die *Albatros* aus dem Wolkenfeld herausgekommen war und die Erde sich in fünfzehnhundert Metern Tiefe unter ihnen zeigte.

»Das ist doch unglaublich!« sagte Phil Evans.

»Dann glauben wir eben nicht daran!« antwortete Onkel Prudent.

Sie begaben sich zum Bug und richteten ihre Blicke zum westlichen Horizont.

»Ah! eine andere Stadt!« rief Phil Evans.

»Können Sie sie erkennen?«

»Ja! Mir scheint, es ist Montreal.«

»Montreal? Aber vor zwei Stunden höchstens waren wir doch noch über Quebec!«

»Das beweist, daß die Maschine mit einer Geschwindigkeit von mindestens fünfundzwanzig Meilen die Stunde fliegt.«

Dies war in der Tat die Geschwindigkeit des Luftschiffes, und wenn sie den Passagieren nicht ungemütlich wurde, so lag das daran, daß sie in der Richtung des Windes flogen. Bei Windstille wäre ihnen diese Geschwindigkeit stark lästig gewesen, denn sie entsprach ja beinahe dem Tempo eines Expresses. Bei Gegenwind wäre sie unmöglich auszuhalten gewesen.

Phil Evans hatte sich nicht geirrt. Unter der *Albatros* tauchte Montreal auf. Deutlich war die Victoria-Bridge zu erkennen, eine Röhrenbrücke, die über den Sankt Lorenz geschlagen ist wie der Eisenbahnviadukt über die Lagune von Venedig. Die breiten Straßen waren zu sehen, die riesigen Lagerhäuser, die Bankpaläste, die Kathedrale, eine jüngst nach dem Vorbild der Peterskirche in Rom errichtete Basilika und der die ganze Stadt beherrschende Mont Royal mit seinem herrlichen Park. Es traf sich gut, daß Phil Evans die wichtigsten Städte Kanadas schon besucht hatte. So konnte er einige wiedererkennen, ohne Robur fragen zu müssen. Nach Montreal passierten sie gegen halb zwei Uhr nachmittags Ottawa, dessen Fälle aus der Höhe wie ein brodelnder Riesenkessel aussahen, der in einem grandiosen Spiel sprudelnd überschäumt.

»Dort das Parlamentsgebäude«, rief Phil Evans.

Und er zeigte auf einen Hügel, auf dem etwas wie aus einer Nürnberger Spielzeugschachtel stand. Mit seiner vielfarbenen Architektur ähnelte dies Spielzeug dem Londoner Parliament House, wie die Kathedrale von Montreal der Peterskirche in Rom ähnelte. Aber das hatte nichts zu sagen, ganz unbestreitbar waren sie erst über Ottawa.

Mehr und mehr duckte auch diese Stadt sich bald am Horizont und war nur noch ein leuchtender Fleck auf der Erde.

Kurz nach zwei trat Robur wieder auf. Sein Maschinist, Tom Turner, begleitete ihn. Kaum drei Worte sprach er mit ihm. Der Maschinist gab sie an die beiden Gehilfen weiter, die im ersten und im letzten Aufbau postiert waren. Auf ein Zeichen änderte der Steuermann den Kurs, und die *Albatros* wich um zwei Grad nach Südwesten ab. Gleichzeitig konnten Onkel Prudent und Phil Evans feststellen, daß die Propeller des Luftschiffs erheblich beschleunigt wurden.

Die Rotation hätte allerdings noch verdoppelt werden können, so daß die Geschwindigkeit die Rekorde aller bisher konstruierten Fortbewegungsmittel der Erde übertroffen haben würde.

Torpedoboote können – zum Vergleich! – 22 Knoten oder 40 Kilometer in der Stunde machen; 100 die Züge der englischen und der französischen Eisenbahn; die Kufenboote auf den gefrorenen Flüssen der Vereinigten Staaten 115; eine bei Patterson gebaute Zahnrad-Maschine hat auf der Erie-See-Linie 130 und eine andere Lokomotive zwischen Trenton und Jersey 137 geschafft.

Die *Albatros* konnte es demgegenüber bei maximaler Ausnutzung ihrer Propellerkraft auf 200 Kilometer die Stunde bringen, das sind rund 50 Meter in der Sekunde.

Das ist die Geschwindigkeit eines Sturms, der Bäume entwurzelt, die jener Bö, die bei dem Sturm vom 21. September 1881 über Cahors 194 Kilometer pro Stunde erreichte. Das ist die Durchschnittsgeschwindigkeit einer Brieftaube, die nur noch überboten wird durch die gewöhnliche Schwalbe (67 Meter in der Sekunde) und durch den Mauersegler (89 Meter).

Mit einem Wort, die *Albatros* hätte, wie Robur es gesagt hatte, unter Einsatz aller ihrer Schraubenkraft die Reise um die Erde in zweihundert Stunden schaffen können, in weniger als acht Tagen also.

Daß der Globus seinerseits 450 000 Kilometer

Schienenstrang besaß, was der elfmaligen Länge des Äquators entspricht, ließ Robur angesichts seiner Maschine kalt. War doch seine Straße der ganze Raum!

Muß noch mehr gesagt werden? Bei dem Phänomen, das der Öffentlichkeit zweier Welten keine Ruhe gelassen hatte, handelte es sich um das Luftschiff des Ingenieurs. Die Trompete, deren helle Fanfaren durch die Luft schallten, gehörte dem Maschinisten Tom Turner. Der Wimpel, der auf die bedeutendsten Monumente Europas, Asiens und Amerikas gesetzt worden war, war der Wimpel, den Robur der Eroberer und seine *Albatros* führten.

Wenn der Ingenieur bis jetzt noch Vorsicht hatte walten lassen, um seine Identität zu verbergen, wenn er mit Vorliebe bei Nacht fuhr und nur gelegentlich seine elektrischen Scheinwerfer einstellte und wenn er am Tage über der Wolkendecke flog, so schien er jetzt nicht länger darauf bedacht zu sein, das Geheimnis seiner Entdeckung zu wahren. War er nicht nach Philadelphia gekommen und im Sitzungssaal des Weldon-Instituts erschienen, um die Welt von seiner verblüffenden Erfindung wissen zu lassen und auch die Ungläubigsten *ipso facto* zu überzeugen?

Wie er dort aufgenommen worden war, ist bekannt, und man wird sehen, welche Repressalien er gegen den Präsidenten und den Sekretär des Weldon-Instituts plante.

Unterdessen hatte Robur sich den beiden Kollegen von gestern genähert, die noch immer ganz so taten, als könne das, was sie sahen und wider Willen erlebten, sie nicht im geringsten erstaunen.

Offensichtlich saß in diesen beiden angelsächsischen Schädeln ein Eigensinn, den auszuräumen ein hartes Stück Arbeit sein würde. Robur seinerseits wollte sich nicht anmerken lassen, daß ihn ihr Verhalten wunderte, und sagte, als fahre er in einer Unterhaltung, die doch eine Pause von mehr als zwei Stunden gehabt hatte, fort:

»Meine Herren, Sie werden sich sicherlich fragen, ob dieser Apparat, der so großartig den Bedingungen der Luft angepaßt ist, wohl imstande sei, eine größere Geschwindigkeit zu entfalten. Er wäre nicht würdig, den Raum zu erobern, wenn er ihn nicht durcheilen könnte. Ich wollte erreichen, daß die Luft mich sicher trägt, und sie tut es. Ich hatte begriffen, daß ich, um gegen den Wind zu kämpfen, stärker sein müsse als der Wind, und ich bin stärker. Ich brauche keine Segel, keine Ruder, die mich treiben, keine Räder, die mich tragen, keine Schienen, um freie Bahn zu haben. Nur Luft und nichts sonst. Luft, die mich umgibt wie das Wasser ein Unterseeboot und in der meine Propeller wühlen wie die Schrauben eines Dampfers. Meine Herren, so habe ich das aviatorische Problem gelöst. So leiste ich, was niemals ein Ballon oder irgendein anderer Apparat, der leichter ist als Luft, leisten wird.«

Absolutes Stillschweigen der beiden Kollegen – was den Ingenieur jedoch keinen Augenblick irremachte. Er unterdrückte bloß ein Lächeln und fuhr fragend fort:

»Zweifeln Sie vielleicht noch, ob die *Albatros* mit ihrer machtvollen Horizontalgeschwindigkeit auch die gleiche Kraft im vertikalen Anstieg habe, ob sie sich, mit einem Wort, wenn es die hohen Zonen der Atmosphäre zu erreichen gilt, mit einem Aerostaten messen könne? Nun, ich möchte Sie nicht zu einem Wettstreit zwischen *Go ahead* und *Albatros* einladen.«

Die beiden Herren zuckten ungerührt mit den Schultern. Vielleicht war es genau dies, worauf sie brannten.

Robur gab ein Zeichen. Im Nu standen die Propellerschrauben still. Nachdem die *Albatros* noch eine Meile auf ihrer Bahn weitergetragen worden war, schwebte sie bewegunglos in der Luft.

Auf ein zweites Zeichen Roburs rasten die Hubschrauben los mit einer Geschwindigkeit, die allenfalls mit der Tonentwicklung von Sirenen in akustischen Experimenten zu vergleichen gewesen wäre. Ihr ›frrrr‹ stieg um beinahe eine Oktave an, während die Lautstärke, bedingt durch die fortschreitende Verdünnung der Luft, abnahm, und senkrecht schoß der Apparat gen Himmel auf – eine Lerche, die ihren hellen Ruf durch den Weltraum schickt.

»Herr! Herr!« schrie Frycollin. »Geben Sie acht, daß das Ding nicht kracht!«

Ein verächtliches Lächeln war die einzige Antwort Roburs. In wenigen Minuten hatte die *Albatros* 2700 Meter erreicht, wodurch der Gesichtswinkel auf 70 Meilen erweitert wurde. Dann 4000 Meter! Das Barometer zeigte es durch einen Sturz auf 480 Millimeter an.

Das Experiment war beendet. Die *Albatros* sank wieder. Die Abnahme des Druckes in den oberen Schichten reduziert den Sauerstoffgehalt in der Luft und dadurch im Blut. Das ist die Ursache der schweren Unfälle, die verschiedenen Aeronauten zugestoßen sind. Robur hielt es für unnötig, sich dieser Gefahr auszusetzen.

Die *Albatros* kehrte wieder auf die Höhe zurück, die sie bevorzugt zu halten schien. Ihre Propellerschrauben, die wieder kreisten, trieben sie mit starker Geschwindigkeit nach Südwesten.

»Sollten Sie, meine Herren, noch einen Zweifel gehabt haben«, sagte Robur, »so können Sie sich nunmehr selber die Antwort geben.«

Dann lehnte er sich über das Geländer und verharrte in Gedanken versunken.

Als er den Kopf wieder hob, standen der Präsident und der Sekretär des Weldon-Instituts vor ihm.

»Ingenieur Robur«, sagte Onkel Prudent, der sich jetzt vergeblich bemühte, die Ruhe zu wahren, »die Antwort, die wir zu wissen wünschten, betraf wesentlich andere Dinge, als Sie zu glauben scheinen. Wir haben eine Frage, bei der wir erwarten, daß Sie sie uns beantworten wollen.«

»Sprechen Sie.«

»Mit welchem Recht haben Sie uns im Fairmount Park in Philadelphia angegriffen? Mit welchem Recht haben Sie uns in diese Zelle eingesperrt? Mit welchem Recht haben Sie uns gegen unseren Willen an Bord dieser fliegenden Maschine geschleppt?«

»Und mit welchem Recht, meine Herren Ballonfahrer«, erwiderte Robur, »mit welchem Recht haben Sie mich in Ihrem Klub beleidigt, verhöhnt und bedroht, daß ich mich jetzt noch wundere, wie ich lebend herausgekommen bin?«

»Fragen ist nicht antworten«, sagte Phil Evans, »deswegen wiederhole ich: mit welchem Recht ...«

»Sie wollen es unbedingt wissen?«

»Allerdings.«

»Nun, mit dem Recht des Stärkeren!«

»Das ist zynisch!«

»Aber wahr!«

»Und wie lange, Bürger Ingenieur«, platzte Onkel Prudent schließlich los, »wie lange beabsichtigen Sie dieses Recht auszuüben?«

»Wie, meine Herren«, fragte Robur ironisch, »wie können Sie mir eine solche Frage stellen, wenn Sie nur die Augen zu senken brauchen, um ein derart unvergleichliches Schauspiel zu genießen!«

Die *Albatros* spiegelte sich gerade in der weiten Fläche des Ontariosees. Sie überquerte das von Cooper so poetisch besungene Land. Dem südlichen Ufer dieses riesigen Beckens folgend, steuerte das Luftschiff den berühmten Strom an, der die Wasser

des Eriesees durch seine Katarakte stürzt, bevor er sie dem Ontariosee zuführt.

Wie das Tosen eines Sturms brandete für einen Augenblick ein majestätisches Brausen zu ihnen empor, und als wäre feuchter Nebel aufgewallt, kühlte sich die Luft merklich ab.

Unter ihnen stürzten sich die flüssigen Massen durch ein Riesenhufeisen hinab. Ein gewaltiger Strom von Kristall, so schien es, inmitten Tausender von Regenbogen, die die gebrochenen Strahlen der Sonne malten. Der Anblick war erhaben.

Vor den Fällen spannte sich wie ein schmaler Faden eine Brücke von einem Ufer zum andern, eine Hängebrücke, über die, nicht mehr als drei Meilen unter ihnen, ein Zug vom kanadischen Gebiet ins amerikanische hinüberkroch.

»Die Niagarafälle!« rief Phil Evans.

Und dieser Ausruf war ihm entschlüpft, während Onkel Prudent sich doch große Mühe gab, von all dem nichts zu bewundern.

Eine Minute später war der Fluß, der die Vereinigten Staaten von der Kolonie Kanada trennt, überquert, und die *Albatros* drang in das unermeßliche Territorium Nordamerikas ein.

ACHTES KAPITEL

IN DEM ROBUR SICH ENTSCHLIESST, AUF DIE GESTELLTE WICHTIGE FRAGE ZU ANTWORTEN

In einer der hinteren Kabinen hatten Onkel Prudent und Phil Evans zwei sehr bequeme Couchettes gefunden, Wäsche und Kleider zum Wechseln in ausreichender Menge, Mäntel und Reisedecken. Ein Ozeandampfer hätte ihnen nicht mehr Komfort bieten können. Wenn sie nicht ruhig schliefen, so war der Grund, daß sie nicht ruhig schlafen wollten, aber wohl auch, daß sie in ernster Besorgnis waren, die sie nicht schlafen ließ. In was für ein Abenteuer waren sie da verwickelt worden? Zu welcher Serie von Experimenten waren sie *inviti* invitiert worden – falls diese Anleihe beim Lateinischen[1] erlaubt ist? Wie würde diese Geschichte enden, und was bezweckte der Ingenieur Robur eigentlich? Die Fragen waren der Überlegung wert.

Der Diener Frycollin war in einer Kabine, die an die Kajüte des Kochs stieß, einquartiert worden. Diese Nachbarschaft konnte ihm nicht mißfallen. Er liebte es, mit den Großen der Welt Umgang zu haben. Aber als er schließlich einschlief, träumte er in einem fort davon, abzustürzen und durch den leeren Raum zu strampeln. Sein Schlaf war ein einziger abscheulicher Alptraum.

Doch läßt sich nichts Ruhigeres denken als solch

[1] invite = wider ihren Willen. Anmerkung des Übersetzers.

eine Pilgerfahrt durch die Atmosphäre, deren Strömungen sich mit dem Abend gelegt hatten. Außer dem Surren der Schrauben herrschte hier kein Laut. Selten nur ein Pfiff, den eine auf Schienen rollende Parterrelokomotive ausstieß, oder Gebrüll von Haustieren. Einzigartiger Instinkt! Diese Erdentiere spürten den fliegenden Apparat über ihre Köpfe hinziehen und schrien ihren Schrecken zu ihm hinauf.

Am nächsten Morgen, dem 14. Juni, spazierten Onkel Prudent und Phil Evans um fünf Uhr in der Früh über die Plattform, man könnte auch sagen über die Brücke des Luftschiffs. Nichts hatte sich geändert seit gestern. Am Bug ein Mann auf Wache, der Steuermann am Heck.

Warum ein Mann auf Wache? War etwa ein Zusammenstoß mit einem Apparat gleicher Art zu gewärtigen? Ausgeschlossen. Robur hatte noch keine Nachahmer gefunden. Die Möglichkeit, einem in der Luft schaukelnden Aerostaten zu begegnen, war so gering, daß sie außer acht gelassen werden durfte. Dem Aerostaten wäre ein Zusammenprall jedenfalls schlecht bekommen: der Eisentopf gegen einen Topf aus Ton. Die *Albatros* hätte bei einer solchen Kollision nichts zu fürchten gehabt.

Aber schließlich konnte dergleichen doch geschehen. Es war durchaus denkbar, daß auch dies Luftschiff einmal beidrehen mußte wie ein Schiff auf dem Meer, wenn nämlich ein Berg, der sich weder umgehen noch überfliegen ließ, den Weg versperrte. Das waren die Klippen der Luft, denen die Maschine ausweichen mußte, wie ein Schiff den Klippen des Meeres ausweicht.

Natürlich hatte der Ingenieur wie ein Kapitän den Kurs vorausbestimmt und die notwendige Höhe berechnet, um den Berggipfeln nicht zu nahe zu kommen. Da das Luftschiff jedoch eine Berglandschaft überflog, war es nur klug, Ausschau zu halten für den Fall, daß es ein wenig von seinem Kurs abweichen sollte.

Onkel Prudent und Phil Evans spähten auf die Erde hinab und sahen einen großen See unter sich, dessen südlicher Bucht sich die *Albatros* näherte. Sie schlossen daraus, daß sie während der Nacht den Eriesee in seiner ganzen Länge hinter sich gelassen hatten. Da das Luftschiff auf direkteren Westkurs gegangen war, mußte es über das Südufer des Michigansees kommen.

»Dieses Meer von Dächern am Horizont«, sagte Phil Evans, »ist ohne jede Frage Chicago!«

Er irrte sich nicht. Es war die Königin des Westens, jene Stadt, auf die siebzehn Eisenbahnlinien zulaufen, das große Sammelbecken, in das die Erzeugnisse von Indiana und Ohio, Wisconsin und Missouri, von all den Staaten, die den westlichen Teil der Union bilden, einfließen.

Mit dem ausgezeichneten Marineglas, das Onkel Prudent in seiner Kabine vorgefunden hatte, konnte er die hauptsächlichen Bauwerke der Stadt mühelos ausmachen. Sein Kollege wußte ihm die Kirchen, die öffentlichen Gebäude, die zahlreichen ›Elevatoren‹ oder mechanischen Speicheranlagen zu erklären sowie das riesige Hotel ›Sherman‹, das einem großen Spielwürfel ähnlich dalag. Wie Hunderte von Punkten auf jeder Seite sahen die Fenster aus.

»Da dies hier Chicago ist«, sagte Onkel Prudent, »steht fest, daß wir zu weit im Westen sind, um noch auf eine Rückkehr zu unserem Ausgangspunkt bauen zu dürfen.«

In der Tat war die *Albatros* jetzt auf einem Kurs, der sie von der Hauptstadt Pennsylvaniens geradenwegs immer weiter forttrug.

Doch sah sich Onkel Prudent im Augenblick der Möglichkeit beraubt, Robur zu einer Rückkehr in den Osten zu nötigen. Denn der Ingenieur schien heute keine Eile damit zu haben, seine Kabine zu verlassen, mochte er nun mit Arbeiten befaßt sein oder einfach noch schlafen. Die beiden Kollegen nahmen ihr Frühstück ein, ohne ihn gesehen zu haben.

Die Geschwindigkeit hatte sich seit gestern nicht geändert. Nach wie vor wirkte sie nicht störend, da der Wind immer noch aus Osten kam, und die Temperatur war durchaus erträglich, da das Thermometer pro 170 Meter Höhe um nur ein Grad fällt. In Erwartung des Ingenieurs schritten Onkel Prudent und Phil Evans nachdenklich diskutierend unter dem – wenn man so sagen darf –

Geäst der Schrauben, die so rasch kreisten, daß sie sich wie eine halb durchsichtige Scheibe in der Luft drehten.

Nach weniger als zweieinhalb Stunden hatten sie den Staat Illinois über seine nördliche Grenze verlassen. Sie überquerten den Vater der Ströme, den Mississippi, dessen zweistöckige Dampfer nicht größer erschienen als ein Kanu. Dann schwang sich die *Albatros* über Iowa hin. Gegen elf Uhr war Iowa City in Sicht gekommen.

Einige Hügelketten, ›Bluffs‹, schlängelten sich von Süd nach Nordwest durch dies Land. Da ihre Höhe mäßig war, brauchte das Luftschiff nicht zu steigen. Außerdem würden die Bluffs bald in weite Ebenen übergehen, die sich über den ganzen Westen von Iowa bis nach Nebraska hin erstrekken, unendliche Prärien, die bis an den Fuß der Rocky Mountains heranreichen. Zahlreiche Wasserläufe lagen unter ihnen, die in den Missouri oder in einen seiner Nebenflüsse mündeten. An den Ufern Dörfe und Städte, die um so seltener wurden, je tiefer die *Albatros* nach ›Far West‹ kam.

Den Tag über geschah nichts Besonderes. Onkel Prudent und Phil Evans waren ganz sich selbst überlassen. Frycollin ließ sich kaum blicken. Hingestreckt lag er mit geschlossenen Augen auf dem Vorderdeck, um besser nichts zu sehen. Dennoch war er nicht von Schwindel gepackt worden, wie man meinen könnte. Da dem Auge Vergleichspunkte fehlten, stellte sich kein Schwindel ein wie auf dem höchsten Punkt eines Aussichtsturms. Der Abgrund zieht nicht an, wenn man von der Gondel eines Ballons oder der Plattform eines Luftschiffs aus in ihn hineinsieht, beziehungsweise der Luftschiffer nimmt gar keinen Abgrund wahr, sondern nur den Horizont, der aufsteigt und ihn von allen Seiten umgibt.

An der Grenze Nebraskas passierte die *Albatros* um zwei Uhr Omaha mit seinem großen Kopfbahnhof an der Pazifiklinie, deren Schienenstrang sich über fünfzehnhundert französische Meilen zwischen New York und San Francisco hinzieht. Für einen Augenblick hatten sie die gelblichen Fluten des Missouri sehen können, dann die Stadt mit ihren Holz- und Ziegelhäusern, in der Mitte dieses reichen Beckens gelegen wie eine Schnalle an dem eisernen Band, das Nordamerikas Taille gürtet. Während die Passagiere des Luftschiffs auf die Stadt hinabsahen, mußten die Einwohner Omahas ihrerseits den fremden Apparat zweifelsohne bemerken. Aber ihr Erstaunen, ihn in der Luft schweben zu sehen, konnte nicht größer sein als die Verwunderung des Präsidenten und des Sekretärs, sich an Bord dieser Maschine zu befinden.

Jedenfalls lag hier ein Ereignis vor, das die Zeitungen der Union kommentieren mußten. Dieses ungewöhnliche Phänomen, das die ganze Welt in Aufregung hielt, hieß es aufzuklären.

Eine Stunde später war die *Albatros* weit über Omaha hinaus. Es stand fest, daß sie sich nach Osten hielt, denn sie entfernte sich vom Plate River, dessen Tal die Pazifikbahn durch die Prärie folgt. Das war nicht dazu angetan, Onkel Prudent und Phil Evans zu beruhigen.

»Er ist also ernst, dieser verrückte Plan, uns zu den Antipoden zu führen?« sagte der eine.

»Und gegen unseren Willen!« erwiderte der andere. »Dieser Robur soll sich in acht nehmen. Ich bin nicht der Mensch, der sich das bieten läßt!«

»Erst recht nicht ich!« setzte Phil Evans hinzu. »Aber glauben Sie mir, Onkel Prudent, Sie sollten versuchen, sich zu mäßigen.«

»Mich mäßigen!«

»Hüten Sie Ihren Zorn bis zu dem Augenblick, wo es Sinn hat, ihn hervorbrechen zu lassen.«

Nachdem sie die mit Tannen und Zedern bedeckten Schwarzen Berge überflogen hatten, überquerte die *Albatros* gegen fünf Uhr jenes Gebiet, das man zu Recht die ›Badlands‹ von Nebraska nennt – ein ockerfarbenes Hügelchaos, als seien Berge herniedergestürzt und zerborsten. Aus der Ferne nahmen diese Blöcke die phantastischsten Formen an. Hier und da meinte man Ruinen mittelalterlicher Städte mit Wällen und Warten und Schlösser mit Pechnasen und Wachttürmen zu sehen. In Wirklichkeit sind diese Badlands jedoch nichts anderes als ein riesiges Knochenfeld, wo zu Myriaden die Überreste von Dickhäutern und

Schildkröten bleichen, aber auch, so heißt es, von fossilen Menschen, die ein Kataklysmus in unbekannter Vorzeit mit sich fortriß.

Als der Abend kam, waren sie über das Stromtal des Plate River hinweg. Die Ebene dehnte sich jetzt bis zu den äußersten Grenzen des Horizontes, der dank der Flughöhe der *Albatros* erheblich erweitert war.

Die Stille unter dem Sternenfirmament wurde in dieser Nacht nicht durch die gellenden Pfiffe von Lokomotiven, auch nicht durch dröhnendes Tuten von Dampfern gestört. Dumpfes Brüllen stieg manchmal zu dem Luftschiff auf, das jetzt tiefer über der Erde flog. Büffelherden waren es, die durch die Prärie zogen, auf der Suche nach Wasser und Weidegrund. Blieben die Büffel still, rief das Gras, das die Herde niedertrampelte, ein Rauschen hervor, das sich von dem unausgesetzten Schwirren der Schrauben deutlich unterschied und dem Rollen einer Flut ähnelte.

Ein andermal dann das Heulen eines Wolfes, die Stimmen von Fuchs, Wildkatze oder Kojote, der sich mit seinem langgezogenen Geheul den Namen *canis latrans* wohl verdient hat.

Auch füllten lebhafte Gerüche von Pfefferminz, Salbei und Absinth, vermischt mit dem starken Duft von Koniferen, die reine Luft der Nacht.

Schließlich ein unheimlicher Schrei, um alle Laute vom Boden festzuhalten, der diesmal nicht von den Kojoten kam; es war das Geheul einer

Rothaut, das kein Pionier mit dem Geheul der Fahlgelben verwechselt.

Am nächsten Tag, dem 15. Juni, verließ Phil Evans seine Kabine gegen fünf Uhr morgens. Vielleicht würde er heute den Ingenieur Robur auf dem Verdeck finden.

Begierig zu erfahren, warum dieser sich am vorigen Tag nicht hatte sehen lassen, wandte Phil Evans sich an den Maschinisten Tom Turner.

Tom Turner war englischen Ursprungs, etwa fünfundvierzig Jahre alt, weit die Brust, gedrungene Glieder wie von Eisen. Er trug einen dieser mächtigen und typischen Schädel, wie sie von Hogarth, dem Maler aller Saxonen-Häßlichkeit, verewigt worden sind. Wer das vierte Blatt von *The Harlot's Progress* betrachten will, wird auf den Schultern des Gefängniswärters den Schädel von Tom Turner sehen und begreifen können, wieso von seiner Physiognomie nichts Erfreuliches ausging.

»Werden wir den Ingenieur heute sehen?« fragte Phil Evans.

»Ich weiß es nicht«, antwortete Tom Turner.

»Einen Ausflug wird er ja wohl kaum unternommen haben.«

»Vielleicht.«

»Wann wäre er denn zurückzuerwarten?«

»Wahrscheinlich, wenn es ihm gefällt, zurückzukehren.«

Daraufhin ging Tom Turner in seine Kabine zurück.

Phil Evans mußte mit dieser Antwort zufrieden sein, die um so weniger beruhigend wirkte, als ersichtlich war, daß der Steuermann mit Hilfe der Bussole einen strikten Nordwestkurs einhielt.

Welch ein Unterschied zwischen den öden Badlands, die sie nachts zurückgelassen hatten, und der Landschaft, die sich jetzt unter ihnen auftat!

Das Luftschiff, tausend Kilometer von Omaha entfernt, befand sich über einer Gegend, die Phil Evans aus dem schlichten Grund, weil er sie noch nie besucht hatte, auch nicht erkennen konnte. Einige Forts, häufiger durch Palisaden als durch Mauern geschützt und dazu bestimmt, die Indianer im Zaum zu halten, krönten die Bluffs mit geometrischen Formen. Wenige Dörfer und wenige Siedler nur gab es in diesem Land, das mit den einige Grade südlicher gelegenen Gebieten keine Ähnlichkeit aufweist, mit der goldreichen Erde Colorados.

In der Ferne begannen, undeutlich noch, Bergkämme sich abzuzeichnen, die die aufsteigende Sonne mit einem Feuerreif säumte.

Die Rocky Mountains.

Zum erstenmal verspürten Onkel Prudent und Phil Evans an diesem Morgen eine empfindliche Kälte. Ein Witterungsumschlag war für das Absinken der Temperatur nicht verantwortlich, denn nach wie vor herrschte strahlender Sonnenschein.

»Das muß mit der größeren Höhe zusammenhängen«, sagte Phil Evans.

Das an der Tür des mittleren Aufbaus außen angebrachte Barometer war tatsächlich auf 540 Millimeter gefallen, was auf einen Aufstieg auf rund 3000 Meter schließen ließ. Die Bodenerhebungen hatten das Luftschiff gezwungen, auf eine ziemlich große Höhe zu gehen.

Hinter ihm lagen von ewigem Schnee bedeckte Berge. Schon eine Stunde zuvor hatte es auf über 4000 Meter hochsteigen müssen.

Ihr Gedächtnis bot Onkel Prudent und seinem Begleiter keinerlei Anhalt, die Gegend unter ihnen zu bestimmen. Bei ihrer unmäßigen Geschwindigkeit waren der *Albatros* über Nacht Abweichungen nach Norden und nach Süden möglich gewesen, die ausreichten, beiden die Orientierung zu rauben.

Nachdem sie verschiedene mehr oder weniger plausible Hypothesen durchgesprochen hatten, hielten sie jedoch an folgendem fest: dieses durch einen Kranz von Bergen eingeschlossene Territorium mußte der durch eine Kongreßakte im März 1872 geschaffene Nationalpark der Vereinigten Staaten sein.

Er war es. Der Name Park steht diesem beeindruckenden Stück Land wohl an – nur daß es sich um einen Park mit Bergen statt Hügeln handelt, mit Seen statt Teichen, mit Flüssen statt Bächen, mit Talkesseln statt Irrgärten, mit Geisern von gewaltiger Kraft statt Fontänen.

Innerhalb weniger Minuten glitt die *Albatros* über den Yellowstone River, ließ sie den Mt. Stevenson zur Rechten und kam dann an dem großen See vorüber, der denselben Namen trägt wie der Fluß. Welche Abwechslung im Verlauf des Ufers, dessen mit Obsidian und kleinen Kristallen übersäter Strand die Sonne in tausend und aber tausend Facetten spiegelt! Welche Eigenwilligkeit in der Lage der Seen, die aus dem Wasser des Yellowstone Lake auftauchen! Welch ein Widerschein von Blau, den dieser gigantische Spiegel wirft! Und welche Schwärme von Vögeln rund um den See, einen der höchstgelegenen der Welt: Pelikane, Schwäne, Möwen, Gänse, Ringelgänse und Taucher! Einige Partien des sehr steilen Ufers stehen im Schmuck grüner Bäume, Fichten und Lärchen zumeist, und am Fuße der Hänge speien unzählige Fumarolen weißen Dampf, der aus der Erde hervorquillt wie aus einem gewaltigen Rezipienten, in dem das Wasser durch die Hitze unterirdischer Feuer beständig siedet.

Jetzt oder nie wäre für den Meister Koch die Gelegenheit gewesen, einen gehörigen Vorrat an Forellen zu besorgen, dem einzigen Fisch, den das Wasser des Yellowstone Lake in hellen Scharen beherbergt. Aber die *Albatros* hielt sich fortgesetzt in einer Höhe, die jeden Gedanken an einen Fischzug, der freilich märchenhaft gewesen wäre, ausschloß.

Doch lag nach einer Dreiviertelstunde ohnehin

der See hinter ihnen und wenig später auch die Region der Geiser, die mit den schönsten Islands rivalisieren. Über das Geländer gebeugt, hatten Onkel Prudent und Phil Evans die flüssigen Säulen betrachtet, die aufschossen, als wollten sie für das Luftschiff ein neues Element schaffen. Sie sahen den ›Fächer‹, dessen Wassersäule sich strahlenförmig aufteilt, das ›Starke Schloß‹, das sich mit einer Wasserhose zu verteidigen scheint, ›Old Faithful‹, den von Regenbogen gekrönten Geiser, und den ›Giant‹, dessen innerer Druck einen senkrechten Schwall von zwanzig Fuß Durchmesser mehr als zweihundert Fuß hochtreibt.

Das unvergleichliche Schauspiel, das, wie man sagen kann, einzig in der Welt ist, mußte Robur in allen seinen Wundern schon bekannt sein, da er nicht auf dem Verdeck erschien. Hatte er das Luftschiff also nur zum Vergnügen seiner Gäste über den Nationalpark gesteuert? Wie dem auch sei, er unterließ es, ihren Dank zu suchen. Nicht einmal während der kühnen Überquerung der Rocky Mountains, an die die *Albatros* gegen sieben Uhr morgens herankam, zeigte er sich.

Man weiß, daß dies orographische System sich als Fortsetzung der mexikanischen Anden wie ein gewaltiges Rückgrat von den Lenden bis zum Hals des nördlichen Amerikas erstreckt. Die Rocky Mountains ziehen sich über 3500 Kilometer hin und erheben sich in dem James Peak auf beinahe 12000 Fuß.[1]

[1] Man beachte hierbei, daß der Pariser Pied = 0,3248 Meter vom englischen Foot = 0,3048 Meter verschieden ist. Anmerkung des Übersetzers

Gewiß hätte die *Albatros,* wenn sie wie ein aufsteigender Vogel ihre Flügel heftiger bewegt hätte, die höchsten Gipfel dieser Gebirgskette überwinden können, um im Sturz nach Oregon oder Utah hinabzuschießen. Doch war ein solches Manöver nicht vonnöten. Es gibt Pässe, die einen Übergang ermöglichen, ohne den Gebirgskamm ersteigen zu müssen, und verschiedene mehr oder weniger enge ›Canyons‹, durch die man seinen Weg nehmen kann – so den Bridger-Paß, über den die Pazifikbahn ins Land der Mormonen rollt, neben anderen weiter nördlich oder südlich gelegenen.

Die *Albatros* segelte durch einen dieser Canyons, nachdem sie ihre Geschwindigkeit vermindert hatte, um mit den Wänden der Schlucht nicht zu kollidieren. Mit sicherer Hand, die dank der hohen Sensibilität des Steuers um so zuverlässiger führte, dirigierte der Steuermann das Luftschiff, als lenke er ein erstklassiges Boot in einem Wettbewerb des Royal Thames Club. Das war eine außerordentliche Leistung. Und obwohl sie ihnen zum Verdruß gereichte, konnten die beiden Verächter des Satzes ›Schwerer als Luft‹ nicht umhin, die Vollkommenheit des Flugapparates mit Staunen zu würdigen.

In nicht einmal zweieinhalb Stunden war die große Gebirgskette überwunden, und die *Albatros* nahm ihre alte Geschwindigkeit von hundert Kilometern die Stunde wieder auf. Auch ging sie, tiefer fliegend, wieder auf südwestlichen Kurs und drang so diagonal in die Grenzen von Utah ein. Das Luftschiff hatte sich bis auf wenige hundert Meter über dem Boden gesenkt, als Pfiffe die Aufmerksamkeit von Onkel Prudent und Phil Evans erregten.

Die Pfiffe kamen von einem Zug der Pacific Railway auf dem Wege zur Stadt am Großen Salzsee.

In dem Augenblick ging die *Albatros*, einem heimlich gegebenen Befehl gehorchend, noch tiefer, so daß sie dem mit Volldampf fahrenden Zug folgte. Das Luftschiff wurde sogleich bemerkt. Gesichter zeigten sich an den Gardinen der Abteilfenster. Dann drängten sich zahlreiche Reisende auf den Plattformen, die die Eisenbahnwagen in Amerika verbinden. Einige zögerten nicht, auf die Impériales[1] zu klettern, um die Flugmaschine besser sehen zu können. Hipp- und Hurrarufe flogen durch die Luft; aber sie vermochten Robur nicht hervorzulocken.

Noch tiefer senkte sich die *Albatros*, das Spiel ihrer Hubschrauben mäßigend, und verlangsamte ihren Flug, um den Zug, den sie so leicht hätte distanzieren können, nicht hinter sich zu lassen. Wie ein Riesenkäfer hing sie über der Bahn und hätte doch wie ein Raubvogel dahinschießen kön-

[1] Früher mit Bänken versehenes Wagenverdeck, meist bei Postwagen. Anmerkung des Übersetzers

nen. Nach rechts und nach links wich sie ab, stieß ein Stückchen vor, blieb wieder zurück und hatte stolz ihre schwarze Fahne mit der goldenen Sonne gesetzt, worauf der Zugführer zur Antwort das

Tuch mit den siebenunddreißig Sternen der Union schwenkte.

Vergeblich strengten sich die beiden Gefangenen an, die Gelegenheit zu nutzen, um der Welt mitzuteilen, was mit ihnen geschehen sei. Vergeblich schrie der Präsident des Weldon-Instituts mit markiger Stimme:

»Ich bin Onkel Prudent aus Philadelphia!«

Und der Sekretär:

»Ich bin Phil Evans, sein Kollege!«

Ihre Schreie gingen unter in den Tausenden von Hurrarufen, mit denen die Reisenden das Luftschiff grüßten.

Drei oder vier Mann von der Mannschaft Roburs waren auf dem Verdeck erschienen. Einer von ihnen hielt einen Strick über Bord, wie Seeleute es tun, wenn sie ein langsameres Schiff überholen – als ironisches Angebot, die Kameraden ins Schlepptau zu nehmen.

Dann nahm die *Albatros* ihr gewöhnliches Tempo wieder auf, und nach einer halben Stunde war der Expreß, von dem bald auch keine Dampfwolke mehr zu sehen war, verschwunden.

Gegen ein Uhr mittags tauchte eine riesige Scheibe auf, die die Strahlen der Sonne wie ein gigantischer Reflektor zurückwarf.

»Das muß die Hauptstadt der Mormonen sein«, sagte Onkel Prudent, »Salt Lake City!«

So war es, und die Scheibe, das war das runde Dach des Tabernakels, in dem zehntausend Heilige bequem Platz finden. Gleich einem konvexen Spiegel streute es die Strahlen der Sonne in alle Richtungen.

Den bis zu halber Höhe mit Zedern und Tannen bedeckten Wasatch Mountains zu Füßen lag dort die große Stadt am Jordanfluß, der das Wasser des Utahsees in den Großen Salzsee führt. Unter dem Luftschiff breitete sich das typische Damebrett aus, dem der Stadtplan der meisten amerikanischen Städte entspricht – ein Damebrett, bei dem es für diesmal mehr Damen als Felder gab[1], denn die Polygamie ist bei den Mormonen sehr beliebt. Rund um die Stadt wohlbestelltes Land, reich an Textilindustrie, voll Schafherden, die nach Tausenden von Schwänzen zählen.

Doch dies Bild entschwand wie ein Schatten, und die *Albatros* drang mit erhöhter Geschwindigkeit, die spürbar zu werden begann, da sie über der Windgeschwindigkeit lag, weiter nach Südwesten vor.

Bald zog das Luftschiff über Nevada und seine silberreichen Landstriche hin, die allein die Sierra von den Goldminen Kaliforniens trennt.

»Mit Sicherheit dürfen wir darauf rechnen«, sagte Phil Evans, »vor Einbruch der Nacht San Francisco zu sehen!«

[1] Ein Wortspiel, das im Deutschen verlorengeht, da das französische Wort ›case‹ gleichermaßen ›Hütte‹ wie ›Feld‹ auf einem Spielbrett bedeutet. Anmerkung des Übersetzers

»Und danach . . .?« fragte Onkel Prudent.

Um sechs Uhr abends hatten sie die Sierra Nevada auf dem Weg über den Truckie-Paß, den auch die Eisenbahn benutzt, überflogen. Nur noch dreihundert Kilometer blieben zurückzulegen, um zwar nicht San Francisco, aber wenigstens Sacramento, die Hauptstadt des Staates Kalifornien, zu erreichen.

So hoch war jetzt die Geschwindigkeit der *Albatros*, daß die Kuppel des Capitols noch vor acht Uhr am westlichen Horizont auftauchte, um bald danach am entgegengesetzten Horizont zu verschwinden.

Da auf einmal trat Robur auf die Plattform. Die beiden Kollegen gingen auf ihn zu.

»Ingenieur Robur«, sagte Onkel Prudent, »wir sind jetzt an der Grenze Amerikas! Unsere Meinung ist, daß dieser Spaß jetzt ein Ende hat . . .«

»Ich spaße nie«, lautete die Antwort Roburs.

Er gab ein Zeichen. Die *Albatros* senkte sich rapide gegen den Boden; gleichzeitig aber ging sie in eine Geschwindigkeit über, die einen Rückzug in die Kabinen notwendig machte.

Die Kabinentür hatte sich kaum hinter den beiden Kollegen geschlossen, als Onkel Prudent sagte:

»Hätte nicht viel gefehlt, und ich hätte ihn erwürgt!«

»Wir müssen zu fliehen versuchen!« antwortete Phil Evans.

»Ja, koste es, was es wolle!«

Ein Murmeln, das nicht enden wollte, drang an ihr Ohr.

Es war das Grollen des Meeres, das sich an den Felsen des Ufers brach. Sie hatten den Pazifik erreicht.

NEUNTES KAPITEL

IN DEM DIE ›ALBATROS‹ NACH EINER REISE VON 10 000 KILOMETERN ÜBER EIN EINMALIGES HINDERNIS SETZT

Onkel Prudent und Phil Evans waren zur Flucht fest entschlossen. Mit den acht bärenstarken Männern, die die Besatzung des Luftschiffes ausmachten, hätten sie den Kampf vielleicht gewagt; vielleicht hätte ein Handstreich sie zu Herren an Bord gemacht und in die Lage gebracht, irgendwo in den Vereinigten Staaten zu landen – wenn Frycollin nicht als Quantité négligeable hätte betrachtet werden müssen. Zu zweit aber war daran nicht zu denken. Da Gewalt also nicht angewendet werden konnte, mußte zu einer List gegriffen werden, sobald nur die *Albatros* einmal landen würde. Dies war es, was Phil Evans seinem schäumenden Kollegen begreiflich zu machen suchte, bei dem er ständig einen Kraftakt zur Unzeit befürchtete, der ihre Lage nur verschlimmert hätte.

Allerdings war dies nicht der Augenblick dafür.

Das Luftschiff jagte mit Höchstgeschwindigkeit über den nördlichen Pazifik. Am folgenden Morgen, dem 16. Juni, war nicht einmal mehr die Küste zu erspähen. Da sie sich aber von der Insel Vancouver bis hin zur Gruppe der Aleuten – Teil des 1867 an die Vereinigten Staaten abgetretenen russischen Amerikas – krümmt, würde die *Albatros* sehr wahrscheinlich die Küste an ihrer äußersten Biegung wieder kreuzen, falls sie nicht ihre Flugrichtung ändern sollte.

Wie den beiden Kollegen die Nächte lang vorkamen! Weswegen sie sich auch immer beeilten, ihre Kabinen zu verlassen. Als sie an diesem Morgen auf das Verdeck kamen, hatte die Morgendämmerung schon seit einigen Stunden den östlichen Horizont erhellt. Es ging auf die Sommersonnenwende zu, den längsten Tag auf der nördlichen Halbkugel, wenn es unter dem sechzigsten Breitenkreis kaum noch Nacht wird.

Der Ingenieur seinerseits beeilte sich nicht, seine Kabine zu verlassen, sei es aus Gewohnheit oder mit Absicht. Als er an diesem Morgen heraustrat, begnügte er sich damit, seine beiden Gäste zu begrüßen, als er sie im Heck des Luftschiffs sah.

Die Augen vor Schlaflosigkeit gerötet, mit stumpfem Blick und schlotternden Knien hatte sich auch Frycollin aus seiner Kabine hervorgewagt. Er ging wie jemand, dessen Füße spüren, daß der Boden schwankt. Sein erster Blick galt dem Auftriebsmechanismus, der mit beruhigender Regelmäßigkeit und ohne verwirrende Schnelligkeit arbeitete.

Daraufhin richtete der Neger seine unsicheren Schritte zur Reling und packte sie mit beiden Händen, um besser Gleichgewicht zu halten. Sichtlich verlangte es ihn, einen Blick auf das Land zu werfen, das die in höchstens zweihundert Metern Höhe fliegende *Albatros* überquerte.

Um einen solchen Versuch zu riskieren, hatte Frycollin über sich selbst hinauswachsen müssen. Fraglos verlangte es seine ganze Kühnheit, sich einer solchen Prüfung zu unterziehen.

Zuerst hielt Frycollin seinen Körper nach hinten gebeugt; dann rüttelte er an dem Geländer, um seine Haltbarkeit zu untersuchen; dann richtete er sich auf; dann beugte er sich nach vorn; dann streckte er den Kopf vor. Überflüssig zu sagen, daß er während all dieser Vorbereitungen die Augen geschlossen hielt. Jetzt öffnete er sie.

Ein Schrei! Ein Satz zurück! Und wie er den Kopf in den Schultern vergrub!

In der Tiefe des Abgrunds hatte er den weiten Ozean erblickt. Die Haare hätten ihm zu Berge gestanden, wären sie nicht kraus gewesen.

»Das Meer!« schrie er. »Das Meer!«

Und Frycollin wäre auf die Plattform gestürzt, wenn ihn der Koch nicht aufgefangen hätte.

Dieser Koch war ein Franzose und vielleicht aus der Gascogne, er hieß François Tapage, und wenn er kein Gascogner war, so mußte er doch den

Wind der Garonne in seiner Kindheit geatmet haben. Wie war dieser François Tapage in den Dienst des Ingenieurs gekommen? Welche Kette von Zufällen hatte ihn zu der Besatzung der *Albatros* geführt? Niemand weiß das zu sagen. Auf jeden Fall sprach der Spaßvogel Englisch wie ein Yankee.

»He, komm hoch!« rief er und half dem Neger mit einem kräftigen Stoß in die Rippen wieder auf die Beine.

»Master Tapage!« jammerte der arme Teufel unter verzweifelten Blicken auf die Schrauben.

»Was denn, Frycollin?«

»Geht das manchmal kaputt?«

»Nein! Aber alles geht einmal kaputt.«

»Warum? Wieso ...?«

»Weil alles einmal ein Ende hat.«

»Und das Meer da unten ...«

»Wenn man schon abstürzt, am besten ins Wasser.«

»Aber man kann doch ertrinken!«

»Man kann ertrinken, aber mit heilen Gliedern!« antwortete François Tapage, jede Silbe betonend.

So schnell er konnte, kroch Frycollin in seine Kabine zurück.

Den 16. Juni über flog das Luftschiff nur mit mittlerer Geschwindigkeit. Nur hundert Fuß über dem Wasser schwebend, schien es die ruhige Fläche des sonnenüberfluteten Meeres zu streifen.

Onkel Prudent und sein Gefährte waren in ihrer Kabine geblieben, um Robur, der bald allein, bald in Gesellschaft des Maschinisten Tom Turner rauchend auf dem Verdeck promenierte, aus dem Wege zu gehen. Die Schrauben liefen nur mit halber Kraft, doch reichte das aus, um den Apparat in den niederen Luftschichten zu halten.

Unter diesen Umständen hätte sich die Mannschaft der *Albatros* mit dem Vergnügen an einem Fischzug zugleich den Genuß einer Abwechslung in ihrer Alltagskost verschaffen können, wenn es nur genügend Fische im Wasser des Pazifiks gegeben hätte. Doch tauchten nur einige gelbbäuchige Wale, die bis zu fünfundzwanzig Meter Länge erreichen und das schrecklichste Getier in nördlichen Meeren sind, an der Oberfläche auf. Berufsfischer hüten sich, auf diese Wale Jagd zu machen, so furchterregend ist ihre Kraft.

Mit einer gewöhnlichen Harpune jedoch, mit einer Fletcher-Granate oder einer Bomber-Harpune, wovon Robur einen Vorrat an Bord hatte, läßt sich die Jagd gefahrlos durchführen.

Aber wozu solch unnützes Schlachtfest? Gleichviel, der Ingenieur wollte eines dieser Ungetüme jagen, sicherlich, um den beiden Herren vom Weldon-Institut vorzuführen, was er mit seinem Luftschiff alles anzustellen wußte.

Auf den Ruf »Wale! Wale!« kamen Onkel Prudent und Phil Evans aus ihrer Kabine. Vielleicht war ein Walfangboot in Sicht. In dem Fall wären beide, um ihrem fliegenden Gefängnis zu entrinnen, imstande gewesen, sich ins Meer zu stürzen – in der Hoffnung, von dem Boot aufgefischt zu werden.

Schon stand die ganze Mannschaft der *Albatros* auf der Plattform und wartete.

»Sollen wir es also probieren, Master Robur?« fragte Tom Turner.

»Ja, Tom«, war die Antwort des Ingenieurs.

Der Mechaniker und seine beiden Gehilfen standen auf ihrem Posten an den Maschinen bereit, um jeden Wink auszuführen. Die *Albatros* glitt unverzüglich zum Meer hinab und blieb auf einer Höhe von rund fünfzig Fuß über dem Wasser.

Die beiden Kollegen mußten sich damit abfinden, daß weder ein Schiff auf hoher See noch irgendein Streifen Land auszumachen war, das sie schwimmend hätten erreichen können, vorausgesetzt, daß Robur nichts unternommen hätte, um sie wieder einzufangen.

Einige durch die Atemlöcher ausgestoßene Fontänen von Dampf und Wasser zeigten bald die Nähe von Walen an, die, um Luft zu schöpfen, an die Meeresoberfläche aufsteigen.

Auf dem Bug hatte sich Tom Turner mit einem seiner Kameraden aufgestellt. Neben sich eine Bomben-Harpune kalifornischen Fabrikats, die mit einer Arkebuse abgeschossen wird. Man stelle sich darunter eine Art Metallzylinder vor, der in einer zylindrischen Bombe ausläuft. Diese Bombe wiederum sitzt an einem Schaft, der Widerhaken an der Spitze trägt.

Robur war auf die Bank des Wachtpostens vorn auf dem Bug gestiegen und bedeutete mit der rechten Hand dem Mechaniker, mit der linken dem Steuermann, welche Manöver sie auszuführen hatten. So dirigierte er, ob horizontal, ob vertikal, jede Bewegung des Luftschiffs. Geradezu unglaublich, mit welcher Promptheit und welcher Präzision der Apparat allen seinen Kommandos nachkam. Man mochte meinen, ein organisches Wesen am Werk zu sehen, dessen Seele der Ingenieur Robur sei.

»Wale!« rief Tom Turner von neuem.

Wirklich tauchte vier Kabellängen vor der *Albatros* der Rücken eines Wals aus dem Wasser auf.

Die *Albatros* hielt darauf zu und stoppte knapp sechzig Fuß vor ihm.

Tom Turner legte die Arkebuse, die in einer an der Reling befestigten Gabel ruhte, an. Der Schuß ging los, und das Projektil, eine lange Leine mit sich reißend, deren Ende in der Plattform verankert war, traf den Leib des Wals. Die mit Sprengstoff gefüllte Bombe explodierte und trieb eine kleine doppelarmige Harpune tief in das Fleisch des Tieres.

»Achtung!« schrie Tom Turner.

So übelgelaunt Onkel Prudent und Phil Evans auch waren, fesselte sie das Schauspiel doch.

Der schwerverletzte Wal schlug das Meer mit

einem solchen Hieb seines Schwanzes, daß das Wasser bis zum Bug des Luftschiffes aufspritzte. Dann tauchte das Tier in große Tiefen hinab, während die Leine, die vorsorglich, damit sie durch die Reibung nicht heißlief, in einer Trommel voll Wasser angefeuchtet worden war, abrollte. Als der Wal wieder an die Oberfläche kam, versuchte er, mit aller Schnelligkeit nordwärts zu entfliehen.

Man stelle sich das Tempo vor, mit dem die *Albatros* von dem Tier geschleppt wurde. Die Propeller waren übrigens abgestellt worden. Robur ließ den Wal arbeiten, um gleichen Abstand zu ihm zu wahren. Tom Turner war bereit, die Leine zu kappen, falls es bei einem neuerlichen Tauchversuch gefährlich werden sollte, sich weiter schleppen zu lassen.

Während einer halben Stunde und über eine Strecke von vielleicht sechs Meilen ließ sich die *Albatros* so ziehen; dann machte es sich bemerkbar, daß der Wal zu ermüden begann.

Auf einen Wink Roburs setzten die Hilfsmechaniker die Maschinen rückläufig in Gang, so daß die Propeller dem Wal, der allmählich näher herankam, einen gewissen Widerstand entgegenzusetzen begannen.

Bald darauf schwebte das Luftschiff fünfundzwanzig Fuß über seiner Beute. Noch immer schlug der Schwanz das Wasser mit unmäßiger Kraft. Der Wal rollte vom Rücken über den Bauch und brachte das Meer in gewaltigen Aufruhr.

Plötzlich richtete er sich auf, um sozusagen einen Kopfsprung zu vollführen, und tauchte mit so reißender Schnelligkeit in die Tiefe, daß Tom Turner kaum Zeit hatte, die Leine nachschießen zu lassen.

Da wurde die *Albatros* bis zum Wasser hinabgerissen. Ein Wirbel hatte sich an der Stelle gebildet, wo das Tier verschwunden war. Eine Sturzsee brach über die Reling hinein, als wolle sie den Wimpel eines Schiffes holen, über das Wind und Wellen keine Macht haben.

Zum Glück zerhieb Tom Turner mit einem Beil die Leine, und die *Albatros*, ihrer Last nun ledig, stieg dank der Auftriebskraft ihrer Hubschrauben zweihundert Meter auf.

Ohne seine Kaltblütigkeit zu verlieren, hatte Robur den Apparat beherrscht.

Ein paar Minuten später tauchte der Wal wieder an der Oberfläche auf. Er war tot. Von allen Seiten stürzten Meeresvögel herbei, um über den Kadaver herzufallen, und stießen dabei Schreie aus, die sich in jedem Parlament durchgesetzt hätten.

Außerstande, ihre Beute zu bergen, nahm die *Albatros* wieder Westkurs auf.

Am folgenden Tag, dem 17. Juni, tauchte gegen sechs Uhr früh Land am Horizont auf. Sie waren vor der Halbinsel Alaska und der lang hingestreckten Kette der Aleuten.

Die *Albatros* sprang über diese Inseln hinweg, auf denen es von Seehunden nur so wimmelt, die von den Bewohnern der Aleuten für die Russisch-Amerikanische Gesellschaft wegen ihrer Pelze gejagt werden. Einfache Sache, diese rostfarbenen Tiere zu jagen, die sechs bis sieben Fuß lang sind und dreihundert bis fünfhundert Pfund wiegen. Zu Abertausenden lagen sie dort wie zu einer endlosen Schlachtreihe postiert.

Sie nahmen keinen Anstoß daran, daß die *Albatros* vorüberflog, was man von den Tauchern, den Lummen und Imbergänsen, nicht gerade behaupten konnte, deren heisere Schreie die Luft erfüllten und die im Wasser verschwanden, als würden sie von einem greulichen Untier aus der Luft bedroht.

Die zweitausend Kilometer des Beringmeeres von den ersten Inseln der Aleuten bis zur äußersten Spitze der Halbinsel Kamtschatka wurden während der vierundzwanzig Stunden dieses Tages und der folgenden Nacht zurückgelegt. Onkel Prudent und Phil Evans sahen sich Umständen gegenüber, die ihre Fluchtpläne nicht gerade begünstigten. Denn weder an diesen öden Küsten des äußersten Asiens noch über den Gewässern des Ochotskischen Meeres wäre einer Flucht Aussicht auf Erfolg beschieden gewesen. Offensichtlich steuerte die *Albatros* auf Japan oder China zu. Obwohl es vielleicht nicht klug war, sich der Gnade von Chinesen oder Japanern anheimgeben zu wollen, waren die beiden Kollegen doch entschlossen, ihre Flucht ins Werk zu setzen, falls das Luftschiff an irgendeinem Punkt dieser Länder einen Halt einlegen sollte.

Aber würde es überhaupt haltmachen? Mit der *Albatros* verhielt es sich nicht wie mit einem Vogel, der nach einem zu langen Flug schließlich ermattet, und nicht wie mit einem Ballon, den Gasmangel zwingt, auf die Erde zurückzukehren. Proviant hatten sie noch für viele Wochen an Bord, und der wunderbar solide Apparat war gegen alle Ermüdungserscheinungen gefeit.

Nur ein Sprung war es über die Halbinsel Kamtschatka, von der am 18. Juni gerade die Niederlassung Petropawlowsk und der Vulkan Kljutschew zu sehen waren, ein weiterer Sprung über das Ochotskische Meer, an den Kurilen vorbei, die diesen Meerbusen wie eine von Hunderten kleiner Kanäle durchbrochene Sperrkette abriegeln. Am Morgen des 19. Juni erreichte der *Albatros* die La-Perouse-Straße, die zwischen der Nordspitze Japans und der Insel Sachalin hindurch in jenen kleinen Ärmelkanal führt, in den sich der große sibirische Strom Amur ergießt.

Dort stieg so dichter Nebel auf, daß das Luftschiff sich oberhalb dieses Feldes halten mußte. Zwar war der Flug durch die wallenden Dünste nicht gefährlich, denn in den Höhen, die die *Albatros* durchquerte, war kein Hindernis zu fürchten, weder die Spitze eines Gebäudes, die sie hätte rammen können, noch irgendeine Bergwand, die sie in die Gefahr zu zerschellen gebracht hätte, da das Land nur schwache Erhebungen aufwies, aber der Nebel war äußerst lästig und ließ alles an Bord feucht werden.

Sie mußten sich also über die Nebeldecke erheben, deren Höhe nicht mehr als drei- oder vierhundert Meter betrug. Robur ließ die Schrauben heftiger laufen, und oberhalb der brauenden Schicht fand die *Albatros* die im Sonnenlicht glänzenden Regionen des Himmels wieder.

Wie die Dinge lagen, hätte eine Flucht, für den Fall, daß sie überhaupt hätte glücken können, Onkel Prudent und Phil Evans nur Mühsal und Pein eingebracht.

Als sie an diesem Tag mit Robur zusammentrafen, hielt er für einen Augenblick inne und sagte wie beiläufig zu ihnen:

»Ein Segelschiff, meine Herren, oder ein Dampfer ist immer einer starken Behinderung ausgesetzt, sobald sie in ausweglosen Nebel geraten. Ohne Dampfpfeife oder Nebelhorn können sie nicht weiter. Sie müssen ihre Fahrt verlangsamen und trotz all dieser Vorsichtsmaßnahmen jeden Augenblick einen Zusammenstoß befürchten. Die *Albatros* hat solche Sorgen nicht. Was kann der Nebel ihr anhaben, wenn sie ihn unter sich läßt? Der *Albatros* gehört der Raum, der ganze Weltenraum!«

Nach diesen Worten setzte der Ingenieur seinen Spaziergang in aller Ruhe fort, ohne auf eine Antwort zu warten, um die er auch nicht gebeten hatte, und die Qualmwölkchen seiner Pfeife verloren sich im Azur.

»Onkel Prudent«, sagte Phil Evans, »es will

scheinen, als gäbe es für diese erstaunliche *Albatros* keinerlei Gefahr!«

»Das werden wir noch sehen!« erwiderte der Präsident des Weldon-Instituts.

Drei Tage, den 19., 20. und 21. Juni über, hielt der Nebel mit bedauerlicher Hartnäckigkeit an. Um über Japan dem Fujiyama auszuweichen, mußten sie steigen. Doch als der Nebelvorhang zerriß, lag eine ungeheure Stadt mit Palästen, großen und kleinen Villen, Gärten und Parks vor ihnen. Auch ohne sie zu sehen, würde Robur die Stadt an dem Gekläff ihrer unzähligen Hunde, an den Schreien ihrer Raubvögel und vor allem an dem sich in der Luft verbreitenden Leichengeruch der Hingerichteten erkannt haben.

Die beiden Kollegen waren auf der Plattform, als der Ingenieur mit Hilfe dieses geographischen Fixpunktes seine navigatorischen Berechnungen für den Fall, daß er weiterhin über einem undurchdringlichen Nebelmeer fliegen mußte, überprüfte.

»Meine Herren«, sagte er, »ich wüßte keinen Grund, Ihnen zu verheimlichen, daß diese Stadt Jedo ist, die Hauptstadt Japans.«[1]

Onkel Prudent antwortete nicht. Die Nähe des Ingenieurs verursachte ihm Erstickungserscheinun-

[1] Bis Tokio (›Osthauptstadt‹) 1868 zur ständigen Residenz des Mikados erhoben wurde, trug es den noch auf die Sprache der Ainu-Urbevölkerung zurückgehenden Namen Jedo oder Yeddo (›Flußmündung‹). Anmerkung des Übersetzers

gen, wie wenn die Luft in seinen Lungen knapp würde.

»Der Anblick von Jedo ist in der Tat erregend«, fuhr Robur fort.

»So erregend er sein mag ...«, setzte Phil Evans an.

»Ist er nichts gegen Peking?« fiel Robur ein. »Ganz meine Meinung, und in Kürze werden Sie genauer urteilen können.«

Diese Liebenswürdigkeit war nicht zu übertreffen.

Die gegen Südosten haltende *Albatros* änderte ihren Kurs um vier Strich, um im Osten eine neue Route zu finden.

Während der Nacht zerteilte sich der Nebel. Anzeichen für die Nähe eines Taifuns stellten sich ein: rascher Sturz des Barometers, Zerstreuung von Dunstschichten, große Wolken von ellipsoider Form vor kupferfarbenem Himmelsgrund; am entgegengesetzten Horizont lange karminrote Streifen, deutlich abgehoben von schieferfarbenem Grund, und im Norden ein breiter, ganz heller Sektor; das Meer glatt und ruhig, bei Sonnenuntergang aber von tiefer Scharlachfärbung.

Glücklicherweise jedoch zog der Taifun weiter im Süden seine Bahn und hatte nur zur Folge, daß der seit drei Tagen wogende Nebel sich verzog.

In einer Stunde hatten sie die zweihundert Kilometer der Korea-Straße überquert, dann die äußerste Spitze dieser Halbinsel. Während der

Taifun die südöstlichen Küsten Chinas verheerte, wiegte sich die *Albatros* über dem Gelben Meer, am 22. und 23. über dem Golf von Petschili. Am 24. flog sie das Tal des Paiho hinauf, um schließlich über der Hauptstadt des ›himmlischen Reiches‹ zu schweben.

Über das Geländer gebeugt, konnten die beiden Kollegen, wie es der Ingenieur ihnen angekündigt hatte, die Riesenstadt in aller Deutlichkeit sehen, die Mauer, die Peking in zwei Teile trennt – in die Mandschustadt und die Chinesenstadt –, die zwölf Vorstädte, die breiten Boulevards, die auf die Kaiserstadt zustreben, die Tempel, deren gelbe und grüne Dächer im Licht der aufsteigenden Sonne badeten, die Parks rund um die Paläste der Mandarine; dann, inmitten der Mandschustadt, die sechshundertachtundsechzig Hektar[1] umfassende Gelbe Stadt mit ihren Pagoden, ihren kaiserlichen Gärten, den künstlichen Seen, dem Kohlenhügel, der die ganze Kapitale beherrscht; im Herzen der Gelben Stadt schließlich – wie ein Karree beim ›casse-tête chinois‹[2], das von einem anderen umschlossen wird – die Rote Stadt, das ist der Kaiserpalast mit all den Phantasiegebilden seiner unglaublichen Architektur.

In diesem Augenblick wurde die Luft um die *Albatros* mit einer seltsamen Harmonie erfüllt. Es

[1] Beinahe vierzehnmal die Fläche des Marsfeldes.

[2] Ein Geduldspiel mit farbigen Brettchen. Anmerkung des Übersetzers

klang wie ein Konzert von Äolsharfen. Wohl hundert Drachen aus Palmen- oder Pandanusblättern schwebten in verschiedenen Formen durch die Luft. Eine Art Bogen von leichtem Holz umspannte eine feine Bambusmembrane auf ihrer Oberfläche. In unterschiedlichen Tönen, wie sie von einer klagenden Harmonika kommen, strömten die Membranen im Windhauch ein Singen höchst melancholischer Wirkung aus. Es war, als ob man in dieser Sphäre musikalisches Oxygen atme.

Robur war grillig genug, an dieses Luftorchester heranzufliegen. Langsam tauchte die *Albatros* in das Meer sonoren Wohlklangs hinein.

Doch da brach unter der unzählbaren Bevölkerung die Hölle aus. Gongs und andere formidable Instrumente des chinesischen Orchesters dröhnten; Flintenschüsse zu Tausenden, Mörserschüsse zu Hunderten; ein gewaltiger Spektakel, um das Luftschiff zu vertreiben. Wenn die Sternseher Chinas auch augenblicklich erkannten, daß es sich bei dieser Maschine in den Lüften um jenen Flugkörper handelte, dessen Erscheinen so viele Dispute ausgelöst hatte, glaubten die Millionen des Himmlischen Reiches vom niedrigen Wasserträger bis zu den reichbeknöpften Mandarinen doch an ein apokalyptisches Ungeheuer, das über den Himmel Buddhas zog.

Über diesen Aufruhr beunruhigte man sich auf der sicheren *Albatros* nicht weiter. Aber die Fäden, mit denen die Drachen an Pfähle in den kaiserlichen Gärten geknüpft waren, wurden entweder zerschnitten oder an Bord gezogen. Die einen dieser leichten Gebilde sanken mit anschwellenden Tönen rasch zur Erde hinab, die andern stürzten wie Vögel, deren Flügel von einer Schrotladung getroffen wurden und deren Gesang mit dem letzten Atemhauch verstummt.

Eine schmetternde Fanfare aus der Trompete Tom Turners schallte über die Hauptstadt hin und übertönte die letzten Klänge des Luftkonzertes. Die Schießerei auf der Erde hörte deswegen nicht auf. Im Gegenteil, gut zwanzig Fuß neben dem Verdeck detonierte eine Bombe. Die *Albatros* stieg in die unerreichbaren Zonen des Himmels auf.

Was geschah in den folgenden Tagen? Nichts, was die Pläne der Gefangenen begünstigt hätte. In welche Richtung flog die *Albatros?* Unverändert nach Südwesten, was auf die Absicht schließen ließ, Hindustan zu besuchen. Übrigens war nicht zu übersehen, daß sich der Boden unaufhörlich hob und die *Albatros* zwang, sich seiner Steigung anzupassen. Rund zehn Stunden, nachdem sie Peking verlassen hatten, konnten Onkel Prudent und Phil Evans an der Grenze der Provinz Schansi ein Stück der Großen Mauer sehen. Dann wichen sie den Lung-Bergen aus, passierten das Tal des Hwang-ho und verließen das Kaiserreich China über die Grenze nach Tibet.

Tibet – Hochplateaus ohne Vegetation, hin und wieder schneebedeckte Gipfel, ausgedörrte Schluchten, von Gletschern gespeiste Sturzbäche, Senken mit glänzenden Salzschichten, in grünende Wälder eingebettete Seen. Über all dem ein Wind, der oft eisig ist.

Das Barometer, auf 450 Millimeter gefallen,

gab eine Höhe von mehr als viertausend Metern über dem Meeresspiegel an. In dieser Höhe überstieg die Temperatur, obwohl jetzt die heißesten Monate der nördlichen Hemisphäre waren, kaum null Grad. Zusammen mit der Geschwindigkeit der *Albatros* schuf diese Kälte schwer erträgliche Bedingungen. Obwohl sie warme Reisedecken zur Verfügung hatten, zogen die beiden Kollegen es vor, in ihrer Kabine zu bleiben.

Um das Luftschiff in der schon dünner gewordenen Luft zu halten, war es natürlich notwendig gewesen, die Hubschrauben in extremer Geschwindigkeit laufen zu lassen. Aber ihr Zusammenspiel funktionierte reibungslos. Durch das Schwirren der Flügel konnte man sich geradezu einwiegen lassen.

Gartok, Hauptstadt der Provinz Guari-Khorsum im westlichen Tibet, konnte die *Albatros* am selben Tag wie eine Brieftaube so groß vorüberziehen sehen.

Am 27. Juni erblickten Onkel Prudent und Phil Evans ein gewaltiges Massiv vor sich, aus dem einige unter Schnee begrabene Berggipfel hervorragten und den Horizont verbarrikadierten. Gegen den Bugaufbau gelehnt, um dem starken Luftzug zu widerstehen, betrachteten beide die kolossale Bergmasse. Die Berge schienen dem Luftschiff vorauszulaufen.

»Zweifellos der Himalaja«, sagte Phil Evans, »und wahrscheinlich wird dieser Robur abdrehen und darauf verzichten, einen Weg nach Indien zu suchen.«

»Um so schlimmer!« antwortete Onkel Prudent. »Über diesem ungeheuer weiten Land hätten wir vielleicht . . .«

»Falls er die Kette nicht umfliegt über Birma im Osten oder Nepal im Westen!«

»Jedenfalls wette ich, daß er sie nicht überqueren kann!«

»Ausgeschlossen.«

Über der Provinz Tsang befand sich die *Albatros* am andern Tag, dem 28. Juni, unmittelbar vor dem gigantischen Massiv. Jenseits des Himalaja lag Nepal.

Eigentlich versperren drei Gebirgsketten, wenn man von Norden kommt, den Weg nach Indien. Die beiden nördlichen, zwischen denen die *Albatros* wie ein Schiff zwischen mächtigen Klippen hindurchgeschlüpft war, bilden die ersten Stufen dieses zentralasiatischen Walls. Zunächst das Kouen-Loun-Gebirge, dann der Karakorum begrenzen dies längliche und sich parallel zum Himalaja hinstreckende Tal, das nahe der Wasserscheide zwischen dem Indus im Westen und dem Brahmaputra im Osten verläuft.

Ein großartiges orographisches System! Mehr als zweihundert seiner Gipfel bereits gemessen, wovon siebzehn 25 000 Fuß übersteigen! 8840 Meter hoch erhob sich vor der *Albatros* der Mount Everest. Zur Rechten der Dhaulagiri, 8200 Meter hoch. Zur Linken der Kinchanjunga, 8592 Meter hoch, der durch die jüngsten Messungen des Mount Everest auf den zweiten Platz verwiesen wurde.

Offensichtlich hatte Robur nicht die Absicht, über die Gipfel dieser Berge hinzustreichen, sondern kannte sicherlich die verschiedenen Pässe des Himalaja, den Ibi-Gamin-Paß etwa, den die Brüder Schlagintweit 1856 in 6800 Metern Höhe überschritten haben. In diesen Paß schoß die *Albatros* geradeswegs hinein.

Während einiger Stunden klopfte das Herz recht heftig. Zwar verdünnte sich die Luft nicht in dem Maße, daß Spezialapparate, um den Sauerstoff in den Kabinen zu erneuern, hätten eingesetzt werden müssen, aber die Kälte war unerhört.

Robur stand kommandierend am Bug, das männliche Gesicht durch eine Kapuze geschützt. Tom Turner hatte das Steuer in der Hand. Der Mechaniker überwachte aufmerksam die Batterien, deren Säuresubstanzen glücklicherweise nicht von der Gefahr zu gefrieren bedroht waren. Die auf Maximalleistung gebrachten Schrauben gaben immer schärfere Töne, deren Intensität trotz der geringen Dichte der Luft außerordentlich war. Das Barometer fiel auf 290 Millimeter und zeigte eine Höhe von 7000 Metern an.

Großartig gruppiert lag dies Chaos von Bergen da! Weiße Gipfel allüberall. Keine Seen, aber Gletscher, die bis auf 10000 Fuß Höhe herabreichten. Keine Gräser, nichts außer spärlichen

Phanerogamen an der Grenze des vegetativen Lebens. Keine der herrlichen Fichten und Zedern mehr, die in prächtigen Wäldern an den unteren Hängen des Gebirges stehen. Nichts mehr von den gigantischen Farnen und den endlos wuchernden

Parasiten, die sich dort von einem Stamm zum andern winden wie im Unterholz eines Dschungels. Kein Tier, weder Wildpferde noch Yaks noch tibetische Büffel. Manchmal eine Gazelle, die sich bis in diese Höhen hinauf verirrt hatte. Kein Vogel, ein paar von jenen Krähen ausgenommen, die bis in die letzten Schichten atemfähiger Luft aufsteigen.

Als dieser Paß endlich überquert war, begann die *Albatros* sich wieder zu senken. Als sie aus den Bergen herauskamen und die Waldregion hinter sich gelassen hatten, lag nichts als Land und Land vor ihnen, das sich unendlich dehnte.

Robur trat zu seinen Gästen und sprach mit liebenswürdiger Stimme:

»Indien, meine Herren.«

ZEHNTES KAPITEL

IN DEM MAN SEHEN WIRD, WIE UND WARUM DER DIENER FRYCOLLIN INS SCHLEPPTAU GENOMMEN WURDE

Der Ingenieur hatte durchaus nicht vor, seinen Apparat über das Wunderland Hindustan zu führen. Gewiß hatte er mit seinem Flug über den Himalaja nichts anderes bezweckt als zu zeigen, über welche bewundernswerte Flugmaschine er gebot, um selbst Leute zu überzeugen, die nicht überzeugt werden wollten. Soll damit gesagt sein, daß die *Albatros* vollkommen sei, wo es doch Vollkommenheit nicht gibt in dieser Welt?

Wenn Onkel Prudent und sein Kollege im Grunde ihres Herzens auch nicht anders konnten, als die Kraft solch einer glänzenden Konstruktion zu bewundern, so gaben sie davon doch nichts zu erkennen. Ihr Sinnen und Trachten war allein auf Flucht gestellt. Sie hatten nicht einmal Augen für den grandiosen Anblick, der ihnen eröffnet wurde, als die *Albatros* über die malerischen Landstriche des Pandschabs hinzog.

Am Fuße des Himalaja erstreckt sich freilich ein Streifen Sumpfland, Tarai genannt, aus dem ungesunde Dünste aufsteigen und wo das Fieber endemisch grassiert. Aber das konnte die *Albatros* nicht stören und die Gesundheit ihrer Besatzung nicht gefährden. Ohne sonderliche Eile strebte sie dem Winkel zu, den Hindustan an der Stelle bildet, wo es mit Turkestan und China zusammenstößt. Mit den frühen Morgenstunden des 29. Juni öffnete sich vor ihr das unvergleichliche Tal von Kaschmir.

Ja, unvergleichlich dies Oval zwischen dem großen und dem kleinen Himalaja! Hunderte von Ausläufern des mächtigen Gebirges, die sich zum Bett des Hydaspes[1] hinneigen, durchziehen das Land, und in launischen Mäandern windet der

[1] Griechischer Name des Dschilam. Anmerkung des Übersetzers

Fluß sich fort, der die Heere des Poros und des Alexander streiten sah – Indien und Griechenland, ringend in Zentralasien. Noch immer fließt er dort, der Hydaspes, während die beiden Städte, die der Makedonier gründete, auf daß sie durch die Zeiten von seinem Siege Kunde gäben, so spurlos von der Erde verschwunden sind, daß nicht einmal der Platz, an dem sie standen, sich wiederfinden läßt.

An diesem Vormittag schwebte die *Albatros* über Srinagar, bekannter unter dem Namen Kaschmir. Onkel Prudent und sein Gefährte sahen eine stolze Stadt, hingestreckt zu beiden Seiten des Flusses, sahen ihre Holzbrücken fingerdünn, ihre mit Loggien ausgestatteten Villen, die von hohen Pappeln beschatteten Uferböschungen, die mit Rasen belegten Dächer, die wie große Maulwurfshügel aussahen, die zahllosen Kanäle mit Booten wie Nußschalen und Schiffern wie Ameisen, sahen die Paläste, Tempel, Kioske, Moscheen und Bungalows am Eingang der Vorstädte – dies alles noch verdoppelt durch den Widerschein im Wasser; dann die alte Zitadelle Hari-Parvata, auf einem Hügel hingelagert wie das stärkste Fort von Paris auf dem Mont Valérien.

»Venedig«, sagte Phil Evans, »wenn wir in Europa wären.«

»Und wenn wir in Europa wären«, knurrte Onkel Prudent, »würden wir den Weg nach Amerika schon zu finden wissen!«

Die *Albatros* hielt sich über dem See, den der Fluß durchquert, nicht auf, sondern setzte ihren Flug durch das Tal des Hydaspes fort.

Dann aber blieb sie für eine halbe Stunde in zehn Meter Höhe über dem Fluß stehen. Mit Hilfe eines herabgelassenen Schlauches holten Tom Turner und seine Leute frisches Wasser an Bord, das durch eine von den Strömen der Akkumulatoren betriebene Pumpe angesaugt wurde.

Während die Arbeit vonstatten ging, tauschten Onkel Prudent und Phil Evans einen Blick. Ein und derselbe Gedanke durchzuckte ihre Köpfe. Nur ein paar Meter trennten sie von der Oberfläche des Hydaspes. Das Ufer war nah. Beide waren gute Schwimmer. Ein Kopfsprung konnte ihnen die Freiheit zurückbringen, und wenn sie unter Wasser schwammen, wie hätte Robur sie wieder aufgreifen können? Mußte der Apparat nicht, damit seine Propeller frei laufen konnten, mindestens zwei Meter über dem Wasser bleiben?

Alles Für und Wider war im Augenblick erwogen. Augenblicklich hatten sie sich entschlossen. Schon wollten sie sich über das Geländer schwingen – da legten mehrere Hände sich auf ihre Schultern. Man hatte sie im Auge behalten. Unmöglich, zu entkommen.

Aber diesmal ergaben sie sich nicht ohne Widerstand in ihr Schicksal. Sie versuchten, die Aufpasser zurückzustoßen. Aber es waren kräftige Burschen, die Leute von der *Albatros*.

»Meine Herren«, sagte der Ingenieur nur, »wenn man das Vergnügen hat, in Gesellschaft von Robur dem Eroberer zu reisen, wie Sie Ihren Gastgeber sehr richtig nannten, dann verläßt man ihn nicht auf diese Weise. Das ist nicht die feine englische Art. Ich möchte sogar hinzufügen, daß man ihn überhaupt nicht mehr verläßt!«

Phil Evans hielt seinen Kollegen zurück, der drauf und dran war, sich zu einer Gewalttat hinreißen zu lassen. Beide kehrten in ihre Kabine zurück, unbeirrt in ihrem Entschluß, gleichgültig wo, zu fliehen, und sollte es auch ihr Leben kosten.

Die *Albatros* hatte ihren Westkurs wiederaufgenommen. Mit mittlerer Geschwindigkeit überquerte sie an diesem Tag das Land Kabulistan, dessen Hauptstadt kurz sichtbar wurde, sodann, elfhundert Kilometer von Kaschmir, die Grenze des Königreichs Herat.

In dieser noch immer so umstrittenen Gegend zeigten sich Menschenansammlungen, Marschkolonnen und Konvois auf der Straße, die den Russen den Weg zu den englischen Besitzungen in Indien hin öffnet, mit einem Wort – eine volle Armee mit all ihrem Kriegsgerät. Auch waren Kanonenschüsse und Musketenfeuer zu hören. Aber der Ingenieur mischte sich niemals in fremde Affären, solange es für ihn nicht um eine Frage der Ehre oder der Menschlichkeit ging. Er flog darüber hinweg. Mag Herat auch, wie man sagt, der Schlüssel zu Zentralasien sein, so bedeutete es Robur doch wenig, ob dieser Schlüssel nun in eine englische Tasche wanderte oder in eine moskowitische. Um irdische Interessen schert sich nicht länger, wer kühn die Luft zu seiner einzigen Domäne gemacht hat.

Bald übrigens war das Land unter einem heftigen Sandsturm verschwunden, wie er diese Regionen nur allzu häufig heimsucht. Dieser Wind, ›Tebbad‹ genannt, trägt Fieberkeime in dem feinen Staub mit sich, den er auf seiner Bahn emporreißt. Und wie viele Karawanen sind in diesen Wirbelstürmen umgekommen!

Um dem Staub zu entgehen, der Störungen in den empfindlichen Triebwerken hätte hervorrufen können, stieg die *Albatros* zweitausend Meter hoch in eine gesündere Zone auf.

So blieben nun die Grenze Persiens und seine weiten Ebenen dem Blick entzogen. Die Fluggeschwindigkeit war recht mäßig, obwohl keine Felswand zu fürchten war. Wenn die Karte auch einige Berge zeigt, so reichen sie doch nicht über mittlere Höhen hinaus. Als aber die Hauptstadt näher kam, mußte die *Albatros* dem Demawend ausweichen, dessen Schneegipfel bis auf beinahe 6600 Meter aufsteigt, dann der Elburs-Kette, an deren Fuß Teheran liegt.

Als am 2. Juli der Tag graute, tauchte der Demawend aus dem Sand-Samun auf.

Die *Albatros* richtete ihren Kurs so ein, daß sie über die Stadt hinflog, die der Wind mit einer Wolke feinen Staubs umhüllte.

Gegen zehn Uhr morgens jedoch konnte man die breiten Gräben sehen, welche die Mauern umziehen, und in der Mitte den Palast des Schahs, das mit Fayenceplatten bedeckte Gemäuer und die

Bassins, die wie in riesige Türkise von leuchtendem Blau eingeschnitten erscheinen.

Es war nur eine jähe Vision. Von hier aus wandte sich die *Albatros*, den Kurs ändernd, fast direkt nach Norden. Über einer kleinen Stadt in einem nördlichen Winkel der persischen Grenze gelangte sie nach einigen Stunden an das Ufer einer gewaltigen Wasserfläche, deren Ende weder im Norden noch im Osten zu erkennen war.

Diese Stadt war der Hafen Aschurada, die am weitesten nach Süden vorgeschobene russische Station. Das Wasser war ein Meer: das Kaspische.

Hier gab es keine Staubwirbel mehr. Der Häuserkomplex, an einem Vorgebirge hingestreckt, bot mit einem beherrschenden Glockenturm ein europäisches Bild.

Die *Albatros* senkte sich zu dem Meer hinab, dessen Spiegel dreihundert Fuß unter dem Niveau des Ozeans liegt. Gegen Abend flog sie der vormals turkestanischen, jetzt russischen Küste entlang, die zum Golf von Balchan hin ansteigt. Am 3. Juli schwebte sie hundert Meter über dem Kaspischen Meer.

Kein Land in Sicht, weder in Richtung Asien noch in Richtung Europa. Auf dem Wasser des Meeres ein paar weiße Segel, von einer Brise gebläht. Einheimische, an ihren Formen erkennbare Schiffe, zweimastige Kesebeys, einmastige Kajuks, die alten Piratenschiffe, und Teimils, einfache Transport- oder Fischerboote. Dann und wann stiegen Rauchfahnen aus den Schloten der Steamer, die Rußland als Wasserpolizei für die turkmenischen Gewässer in Aschurada stationiert hat, bis zur *Albatros* herauf.

Der Maschinist Tom Turner unterhielt sich an diesem Morgen mit dem Koch, François Tapage.

»Ja«, antwortete er auf eine Frage des Kochs, »ungefähr 48 Stunden werden wir über dem Kaspischen Meer sein.«

»Gut, dann können wir doch sicher fischen?« sagte der Koch.

»Natürlich.«

Da man für einen Flug über das – bei einer Breite von zweihundert Meilen – in seiner Länge sechshundertfünfundzwanzig Meilen messende Meer vierzig Stunden rechnen mußte, hieß das, daß die Geschwindigkeit der *Albatros* stark gedrosselt werden und während des Fischfangs sogar null sein würde.

Phil Evans, der am Bug stand, hörte Tom Turners Antwort.

Frycollin lag Phil Evans gerade mit seinen hartnäckig wiederholten Klagen und der Bitte in den Ohren, er möge sich doch bei seinem Herrn dafür einsetzen, den Diener auf die Erde herab zu lassen.

Ohne auf diesen ungereimten Wunsch einzugehen, suchte Phil Evans Onkel Prudent im Heck auf. Unter allen möglichen Vorsichtsmaßregeln, um nur ja nicht gehört zu werden, berichtete er ihm, worüber Tom Turner und der Koch gesprochen hatten.

»Phil Evans«, antwortete Onkel Prudent, »ich denke, wir machen uns keine Illusionen, welche Absichten dieser Schurke mit uns hat.«

»Gar keine«, erwiderte Phil Evans. »Wenn er uns je die Freiheit wiedergibt, dann nur, wenn es ihm paßt.«

»Darum müssen wir alles versuchen, um von der *Albatros* herunterzukommen!«

»Ein famoser Apparat, das muß man sagen!«

»Mag sein«, polterte Onkel Prudent los, »aber der Apparat eines Halunken, der uns wider alles Recht festhält. Für uns und die Unsrigen bedeutet dieser Apparat eine ständige Gefahr. Wenn es uns also nicht gelingt, ihn zu zerstören ...«

»Fangen wir damit an, uns zu retten«, antwortete Phil Evans. »Alles weitere später.«

»Gut«, gab Onkel Prudent zurück, »und nutzen wir die Gelegenheiten, die sich uns bieten. Offensichtlich wird die *Albatros* das Kaspische Meer überqueren und dann nach Europa kommen, sei es nordwärts über Rußland, sei es westwärts über die südlichen Länder hin. Auf welchen Platz bis zum Atlantik wir unseren Fuß auch setzen werden, Rettung ist uns gewiß. Wir müssen uns also zu jeder Stunde bereithalten.«

»Aber«, fragte Phil Evans, »wie fliehen wir?«

»Hören Sie«, sagte Onkel Prudent, »nachts kommt es manchmal vor, daß die *Albatros* nur einige hundert Fuß über dem Erdboden schwebt. Nun gibt es doch an Bord mehrere Taue von dieser Länge, und mit ein bißchen Wagemut könnte man sich vielleicht hinabgleiten lassen . . .«

»Ja«, antwortete Phil Evans, »in dem Fall würde ich nicht zögern.«

»Ich auch nicht«, sagte Onkel Prudent. »Hinzuzufügen wäre, daß während der Nacht außer dem Steuermann im Heck niemand wach ist. Genau vorn im Bug liegt eines dieser Taue, und es wird möglich sein, es zu entrollen, ohne gesehen und ohne gehört zu werden . . .«

»Ausgezeichnet«, sagte Phil Evans, »zu meiner Freude, Onkel Prudent, sehe ich, daß Sie ruhiger geworden sind. So läßt es sich besser handeln. Doch im Augenblick sind wir hier über dem Kaspischen Meer. Zahlreiche Schiffe sind in Sicht. Die *Albatros* wird tiefer gehen und beim Fischfang stillstehen. Können wir uns diese Situation nicht zunutze machen?«

»Nun, man beobachtet uns, auch wenn wir uns nicht beobachtet glauben«, erwiderte Onkel Prudent. »Sie haben das doch gesehen, als wir uns in den Hydaspes stürzen wollten.«

»Und wer sagt, daß wir nicht auch nachts überwacht werden?« antwortete Phil Evans.

»Die Sache muß doch einmal ein Ende haben«, rief Onkel Prudent, »ja, es muß ein Ende haben mit dieser *Albatros* und ihrem Robur!«

Man sieht, wenn die beiden Kollegen ihrem

Zorn freien Lauf ließen, waren sie, Onkel Prudent voran, zu den tollkühnsten und für Leib und Leben möglicherweise gefährlichen Taten bereit.

Das Gefühl ihrer Ohnmacht, die ironische Herablassung, mit der Robur sie behandelte, die kalten Antworten, die er ihnen gab, dies alles trug dazu bei, eine gespannte Situation zu schaffen, deren Unerträglichkeit jeden Tag deutlicher wurde.

Ein neuer Zwischenfall drohte am selben Tage eine der bedenklichsten Auseinandersetzungen zwischen Robur und den beiden Kollegen heraufzubeschwören. Frycollin war sich kaum darüber im klaren, daß die Provokation von ihm ausging.

Als er sich über diesem Meer ohne Ende sah, wurde der Hasenfuß von Schreck gepackt. Wie ein Kind ließ er sich dazu hinreißen, zu jammern, zu toben, zu schreien, Verrenkungen und Grimassen zu machen.

»Ich will hier weg! Ich will hier weg!« schrie er. »Ich bin kein Vogel! Ich bin nicht dazu gemacht zu fliegen! Ich will wieder auf die Erde, sofort!«

Es versteht sich von selbst, daß Onkel Prudent ihn keineswegs zu beruhigen versuchte – im Gegenteil. So fand das Geschrei erst ein Ende, als Robur alle Geduld verlor.

Da Tom Turner und seine Kameraden mit dem Fischfang beschäftigt waren, befahl der Ingenieur, Frycollin in sein Abteil zu sperren, um ihn vom Hals zu haben. Aber der Neger hörte nicht auf, zu toben, an die Wände zu schlagen und immer schrecklicher zu heulen.

Es war Mittag. Die *Albatros* hielt sich nur fünf oder sechs Meter über dem Meeresspiegel. Von ihrem Anblick entsetzt, ergriffen einige Fischer die Flucht. Im Nu lag dieser Teil des Kaspischen Meeres verlassen da.

Wie man sich wohl denken kann, mußten unter diesen Umständen, wo nichts als ein Kopfsprung nötig war, um zu fliehen, die beiden Kollegen Gegenstand einer besonderen Aufmerksamkeit sein, und sie waren es auch. Selbst wenn man annimmt, sie hätten sich über Bord gestürzt, so hätte man sie doch mit dem Kautschukboot der *Albatros* leicht zurückholen können. Während des Fischfangs, dem Phil Evans glaubte beiwohnen zu müssen, während Onkel Prudent sich in großem Zorn in seine Kabine zurückzog, war also nichts zu machen.

Man weiß, daß das Kaspische Meer durch eine vulkanische Bodensenkung entstanden ist. In dieses Becken ergießt sich das Wasser großer Flüsse, der Wolga, des Urals, der Kura, der Kuma, der Emba und anderer. Ohne die Verdunstung, die den Überschuß des Wassers wieder aufhebt, würde dieses Loch, dessen Oberfläche siebzehntausend Quadratmeilen und dessen mittlere Tiefe zwischen sechzig und vierhundert Fuß beträgt, die niedrigen und sumpfigen Küsten im Norden und Osten überspülen. Obwohl das Becken weder eine Verbindung zum Schwarzen Meer noch zum Aralsee hat, deren Spiegel erheblich höher liegen, ernährt es dennoch eine große Anzahl von Fischen – solche wohlgemerkt, denen die starke Bitterkeit des Wassers nichts ausmacht, die durch das aus Quellen am südlichen Ende des Meeres ausströmende Naphtha verursacht wird.

Die Mannschaft der *Albatros* dachte an die Abwechslung, die der Fischzug ihrer Alltagskost bescheren könnte, und verhehlte das Vergnügen nicht, das das Unternehmen ihr machte.

»Achtung!« rief Tom Turner, der ansetzte, einen stattlichen und beinahe einem Hai ähnlichen Fisch zu harpunieren.

Es war ein herrlicher, sieben Fuß langer Stör von der Beluga-Sorte, deren Eier, mit Salz, Essig und Weißwein zubereitet, Kaviar ergeben. Vielleicht sind die in Flüssen gefangenen Störe besser als die aus dem Meer, doch waren an Bord der *Albatros* auch die letzteren hochwillkommen.

Was aber den Fischzug noch reicher machte, waren die durcheinander in den Netzen zappelnden Karpfen, Brachsen, Salme, Seehechte und die Menge der Sterlete, welche reiche Feinschmecker in Moskau und Petersburg sich lebend aus Astrachan kommen lassen. Hier wanderten sie ohne alle Transportkosten aus ihrem Lebenselement unmittelbar in die Kochtöpfe der Mannschaft.

Vergnügt holten Roburs Männer die Netze ein, nachdem die *Albatros* sie über mehrere Meilen ge-

schleppt hatte. François Tapage, der Gascogner, machte seinem Namen alle Ehre und brüllte vor Vergnügen. Eine Stunde genügte, um die Fischbehälter des Luftschiffs aufzufüllen, das daraufhin gen Norden weiterflog.

Während des ganzen Fischfangs hatte Frycollin nicht aufgehört zu schreien, gegen die Wände seines Abteils zu trommeln, mit einem Wort, unerträglichen Radau zu machen.

»Dieser verdammte Neger will also keine Ruhe geben!« sagte Robur, der jetzt tatsächlich seine Geduld verlor.

»Mir scheint, mein Herr, daß er sehr wohl recht hat, sich zu beklagen!« antwortete Phil Evans.

»Ja, wie ich das Recht habe, meinen Ohren diese Folter zu ersparen«, erwiderte Robur.

»Ingenieur Robur!« sagte Onkel Prudent, der gerade auf die Plattform getreten war.

»Herr Präsident des Weldon-Instituts?«

Auge in Auge standen sich beide Männer gegenüber. Robur zuckte mit den Achseln.

»Ans Tau!« sagte er.

Tom Turner hatte verstanden. Frycollin wurde aus seiner Kabine gezogen.

Er schrie wie am Spieß, als der Maschinist und einer seiner Kameraden ihn packten und in einer Art Korb festbanden, den sie mit dem Ende eines Taus gut verknüpften.

Es war ausgerechnet eins der Taue, deren sich Onkel Prudent hatte bedienen wollen.

Zuerst hatte der Neger gedacht, er werde aufgehängt. Aber nein, herabhängen sollte er nur.

Hundert Fuß Tau wurden über Bord gelassen, und Frycollin baumelte tatsächlich im Freien.

Jetzt konnte er nach Belieben schreien. Doch er blieb stumm, denn Entsetzen schnürte ihm die Kehle zu.

Onkel Prudent und Phil Evans hatten sich diesem Verfahren widersetzen wollen: sie wurden zurückgestoßen.

»Das ist schändlich! Das ist niederträchtig!« schrie Onkel Prudent außer sich.

»Was Sie nicht sagen!« erwiderte Robur.

»Das ist ein Mißbrauch der Macht, gegen den ich nicht nur mit Worten protestiere!«

»Protestieren Sie!«

»Ich werde Rache nehmen, Ingenieur Robur!«

»Nehmen Sie Rache, Herr Präsident!«

»An Ihnen und Ihren Leuten!«

Die Männer der *Albatros* waren mit nicht gerade freundlichen Mienen herangetreten. Robur gab ihnen ein Zeichen, sich zu entfernen.

»Ja, an Ihnen und Ihren Leuten!« brüllte Onkel Prudent, den sein Kollege vergeblich zu beruhigen versuchte.

»Wenn es Ihnen Spaß macht!« antwortete der Ingenieur.

»Und mit allen vorhandenen Mitteln!«

»Genug!« sagte Robur in drohendem Ton, »genug! Wir haben noch mehr Taue an Bord. Schweigen Sie, oder dem Herrn ergeht es ganz wie dem Diener!«

Onkel Prudent verstummte, nicht aus Furcht, sondern weil er von einem solchen Würgen befallen wurde, daß Phil Evans ihn in seine Kabine führen mußte.

Das Wetter hatte sich in der letzten Stunde völlig verändert. Unmißverständliche Anzeichen deuteten auf einen drohenden Sturm. Die elektrische Spannung der Luft hatte einen solchen Grad erreicht, daß – gegen halb drei – Robur Zeuge eines Naturschauspiels wurde, das er noch nie erlebt hatte.

Im Norden, woher der Sturm kam, stiegen schlangenförmig beinahe leuchtende Dunstschwaden auf. Diese Erscheinung rührte wohl von der unterschiedlichen Ladung der verschiedenen Wolkenschichten her.

Der Widerschein dieser Schwaden ließ über die Oberfläche des Meeres Myriaden von Lichtern huschen, deren Leuchtkraft um so stärker wurde, je mehr sich der Himmel zu verdunkeln begann.

Über kurz oder lang mußte die *Albatros* in das Zentrum dieser Himmelserscheinung hineingeraten, denn beide liefen aufeinander zu.

Und Frycollin? Nun, Frycollin hing noch immer im Schlepptau – Schlepptau ist das richtige Wort, denn das mit einer Geschwindigkeit von hundert Kilometern pro Stunde fliegende Luftschiff zog die Leine mit dem Korb in schrägem Winkel hinter sich her.

Man male sich das Entsetzen des armen Teufels aus, als Blitze den freien Raum um ihn zu durchzucken begannen, während in den Tiefen des Himmels Donner grollte.

Angesichts des Sturms hatte die gesamte Mannschaft alle Hände voll damit zu tun, die *Albatros* die Gefahrenzone entweder überfliegen zu lassen oder ihr auszuweichen, indem sie ihren Weg durch die unteren Luftschichten nahm.

Die *Albatros* flog in mittlerer Höhe, bei tausend Metern ungefähr, als ein Donnerschlag von einzigartiger Gewalt die Luft zerriß. Der Sturm brach augenblicklich los. Innerhalb von Sekunden stürzten die flammenden Wolken auf das Luftschiff ein.

Phil Evans intervenierte zugunsten Frycollins und bat, ihn wieder an Bord zu holen.

Aber Robur hatte diesen Einspruch nicht erst abgewartet. Das Tau wurde schon eingeholt. Da trat unvermittelt eine unerklärliche Verlangsamung in der Rotation der Hubschrauben ein.

Robur stürzte zur mittleren Kabine.

»Kraft! Kraft!« schrie er dem Hilfsmaschinisten zu. »Wir müssen rasch steigen bis über den Sturm hinaus!«

»Unmöglich, Chef!«

»Was ist?«

»Stromstörungen! Der Strom setzt aus!«

Die *Albatros* flog in der Tat zusehends tiefer.

Wie es bei Stürmen in den Telegraphendrähten passiert, waren die elektrischen Vorgänge in den Akkumulatoren gestört. Aber was nur lästig ist, wenn es sich um Depeschen handelt, hieß hier eine schreckliche Gefahr, hieß, daß der Apparat, ohne eine Möglichkeit, seiner Herr zu werden, ins Meer stürzen würde.

»Tiefer«, schrie Robur, »wir müssen aus der

elektrischen Zone heraus! Vorwärts, Jungens, und Ruhe bewahren!« Der Ingenieur war auf seinen Kommandoposten gestiegen. Die Männer, jeder an seiner Stelle, standen bereit, seine Befehle durchzuführen.

Obwohl die *Albatros* schon um einige hundert Fuß gesunken war, flog sie zwischen Blitzen, die wie in einem Feuerwerk durcheinanderschossen, noch immer inmitten des Wolkenfeldes. Es sah aus, als müsse jeden Augenblick ein Blitz einschlagen. Noch langsamer liefen die Schrauben, und was bis jetzt ein rasches Absinken gewesen war, drohte ein Sturz zu werden.

Es war offenbar, daß die *Albatros* in weniger als einer Minute den Meeresspiegel erreicht haben würde. Einmal eingetaucht, hätte keine Macht sie mehr vor dem Abgrund bewahren können.

Auf einmal lag die elektrische Wolke über ihr. Keine sechzig Fuß mehr trennten das Luftschiff vom Kamm der Wogen. In zwei, drei Sekunden mußten sie die Plattform überspülen.

Aber, den Augenblick erfassend, stürzte Robur zum mittleren Aufbau, riß die Hebel herunter – und Strom schoß durch die Säulen, der jetzt nicht mehr neutralisiert wurde durch die elektrische Spannung der umgebenden Atmosphäre. Im Nu brausten die Schrauben in ihrem normalen Tempo, war der Sturz gestoppt, hielt sich die *Albatros* in geringer Höhe, während ihre Propeller sie aus dem Sturm heraustrieben.

Unnötig zu sagen, daß Frycollin ein tüchtiges Bad genommen hatte – für ein paar Sekunden nur. Als er an Bord geholt wurde, war er naß, als sei er bis auf den Meeresgrund hinabgetaucht. Wie man sich vorstellen kann, schrie er nicht mehr.

Anderntags, am 4. Juli, ließ die *Albatros* das nördliche Ufer des Kaspischen Meeres hinter sich zurück.

ELFTES KAPITEL

IN DEM ONKEL PRUDENTS ZORN GLEICH DEM QUADRAT DER GESCHWINDIGKEIT WÄCHST

Wenn je Onkel Prudent und Phil Evans alle Hoffnung, zu entkommen, fahrenlassen mußten, dann während der folgenden fünfzig Stunden. Fürchtete Robur, daß die Bewachung seiner Gefangenen während der Überquerung Europas weniger leichtfallen würde? Wohl möglich. Im übrigen wußte er, daß sie zu allem entschlossen waren, um ihre Flucht zu erreichen.

Wie dem auch sei – jeder Fluchtversuch wäre Selbstmord gewesen. Von einem Zug abzuspringen, der mit einer Geschwindigkeit von hundert Kilometern in der Stunde fährt, heißt, vielleicht sein Leben riskieren, wer aber von einem Expreß mit zweihundert Kilometern Fahrt pro Stunde abspringt, der will den Tod.

In diesem Tempo – ihrer Höchstgeschwindigkeit – flog die *Albatros* dahin. Sie übertraf die Leistung der Schwalbe – einhundertachtzig Kilometer die Stunde.

Für geraume Zeit hielt Nordostwind an, was der *Albatros* gelegen kam, da sie in der gleichen Richtung flog, das heißt einem allgemeinen Westkurs folgte. Als sich der Wind aber zu legen begann, wurde es bald unmöglich, sich auf der Plattform zu halten, ohne daß die reißende Fahrt den Atem verschlug. Einmal wären die beiden Kollegen beinahe über Bord getrieben worden, hätte die Wucht des Windes sie nicht gegen ihr Abteil geworfen.

Zum Glück sah sie der Steuermann durch das Bullauge seines Kastens. Eine elektrische Klingel alarmierte die Männer im vorderen Aufbau.

Vier von ihnen kamen darauf rutschend und kriechend zu Hilfe.

Wer einmal auf offener See bei einem Orkan aufrecht auf dem Deck eines Schiffes zu stehen versuchte, kennt die Gewalt eines solchen Druckes. Hier wurde er hingegen durch die unvergleichliche Schnelligkeit der *Albatros* hervorgerufen.

Die Geschwindigkeit mußte verlangsamt werden, damit Onkel Prudent und Phil Evans wieder in ihre Kabine gelangen konnten, und im Inneren des Luftschiffes ließ es sich ohne alle Not atmen.

Doch welch eine Solidität mußte dieser Apparat besitzen, um dem gewaltigen Druck der Luft widerstehen zu können! Es grenzte an ein Wunder. Die an Bug und Heck rasenden Propeller sah man kaum. Sie schienen mit der Luft zu verschmelzen.

Die letzte Stadt, die man vom Luftschiff aus gesehen hatte, war Astrachan hoch im Norden des Kaspischen Meeres gewesen.

Der ›Stern der Wüste‹ – es wird schon einen russischen Poeten geben, der Astrachan einmal so genannt hat – ist heute von einer führenden Stadt zu einer fünfter oder sechster Größenordnung herabgesunken. Der Verwaltungssitz Astrachan hatte für einen Augenblick seine alten, mit überflüssigen Zinnen gekrönten Mauern sehen lassen, seine Türme aus früherer Zeit im Herzen der Stadt, an Kirchen in modernem Stil grenzende Moscheen, die Kathedrale, deren fünf Kuppeln, vergoldet und mit blauen Sternen übersät, wie ein herausgebrochenes Stück Firmament erschienen – all dies nahezu auf gleichem Niveau mit der Mündung der Wolga, die hier zwei Kilometer breit ist.

Nach Astrachan kam der Flug der *Albatros* den beiden Kollegen in der Tat wie ein Ritt durch Himmelshöhen vor, als seien jene fabulösen Hippogryphen vorgespannt, die eine Meile überwanden mit nur einem Schlag der Flügel.

Gegen zehn Uhr morgens am 4. Juli folgte das Luftschiff, Nordwestkurs haltend, ungefähr dem Tal der Wolga. Von den Ufern des Stroms dehnte sich die Steppe bis zum Don und zum Ural. Hätte man dies weite Land mit einem Blick umfassen können, die Zeit hätte nicht gereicht, Städte und Dörfer zu zählen.

Als schließlich der Abend gekommen war, passierte das Luftschiff Moskau, ohne auch nur die Flagge des Kreml zu grüßen. In zehn Stunden hatte es die zweitausend Kilometer zurückgelegt, die Astrachan von der alten Hauptstadt aller Reußen trennen.

Die Eisenbahnlinie von Moskau nach Petersburg mißt kaum zwölfhundert Kilometer. Eine Angelegenheit von einer halben Tagesreise also. Pünktlich wie ein Expreß war die *Albatros* denn auch gegen zwei Uhr morgens über Petersburg und den Ufern der Newa. Unter diesem hohen Breitengrad, den die Sonne im Juni fast gar nicht verläßt, erlaubte die Helligkeit der Nacht einen Überblick über das Ganze dieser gewaltigen Hauptstadt.

Der Finnische Meerbusen dann, die Inselwelt vor Abo, die Baltische See, Schweden auf der Höhe von Stockholm, Norwegen auf der Höhe von Kristiania. Zehn Stunden nur für diese zweitausend Kilometer! Man hätte tatsächlich glauben mögen, keine menschliche Macht könne fortan den Flug der *Albatros* bremsen, wie wenn die Resultante ihrer Eigengeschwindigkeit und der Anziehungskraft der Erde sie in einer unveränderlichen Umlaufbahn um den Globus halten würde.

Sie bremste ihren Flug trotzdem, und zwar genau über dem berühmten Wasserfall Rjukan in Norwegen. Vor ihnen lag der Gausta, dessen Gipfel diese herrliche Gegend in Telemarken beherrscht wie ein riesiger Grenzwall, der den Weg nach Westen versperrte.

So drehte die *Albatros* hier auch nach Süden ab, ohne ihre Geschwindigkeit zu verringern.

Und was trieb Frycollin während dieser unglaublichen Reise? Frycollin lag still und stumm in seiner Kabine und schlief mehr, als er konnte, ausgenommen zur Essenszeit.

François Tapage leistete ihm dann Gesellschaft und foppte ihn mit seiner Angst:

»Ja, hör mal, du schreist ja gar nicht mehr? Genierst du dich etwa? Länger als zwei Stunden hat hier noch keiner im Schlepptau gehangen! Bei der Geschwindigkeit, die wir jetzt haben, muß das ein ausgezeichnetes Luftbad gegen Rheumatismus sein.«

»Mir kommt es vor, als wenn die ganze Welt aus den Angeln wäre!« sagte Frycollin.

»Schon möglich, Fry. Aber wir fliegen so schnell, daß wir gar nicht abstürzen können! Das ist doch auch beruhigend.«

»Sind Sie sicher?«

»Auf meine Ehre!«

Ohne zu übertreiben wie François Tapage, war es doch so, daß die Hubschrauben dank der starken Geschwindigkeit etwas weniger zu arbeiten brauchten als gemeinhin. Wie eine Congrevesche Rakete[1] schoß die *Albatros* durch die Luft.

»Und werden wir noch lange so leben?« fragte Frycollin. »Lange? ... Nein, nur bis wir sterben.«

»O je«, seufzte der Neger und wollte wieder anfangen.

»Nimm dich in acht, Fry, nimm dich in acht«, rief François Tapage, »Master Robur kann dich wieder an die frische Luft setzen!«

Und mit den Bissen, die er doppelt in den Mund stopfte, schluckte Frycollin auch seine Seufzer hinunter.

Onkel Prudent und Phil Evans, beide nicht danach gemacht, sich mit nutzlosem Gejammer aufzuhalten, hatten inzwischen einen Entschluß gefaßt. Es war offensichtlich, daß eine Flucht derzeit nicht zu verwirklichen war. Allein, wenn man daran gehindert wurde, seinen Fuß auf die Erde zu setzen, konnte man dann nicht wenigstens die Bewohner dieser Erde wissen lassen, was mit dem Präsidenten und dem Sekretär des Weldon-Instituts seit ihrem Verschwinden geschehen war, wer sie entführt hatte, an Bord welcher Flugmaschine

[1] So benannt nach Sir William Congreve (1772 – 1828), einem englischen Artilleriegeneral und Techniker, der eine Art von Brandraketen entwickelte, die 1806 vor Boulogne erstmals eingesetzt wurden. Die Engländer lieferten solche Raketenbatterien später auch an ihre Verbündeten. U. a. wurde in der Völkerschlacht bei Leipzig mit Congreveschen Raketen geschossen. Anmerkung des Übersetzers

sie festgehalten wurden, und konnte man damit vielleicht nicht – auf welche Weise denn bloß! – einen kühnen Versuch ihrer Freunde, sie den Händen dieses Roburs zu entreißen, provozieren?

Schreiben? . . . Wie denn? Ließ es sich etwa Seeleuten in Not nachmachen, die einen Zettel, auf dem der Ort des Unglücks steht, in eine Flasche stecken und diese Flasche ins Meer werfen?

Hier gab es aber kein Meer, sondern nichts als Luft. Wie sollte die Flasche da schwimmen? Vorausgesetzt, daß sie nicht gerade einen Passanten traf, dem sie wohl den Schädel zertrümmert hätte, bestand kaum Aussicht, daß sie jemals aufgefunden werden würde.

Doch stand den beiden Kollegen kein anderes Mittel zur Verfügung, und sie wollten schon eine der Flaschen an Bord opfern, als Onkel Prudent eine Idee hatte. Onkel Prudent schnupfte, wie man weiß, und diese kleine Unsitte läßt sich bei einem Amerikaner, der schlimmere Unsitten haben könnte, verzeihen. In seiner Eigenschaft als Schnupfer besaß er eine Tabaksdose – leer mittlerweile. Seine Tabaksdose war aus Aluminium. Einmal über Bord geworfen, würde die Dose von jedem anständigen Bürger, der sie fände, auch aufgehoben werden; einmal aufgehoben, würde sie zu einem Polizeibüro gebracht werden; und dort würde man das Dokument zur Kenntnis nehmen, das dazu bestimmt war, von der Situation der beiden Opfer Roburs Kenntnis zu geben.

Und so geschah's. Die Notiz war kurz, aber sie sagte alles und gab die Adresse des Weldon-Instituts an, mit der Bitte, Blatt und Dose dorthin gelangen zu lassen.

Onkel Prudent legte die Notiz in die Dose und wickelte ein dickes Wollband darum, das er sorgfältig befestigte, um zu verhindern, daß die Tabaksdose beim Sturz sich öffnete oder auf dem Boden zersprang. Jetzt mußte nur noch eine passende Gelegenheit abgewartet werden.

Die größte Schwierigkeit aber war, während dieser phantastischen Überquerung Europas das Abteil überhaupt zu verlassen, dann über die Plattform zu kriechen, ständig in Gefahr, vom Luftzug fortgerissen zu werden, und das alles auch noch heimlich zu schaffen. Andererseits durfte die Tabatiere nicht in ein Meer, einen Golf, einen See oder in irgendeinen Wasserlauf fallen. Alles wäre umsonst gewesen.

Aber es war nicht ausgeschlossen, daß den beiden Kollegen auf diese Weise gelingen würde, mit der bewohnten Welt in Verbindung zu treten.

Schon graute der Tag. Es schien besser, die kommende Nacht abzuwarten und entweder eine Verminderung des Tempos oder gar einen Halt abzuwarten, um die Kabine zu verlassen. Dann sollte es vielleicht möglich sein, den Rand der Plattform zu erreichen und die kostbare Tabaksdose auf eine Stadt hinunterzuwerfen.

Als der Flug dann tatsächlich einmal verlangsamt wurde, konnten sie ihr Vorhaben jedoch nicht ausführen.

Denn die *Albatros* hatte sich ja nach Süden gewandt, als sie den Gausta und Norwegen verließ. Sie flog genau auf dem Längengrad null, der in Europa der Meridian von Paris ist. Sie überquerte also die Nordsee, nicht ohne sehr verständliches Aufsehen auf den Tausenden von Handelsschiffen zu erregen, die zwischen den Küsten von England, Holland, Frankreich und Belgien verkehren. Wenn die Dose nicht auf dem Deck eines dieser Schiffe landete, wäre sie auf den Grund des Meeres gesunken.

Onkel Prudent und Phil Evans mußten also auf einen günstigeren Augenblick warten, der sich ihnen auch bald bot.

Gegen zehn Uhr abends steuerte die *Albatros* auf die französische Küste zu, ungefähr auf der Höhe von Dünkirchen. Die Nacht war ziemlich dunkel. Einen Augenblick konnte man die Strahlen des Leuchtturmes von Gris-Nez sich kreuzen sehen mit jenen von Dover, jene vom ebenen Ufer der Meerenge des Pas-de-Calais mit denen der andern Seite. Dann war die *Albatros* über französischem Land. Sie hielt sich in einer mittleren Höhe von tausend Metern.

Die Geschwindigkeit war keineswegs gemäßigt worden. Die *Albatros* schoß wie eine Bombe über Städte, große und kleine Dörfer hin, die in diesen nördlichen Provinzen Frankreichs so zahlreich sind. Weiter dem Meridian von Paris entlang ging es nach Dünkirchen über Doullens, Amiens, Creil und Saint-Denis. Nichts ließ das Luftschiff von seinem geraden Kurs abweichen. Gegen Mitternacht erreichte es so die ›Lichterstadt‹, die ihren Namen wohl verdient hat, selbst wenn ihre Einwohner zu Bett gegangen sind oder zu Bett gehen mußten.

Welche sonderbare Laune hatte den Ingenieur bewegt, über der Stadt Paris einen Halt einzulegen? Wer weiß. Jedenfalls senkte sich die *Albatros* und flog nur wenige hundert Fuß über den Dächern. Robur trat aus seiner Kabine heraus, und auch die Mannschaft kam, ein wenig auf der Plattform Luft zu schöpfen.

Onkel Prudent und Phil Evans gaben acht, daß diese einmalige Gelegenheit ihnen nicht entging. Nachdem beide ihr Abteil verlassen hatten, waren sie darauf bedacht, sich abzusondern, um den günstigsten Augenblick aussuchen zu können. Vor allem kam es darauf an, daß sie nicht beobachtet wurden.

Wie ein Riesenskarabäus glitt das Luftschiff sachte über die große Stadt. Es folgte den Linien der durch Edisonlampen so hell erleuchteten Boulevards. Der Lärm der Wagen, die noch durch die Straßen rollten, und das Rattern der Züge, die aus allen Himmelsrichtungen auf Paris zulaufen, stiegen bis zu ihr empor. Jetzt schwebte die *Albatros*

auf der Höhe der höchsten Baudenkmäler, als wolle sie die Kugel des Pantheons oder das Kreuz des Invalidendoms rammen. Von den beiden Minaretten des Trocadero flog sie zu dem metallenen

Turm auf dem Marsfeld hinüber, dessen mächtiger Scheinwerfer die ganze Hauptstadt mit elektrischem Licht überflutet.

Eine gute Stunde dauerte die Luftpromenade, dieser Bummelflug durch die Nacht. Es war wie eine Rast in den Lüften, bevor die unendliche Reise weiterging.

Auch wollte der Ingenieur Robur den Parisern fraglos das Schauspiel einer Himmelserscheinung bieten, die keiner der Astronomen hatte kommen sehen. Die Scheinwerfer der *Albatros* wurden eingeschaltet. Gleißende Garben von einem Horizont zum andern werfend, ergossen sich zwei starke Lichtstraßen über Plätze, Anlagen, Parks und Palais, über die sechzigtausend Häuser der Stadt.

Wahrhaftig, für diesmal war die *Albatros* gesehen worden – doch nicht allein gesehen, sie war auch gehört worden, denn Tom Turner hatte seine Trompete angesetzt und eine helle Fanfare über die Stadt hinausgeschickt. Da endlich beugte sich Onkel Prudent über die Reling, öffnete die Hand und ließ seine Tabaksdose fallen ...

Fast im gleichen Augenblick stieg die *Albatros* rasch höher. Und durch den Himmel von Paris brauste ein gewaltiges Hurra der immer noch großen Menge auf den Boulevards – ein Hurra der Begeisterung über diese Sensation.

Plötzlich erloschen die Scheinwerfer der *Albatros*. Dunkelheit und Schweigen breiteten sich wieder um sie aus, und mit einer Geschwindigkeit

von zweihundert Kilometern pro Stunde setzte sie ihre Reise fort.

Mehr hatten die beiden Kollegen von der Hauptstadt Frankreichs nicht zu sehen bekommen.

Um vier Uhr morgens hatte die *Albatros* das ganze Land in der Schräge überflogen. Um mit einer Überquerung der Pyrenäen oder der Alpen keine Zeit zu verlieren, hatte sie den Weg über die Provence und die Spitze des Cap d'Antibes genommen. Um neun Uhr blieben die San-Pietrini verblüfft auf dem Platz vor dem Petersdom stehen, als sie das Luftschiff über die Ewige Stadt hinfliegen sahen. Zwei Stunden später war es über dem Golf von Neapel und wiegte sich für einen Augenblick in den Rauchschwaden des Vesuvs. Nachdem die *Albatros* das Mittelmeer schräg geschnitten hatte, wurde sie schon in der ersten Stunde des Nachmittags von der Hafenwache in La Goulette über der tunesischen Küste gemeldet.

Nach Amerika – Asien! Nach Asien – Europa! Das waren mehr als dreißigtausend Kilometer, die dieses fliegende Wunderwerk in weniger als dreiundzwanzig Tagen bewältigt hatte.

Und jetzt wandte es sich den bekannten oder unbekannten Regionen der afrikanischen Erde zu!

Vielleicht wünscht der Leser zu erfahren, was nach dem Sturz aus der Tabaksdose geworden ist?

Sie war in einem Augenblick, als die Straße gerade leer war, in der Rue de Rivoli vor dem Haus Nummer 210 niedergegangen. Eine ehrbare Putzfrau hob die Dose am folgenden Morgen auf und beeilte sich, sie zur Polizeipräfektur zu bringen.

Dort hielt man die Tabatiere zunächst für eine Höllenmaschine. Unter Wahrung aller Vorsichtsmaßregeln wurde sie ausgewickelt und geöffnet.

Plötzlich kam es tatsächlich zu einer Art Explosion ... Der Chef der Sûreté hatte furchtbar niesen müssen.

Dann wurde der Zettel aus der Dose genommen und der folgende Text unter allseitiger Verwunderung verlesen:

›Onkel Prudent und Phil Evans, Präsident und Sekretär des Weldon-Instituts in Philadelphia, entführt in das Luftschiff *Albatros* des Ingenieurs Robur.

Bitte an unsere Freunde weiterleiten und bekanntmachen.

O. P. und P. E.‹

So war das unerklärliche Phänomen für die Bewohner beider Weltteile schließlich geklärt. Die zahlreichen Wissenschaftler in den Observatorien überall auf der Welt hatten ihre Ruhe wieder.

ZWÖLFTES KAPITEL

IN DEM DER INGENIEUR ROBUR VORGEHT, ALS WOLLE ER SICH EINEN PRIX MONTHYON[1] VERDIENEN

In dieser Etappe des Rundumfluges ist es wohl angebracht, sich die folgenden Fragen zu stellen:

Wer überhaupt ist denn dieser Robur, von dem man bis jetzt nur den Namen kennt? Verbringt er sein Leben in den Lüften? Rastet sein Luftschiff nie? Hat er irgendeinen unzugänglichen Schlupfwinkel, wo er sich wenigstens mit Proviant versorgt, wenn er schon kein Bedürfnis zu rasten kennt? Es wäre erstaunlich, wenn es sich anders verhielte. Die stärksten Segler der Luft haben immer irgendwo einen Horst oder ein Nest.

Des weiteren: Was beabsichtigt der Ingenieur mit seinen beiden Gefangenen? Hat er vor, sie in seiner Gewalt zu behalten, sie zu einem Flug auf Lebenszeit zu verurteilen? Oder gedenkt er, sie noch über Afrika, Südamerika, Australasien, den Indischen, den Atlantischen und den Pazifischen Ozean zu führen, um sie zu überzeugen, und sei es auch gegen ihren Willen, und ihnen dann ihre Freiheit mit den Worten wiederzugeben:

»Ich hoffe, meine Herren, daß Sie der These

[1] Jean Baptiste de Monthyon (1733–1820), französischer Philanthrop und wohltätiger Stifter. Am bekanntesten wurde sein Tugendpreis (Prix de vertu). Anmerkung des Übersetzers

›Schwerer als Luft‹ jetzt weniger ungläubig gegenüberstehen!«

Auf diese Fragen Antwort zu geben, ist noch nicht möglich. Die Antwort ist ein Geheimnis der Zukunft, das eines Tages vielleicht enthüllt wird.

Jedenfalls schickte sich der Vogel Robur nicht an, sein Nest an der nördlichen Küste Afrikas zu suchen. Es gefiel ihm, den Rest des Tages zwischen Kap Bon und Kap Karthago über der Regentschaft Tunis zu verbummeln, bald hin und her fliegend, bald ruhig schwebend, ganz wie es seinen Launen einfiel. Dann wandte er sich dem Landesinnern zu und bog in das herrliche Tal der Medscherda ein. Er folgte dem gelblichen Wasser, das sich zwischen Kakteen und Oleander verlor. Wie viele, nun, Hunderte und Hunderte von Sittichen scheuchte er auf, die auf den Telegraphenstangen hockten, als ob sie auf Depeschen warteten, um sie auf ihren Flügeln weiterzutragen.

Als die Nacht dann kam, schwebte die *Albatros* ins Land der Krumir ein, und wenn noch ein Krumir übrig geblieben ist,[1] so wird er es wohl nicht

[1] Aus arabischen und berberischen Stämmen bestehendes Volk im Nordwesten Tunesiens. Verletzungen der algerischen Grenze durch die Krumir nahmen die Franzosen 1881 zum Vorwand für den tunesischen Raubzug. Den Gepflogenheiten der Zeit entsprechend, galt es, das in Protektion zu nehmende Volk nachhaltig von der Sinnlosigkeit etwaiger Aufstände zu überzeugen. Waren dem ohne Kriegserklärung in Tunesien eingefallenen französischen Heer bei

versäumt haben, sich mit dem Gesicht auf die Erde zu werfen und ob der Erscheinung eines so gigantischen Adlers Allah anzurufen.

Am nächsten Morgen sahen sie Bône und die lieblichen Hügel in seiner Umgebung; dann Philippeville – ein kleines Algier heute – mit seinen herrlichen Weinbergen, deren grünende Stöcke das ganze Land bedecken, daß man sich in eine Gegend des Bordelais oder der Bourgogne versetzt glauben möchte.

Der Ausflug von fünfhundert Kilometern über die große und die kleine Kabylei endete gegen Mittag über der Kasbah von Algier. Welch ein Schauspiel für die Reisenden im Luftschiff! Die offene Reede zwischen dem Kap Matifou und der Pointe Pescade, die Küste mit Palästen, Marabuts[1] und Villen, diese kapriziösen Täler, von Wein wie mit einem Mantel überzogen, und das Mittelmeer, blau, von Überseedampfern durchkreuzt, die wie dampfende Nachen aussahen! Und so ging es fort bis hin zum malerischen Oran, dessen Einwohner von den Anlagen der Zitadelle aus die *Albatros* sich unter die ersten Abendsterne mischen sehen konnten.

Dschebel Chaada noch 10 000 Krumir entgegengetreten, zählte nach der Befriedung das ganze Volk nur noch 5000 Köpfe. Anmerkung des Übersetzers

[1] Marabut = mohammedanischer Einsiedler oder Heiliger; ebenso deren Gräber. Anmerkung des Übersetzers

Fragten Onkel Prudent und Phil Evans sich auch, welche Laune es dem Ingenieur Robur geboten haben mochte, ihr fliegendes Gefängnis eine Spazierfahrt über Algerien machen zu lassen – dieser Fortsetzung Frankreichs auf der anderen Seite eines Meeres, das es wohl verdient, ein französischer See genannt zu werden –, mußten sie zwei Stunden nach Sonnenuntergang doch feststellen, daß seiner Laune offensichtlich Genüge getan war, denn eine Drehung des Steuers brachte die *Albatros* jetzt auf südöstlichen Kurs, und als sie die Bergpartie des Tell hinter sich gelassen hatten, erlebten sie am andern Morgen, wie sich das Tagesgestirn aus dem Sand der Sahara erhob.

Der 8. Juli brachte einen Blick auf den Flecken Géryville, der wie Laghouat am Rand der Wüste angelegt wurde, um die weitere Eroberung der Sahara zu erleichtern; nicht ganz ohne Schwierigkeit die Überwindung des Stillen-Passes gegen eine ziemlich heftige Brise; die Überquerung der Wüste, bald in langsamem Flug über blühende Oasen oder ›Ksars‹, bald stürmisch, um Lämmergeier abzuschütteln. Mehrere Male mußte das Feuer auf diese furchtbaren Vögel eröffnet werden, die sich nicht scheuten, in Schwärmen zu zwölf oder fünfzehn das Luftschiff anzufallen, zum unbändigen Entsetzen von Frycollin.

Wenn die Geier freilich nicht anders antworten konnten als mit schrecklichen Schreien, mit Schnabelhieben und Schlägen der Klauen, so sparten die kaum weniger wilden Eingeborenen hingegen nicht mit Flintenschüssen, besonders als die *Albatros* aus dem Salzgebirge herauskam, dessen grüner und violetter Grund den weißen Mantel durchbrach. Dann die große Sahara. Da lagen noch die Reste der Biwaks von Abd el-Kader. Dieses Land ist für den europäischen Reisenden immer gefahrvoll, besonders in der Konföderation Beni-Msal.

Dann mußte die *Albatros* in höhere Zonen aufsteigen, um einem umspringenden Samum auszuweichen, der – wie eine Springflut über das Meer hinstürzt – eine Woge rötlichen Sandes durch die Wüste trieb. Jetzt breiteten die verlassenen Plateaus der Schebka ihren schwärzlichen Lavaschotter bis zu dem frischen, grünen Tal des Ain-Massin aus. Nur schwer wird man sich die Widersprüche dieser Gegend, die aus der Luft mit einem Blick zu umfassen war, vorstellen können. Auf mit Bäumen und Büschen bedeckte Hügel folgten fahle Dünen, die sich in langen, schwungvoll auf und niedergehenden Wellen wie Falten in einem arabischen Burnus hinzogen. In der Ferne erschienen Ueds[1] mit wild strömendem Wasser, Palmenwälder, auf einem Hügel um eine Moschee gelagerte Gruppen kleiner Hütten, darunter Metliti, wo ein

[1] Ued, auch Wadi (arab.) = Tal oder Bett von nur sporadisch Wasser führenden Flüssen, respektive der Fluß selber; in geographischen Namen häufig. Anmerkung des Übersetzers

religiöser Führer seine kümmerlichen Tage verbringt, der Marabut Sidi Schick.

Bis zum Einbruch der Nacht legte die *Albatros* etliche hundert Kilometer über einem weitgehend flachen, doch von großen Dünen durchsetzten Gebiet zurück. Hätte der Ingenieur hier eine Rast einlegen wollen, hätte er über den Niederungen der inmitten eines riesigen Palmenwaldes gelegenen Oase Wargla halten können. Die Stadt mit ihren drei verschiedenen Quartieren war sehr gut zu sehen, der alte Sultanspalast, eine Art befestigter Kasbah, die Häuser aus Ziegelsteinen, die hier in der Sonne gebrannt werden, und die im Tal gegrabenen artesischen Brunnen, aus denen das Luftschiff seinen Wasservorrat hätte erneuern können, wären die Behälter dank der phantastischen Geschwindigkeit nicht noch über der afrikanischen Wüste mit dem Wasser des Hydaspes aus dem Tal von Kaschmir gefüllt gewesen.

Wurde der *Albatros* von den Arabern, Mosabiten und Negern, die sich die Oase Wargla teilen, gesehen? Darüber gab es keinen Zweifel, denn er wurde mit Hunderten von Flintenschüssen begrüßt. Allerdings fielen die Kugeln zur Erde zurück, ohne das Luftschiff erreichen zu können.

Dann kam die Nacht, die stille Wüstennacht, deren Geheimnisse Félicien David so poetisch festgehalten hat.[1]

[1] Félicien David (1810 – 1876), franz. Komponist, dessen abenteuerliche und entbehrungsreiche Reisen durch den

In den folgenden Stunden ging der Flug weiter nach Südwesten. Sie schnitten die auf El-Golea zulaufenden Karawanenstraßen, deren eine 1859 von dem unerschrockenen Franzosen Duveyrier[2] erkundet worden ist.

Tiefe Finsternis herrschte. Nichts war zu sehen von der Trans-Sahara-Bahn, die nach den Plänen von Duponchel gebaut wird, diesem langen Schienenstrang, der über Laghouat und Gardaja Algier mit Timbuktu verbinden und später bis zum Golf von Guinea laufen soll.

Die *Albatros* überquerte jetzt den Wendekreis des Krebses und drang nach Äquatorialafrika vor. Tausend Kilometer von der nördlichen Grenze der Sahara entfernt kam das Luftschiff über die Route, auf der Major Laing 1846 den Tod gefunden hat. Es schnitt die Karawanenstraße von Marokko in den Sudan, und über diesem Teil der Wüste, in dem die Tuaregs hausen, war zu hören, was man den ›Gesang des Sandes‹ nennt, ein Wispern, süß und klagend, das dem Boden zu entströmen schien.

Orient und Nordafrika in seiner gern exotisch genannten Musik ihren Niederschlag fanden. Erfolg errang David hauptsächlich mit seinem 1844 aufgeführten Werk ›Le désert‹.

[2] Henri Duveyrier (1840 – 1892), franz. Arabist und Afrikareisender, der die Zentralsahara erforschte; stand bei den Tuaregs in hohem Ansehen, so daß er deren Leben genau studieren konnte. Anmerkungen des Übersetzers

Ein einziger Zwischenfall: eine Wolke von Heuschrecken stieg auf. In Myriaden befielen sie das Luftschiff, so daß sie durch ihr bloßes Gewicht für die *Albatros* bedrohlich wurden. Aber die Mannschaft beeilte sich, das Deck von dieser Überfracht zu säubern, bis auf ein paar hundert allerdings, die in die Küche von François Tapage wanderten, und der richtete sie so schmackhaft zu, daß Frycollin über dieser Delikatesse für einen Augenblick seine ewige Angst vergaß.

»Krabben sind nichts dagegen!« lautete seine Meinung.

Die Oase Wargla lag achtzehnhundert Kilometer zurück. Sie kamen jetzt über die nördliche Grenze des riesigen Königreiches Sudan.

Im Knie eines großen Flusses gelegen, kam zwei Stunden nach Mittag eine Stadt in Sicht. Der Fluß war der Niger. Die Stadt – Timbuktu.

War dieses afrikanische Mekka bisher nur von Reisenden der Alten Welt wie Ibn Batuta, Khasan, Imbert, Mungo Park, Adams, Laing, Caillé, Barth oder Lenz besucht worden, so konnten hinfort dank den Zufällen eines wahrhaft einzigartigen Abenteuers auch zwei Amerikaner – sollten sie je in ihre Heimat zurückkehren – über Timbuktu berichten, *de visu, de auditu* und sogar *de olfactu.*

De visu: denn ihr Blick konnte alle Punkte des fünf bis sechs Kilometer umschließenden Dreiecks, das die Stadt bildet, erreichen.

De auditu: denn an diesem Tag war ein großer Markt, und infolgedessen herrschte unbeschreiblicher Lärm.

De olfactu: denn der Geruchssinn wurde aufs peinlichste von den Gerüchen drangsaliert, die von dem Jubu-Kamo-Platz aufstiegen, wo, in der Nähe des Palastes der alten Könige aus dem Geschlecht der So-maïs, die Fleischhalle steht.

Jedenfalls glaubte der Ingenieur, dem Präsidenten und dem Sekretär des Weldon-Instituts nicht verhehlen zu dürfen, welch unerhörtes Glück es für sie sei, die Königin des Sudans zu sehen, die jetzt in den Händen des Tuaregs von Taganet ist.

»Timbuktu, meine Herren!« sagte er im gleichen Ton zu ihnen, in dem er zwölf Tage zuvor gesagt hatte: »Indien, meine Herren!«

Dann fuhr er fort:

»Timbuktu, 18° nördlicher Breite und 5° 56′ westlicher Länge vom Pariser Meridian, 245 m über dem mittleren Meeresspiegel gelegen. Bedeutende Stadt mit 12 000 bis 13 000 Einwohnern, vormals berühmt durch ihre Kunst und ihre Wissenschaft! Haben Sie am Ende den Wunsch, für einige Tage hier zu rasten?«

Ein solcher Vorschlag aus dem Munde des Ingenieurs konnte nur ironisch gemeint sein.

»Aber«, setzte Robur hinzu, »das würde inmitten von Negern, Berbern, Fulben und Arabern, die hier leben, für Fremde gefährlich werden, zumal die Art unserer Ankunft in einem Luftschiff Mißfallen auslösen könnte.«

»Mein Herr«, erwiderte Phil Evans in gleichem Ton, »für das Vergnügen eines Abschieds von Ihnen würden wir gern riskieren, von den Eingeborenen unfreundlich empfangen zu werden. Kerker gegen Kerker, da geben wir Timbuktu den Vorzug vor Ihrer *Albatros*!«

»Eine Frage des Geschmacks«, antwortete der Ingenieur. »Doch werde ich mich auf das Abenteuer nicht einlassen, denn ich bin für die Sicherheit der Gäste verantwortlich, die mir die Ehre ihrer Reisebegleitung geben.«

»Ingenieur Robur«, platzte Onkel Prudent jetzt entrüstet hervor, »Sie begnügen sich also nicht damit, unser Kerkermeister zu sein? Nach dem Attentat nun auch noch Schimpf?«

»Soll das Ironie sein?«

»Gibt es denn keine Waffen an Bord?«

»Doch, ein ganzes Arsenal.«

»Zwei Revolver genügen, wenn Sie den einen nehmen, mein Herr, und ich den andern!«

»Ein Duell!« rief Robur, »ein Duell, das für einen von uns den Tod bedeuten könnte!«

»Sicher bedeuten würde!«

»Abgelehnt, Herr Präsident, ich sehe es sehr viel lieber, wenn Sie am Leben bleiben!«

»Um ganz sicher zu sein, daß Sie selber weiterleben. Wie schlau!«

»Schlau oder nicht, mir paßt es so. Ihnen steht

es frei, anders zu denken und Klage zu führen, wenn Sie können.«

»Schon geschehen, Ingenieur Robur!«

»Was Sie nicht sagen!«

»Sollte es etwa so schwer gewesen sein, ein Papier fallen zu lassen, als wir die besiedelten Gebiete Europas überflogen?«

»Das hätten Sie sich getraut?« rief Robur, von unbändigem Zorn ergriffen.

»Und wenn wir uns getraut hätten?«

»Sollten Sie sich unterstanden haben, dann verdienten Sie ...«

»Was bitte, Herr Ingenieur?«

»Ihrem Papier über Bord zu folgen!«

»Tun Sie sich keinen Zwang an!« schrie Onkel Prudent. »Wir haben es gemacht!«

Robur trat näher. Auf einen Wink von ihm waren Tom Turner und einige seiner Leute zur Stelle. Der Ingenieur hatte allerdings nicht übel Lust, seine Drohung in die Tat umzusetzen, und ohne Zweifel aus der Furcht, dem zu erliegen, eilte er in seine Kabine zurück.

»Gut!« sagte Phil Evans.

»Und was er zu tun nicht wagt«, sagte Onkel Prudent, »ich werde es wagen, ich! Ja, ich werde es tun!«

In diesem Augenblick lief die Bevölkerung von Timbuktu auf den Plätzen, den Straßen und den Flachdächern der nach der Art von Amphitheatern angelegten Häuser zusammen. In den reichen Vierteln Sankore und Sarahama wie in dem elenden Viertel Ragidi mit seinen kegelförmigen Hütten schleuderten die Priester aus der Höhe der Minarette ihre heftigsten Verwünschungen gegen das Luftungeheuer, was jedoch noch weniger Schaden stiftete als die Gewehrkugeln.

Im Hafen von Kabara, der in der Biegung des Niger liegt, traten sogar die Mannschaften der Schiffe in Aktion. Ohne Frage wäre die *Albatros* zerstückelt worden, hätte sie hier landen wollen.

Für ein paar Kilometer begleiteten sie zeternde Schwärme von Störchen, Frankolinhühnern und Ibissen, die ihre Geschwindigkeit überbieten wolten; doch dem rapiden Tempo des Luftschiffes waren sie nicht gewachsen.

Der Abend kam, und das Gebrüll zahlreicher Elefanten- und Büffelherden, die dieses Gebiet von wunderbarer Fruchtbarkeit durchstreifen, erfüllte die Luft.

Für vierundzwanzig Stunden tat sich das ganze Land im Nigerbogen zwischen dem Null-Meridian und dem 2. Längengrad unter der *Albatros* auf.

Wahrhaftig, wenn irgendein Geograph einen ähnlichen Apparat zu seiner Verfügung hätte, mit welcher Leichtigkeit könnte er diese Region topographisch aufnehmen, Erhebungen ausmachen, den Lauf der Flüsse und ihrer Nebenflüsse festhalten und die Position von Städten und Dörfern bestimmen! Und vorbei wäre es mit den großen Lücken auf den Karten Zentralafrikas, vorbei mit weißen

Flecken und gestrichelten Linien, vorbei mit den schwankenden Bezeichnungen, die jeden Kartographen zur Verzweiflung treiben!

Am Vormittag des 11. überflog die *Albatros* die Gebirge des nördlichen Guinea, das sich zwischen dem Sudan und dem Golf, der seinen Namen trägt, erstreckt. Am Horizont zeichnete sich undeutlich das Konggebirge im Königreich Dahomey[1] ab.

Seit Timbuktu hatten Onkel Prudent und Phil Evans feststellen können, daß der Flug unbeirrt von Nord nach Süd ging. Daraus ergab sich, daß sie, falls der Kurs nicht noch geändert werden sollte, nach sechs Breitengraden auf den Äquator treffen würden. Würde die *Albatros* also wiederum das Festland verlassen und hinschnellen, diesmal nicht über die Beringsee, das Kaspische Meer, die Nordsee oder das Mittelmeer, sondern über den Atlantischen Ozean?

Diese Aussicht war nicht dazu angetan, die beiden Kollegen zu beruhigen, deren Chancen zur Flucht dann auf Null sinken würden.

Indessen machte die *Albatros* wenig Fahrt, als zögere sie noch, die afrikanische Erde zu verlassen. Trug sich der Ingenieur etwa mit dem Gedanken umzukehren? Nein! Aber seine Aufmerksamkeit

[1] Verne kolportiert hier eine alte geographische Vermutung, die sich erst zwei Jahre nach dem Erscheinen des Romans in nichts auflöste. Auf alten Karten war als Wasserscheide zwischen den Zuflüssen des Niger und den zum Golf von Guinea laufenden Flüssen das sogenannte Konggebirge eingetragen. Als jedoch der französische Offizier Louis Gustave Binger auf seiner Expedition 1888 die Landschaft Kong erreichte, durchschritt er eine sanft gewellte Ebene und machte die Wasserscheide in einer nahezu unmerklichen Bodenerhebung aus. Anmerkung des Übersetzers

wurde von dem Land, das er jetzt überquerte, besonders in Anspruch genommen.

Man sagt – und weiß auch –, daß Dahomey eines der mächtigsten Reiche an der Westküste Afrikas ist. Stark genug, um sich mit seinem Nachbarn, dem Königreich der Aschanti, messen zu können, hat Dahomey dennoch enge Grenzen, denn es mißt nur 120 Meilen von Süd nach Nord und 60 von Ost nach West; aber seine Bevölkerung umfaßt 700 000 bis 800 000 Einwohner, seit es sich die unabhängigen Gebiete von Ardah und Whydah angegliedert hat.

Ist es auch nicht groß, dies Königreich Dahomey, hat es doch oft von sich reden gemacht. Es ist bekannt für die schrecklichen Grausamkeiten auf dem Höhepunkt der jährlichen Feste, für die Hekatomben grausiger Menschenopfer zu Ehren des hinscheidenden Herrschers und des Herrschers, der nachfolgt. Hier gilt sogar die ausgesuchte Höflichkeit, daß der König von Dahomey eine hohe Persönlichkeit oder einen ausländischen Botschafter, deren Besuch er empfängt, mit einem Dutzend zu dero Ehren abgeschlagener Köpfe überrascht – abgeschlagen von dem Justizminister, dem ›Minghan‹, der die Aufgaben eines Henkers trefflich erfüllt.[1]

[1] Die Dahomeyer ›zeichnen sich durch die ceremoniellste Höflichkeit aus. Ihre Religion besteht trotz des Glaubens an ein höchstes, aber unnahbares Wesen, das in der Sonne verkörpert ist, in einem alles umfassenden Fetischdienst. Da sie von dem Fortleben und der Seligkeit nach dem Tode über-

Zu der Zeit, als die *Albatros* die Grenze Dahomeys überquerte, lag König Bahadu gerade im Sterben, und alles Volk eilte zur Inthronisation seines Nachfolgers. Große Bewegung herrschte deswegen im ganzen Land, eine Bewegung, die Robur nicht entgangen war.

Von ihren Feldern zogen die Dahomeyer in langen Reihen gen Abome, die Hauptstadt des Königreichs. Straßen in gutem Zustand durchschnitten weite, mit mannshohem Gras bedeckte Ebenen, gewaltige Maniokfelder und herrliche Palmenwälder, Wälder von Kokospalmen, Mimosen, Orangenbäumen, Mangobäumen – so war das Land beschaffen, dessen Düfte bis zur *Albatros* emporstiegen, während zu Tausenden Sittiche und Kardinäle aufstoben aus all diesem Grün.

Über die Reling gelehnt, verharrte der Ingenieur in Gedanken und wechselte nur selten ein Wort mit Tom Turner.

Man hatte im übrigen nicht den Eindruck, als

zeugt sind, so erscheint ihnen das Sterben nicht als ein Ende aller Freuden und das Töten ihrer Nebenmenschen nicht als Verbrechen. – Die Dahomeyer waren ein Volk von Kriegern, jeder Mann und Jüngling war wehrpflichtig; gegen 2000 Jungfrauen, die auf Liebe und Ehe verzichteten, scharten sich als Amazonenkorps um die Person des Königs. Die Armee bestand aus 4500 Regulären, 10 000 Irregulären und dem Amazonenkorps; sie war mit 8000 Repetiergewehren, 4000 alten Flinten, mit einigen Geschützen, außerdem mit Säbeln, Sensen und Bogen ausgerüstet.‹ Zitat des Übersetzers nach Brockhaus, Leipzig, 1898 genösse die *Albatros* die Aufmerksamkeit der Massen, die zumeist unsichtbar dahinmarschierten unter dem undurchdringlichen Dom der Bäume. Sicherlich rührte dies daher, daß sie sich auf ziemlich großer Höhe inmitten dünner Wolken hielt.

Gegen elf Uhr vormittags erschien die Hauptstadt mit ihrem Mauergürtel hinter einem Graben von zwölf Meilen Länge im Umkreis, mit ihren breiten, auf ebenem Gelände regelmäßig trassierten Straßen und dem weiten Platz, an dessen Nordseite der Königspalast sich erhebt. Dieser ausgedehnte Gebäudekomplex wird von einer Terrasse in der Nähe der Opferstätte überragt. An Festtagen werden die in Weidenkörbe gesperrten Gefangenen von der Höhe dieser Terrasse herab unters Volk geschleudert, und man vermag nur mühsam sich vorzustellen, mit welcher Raserei die Unglücklichen in Stücke gerissen werden.

In einem Teil der Höfe, die den Palast des Herrschers unterteilen, haben viertausend Kriegerinnen ihr Quartier, eines der Kontingente der königlichen Armee – und keineswegs ein minder tapferes. Ob es Amazonen auf dem Amazonas gibt, ist strittig; unzweifelhaft gibt es sie in Dahomey. Die einen tragen blaue Hemden, blaue oder rote Schärpen, weiße Unterhosen mit blauen Streifen, weiße Kappen und am Gürtel festgemachte Patronentaschen; die anderen, Elefantenjägerinnen, sind mit schweren Karabinern sowie Dolchen mit kurzer Klinge bewaffnet und tragen zwei an einem Eisenreif befestigte Antilopenhörner auf dem Kopf; diese, die Artilleristinnen, tragen eine halb blaue, halb rote Tunika und als Waffe die Blunderbüchse, mit alten gußeisernen Läufen; jene schließlich, das Maidenbataillon, kleiden sich in blaue Tuniken und weiße Hosen und sind wahre Vestalinnen, rein wie Diana und wie diese ausgerüstet mit Pfeil und Bogen.

Nimmt man sechs- bis siebentausend Mann in kurzen Hosen, Baumwollhemden und einem um die Hüfte geschlungenen Tuch hinzu, hat man die Armee von Dahomey vor sich.

Abome lag an diesem Tag völlig verlassen da. Der König und sein Hofstaat, die männliche und die weibliche Armee, alle Einwohner hatten die Residenz verlassen und waren auf ein weites, von herrlichen Wäldern umgebenes Feld ein paar Meilen vor der Stadt hinausgeströmt.

Auf diesem Felde sollte die Einsetzung des neuen Königs vonstatten gehen. Tausende von Gefangenen, die auf den letzten Raubzügen eingebracht worden waren, sollten ihm zur Ehre dort hingeschlachtet werden.

Es war ungefähr zwei Uhr, als die *Albatros* über dem Platz ankam und inmitten einiger Dunstfelder, die sie den Augen der Dahomeyer noch verbargen, herabzuschweben begann.

60 000 Leute wenigstens waren aus allen Gegenden des Königreichs gekommen, aus Whydah,

Kerapay, Ardrah, Tombory, aus den entlegensten Dörfern.

Der neue König – ein stattlicher Bursche mit Namen Bu-Nadi, fünfundzwanzig Jahre alt – thronte auf einem Hügel im Schatten einer Gruppe von Bäumen mit ausladendem Geäst. Vor ihm wimmelten sein neuer Hof, sein Männerheer, seine Amazonen, sein ganzes Volk.

Am Fuße des Hügels spielten fünfzig Musikanten auf ihren barbarischen Instrumenten, Elefantenhörnern, die einen rauhen Ton gaben, mit Hirschkuhhaut bespannte Trommeln, Kalebassen, Gitarren, Glöckchen mit eisernem Schlegel, und alles grell übertönend schrillten die Bambusflöten. Jeden Augenblick krachten Flinten und Blunderbüchsen, donnerten Kanonen auf hopsenden Lafetten, daß es die Kanoniere zu zerschmettern drohte, und ein Getöse, ein Geschrei, daß ein Blitzeinschlag überhört worden wäre.

Unter der Bewachung von Soldaten standen in einem Winkel des Platzes zusammengepfercht die Gefangenen, die dazu ausersehen waren, den verblichenen Souverän, dem der Tod nichts von seinen Privilegien genommen hatte, in die andere Welt zu begleiten. Bahadu selbst hatte seinem toten Vater Ghoso 3000 Untertanen nachgeschickt. Wie hätte Bu-Nadi für seinen Vorgänger da weniger tun können? Schließlich braucht man seine Boten, um nicht allein die hohen Geister, sondern alle Bewohner des Himmels zusammenzuholen, die würdig sind, das Gefolge des göttlichen Monarchen zu bilden.

Während einer Stunde gab es Reden, Ansprachen, Palaver, unterbrochen durch Tänze, die nicht nur offizielle Bajaderen vollführten, sondern in kriegerischem Feuer auch die Amazonen.

Aber es nahte der Augenblick des Opfers. Robur, der Dahomeys blutige Sitten kannte, ließ die Gefangenen, die für diese Schlächterei bestimmten Männer, Frauen und Kinder, nicht aus den Augen.

Am Fuß des Hügels stand der Minghan. Er schwang seinen Krummsäbel, auf dem ein metallener Vogel hockte, um durch sein Gewicht sicheren Schwung zu geben.

Diesmal war der Minghan nicht allein. Er hätte die Arbeit nicht schaffen können. Hundert Henkersknechte standen um ihn her, jeder fähig, Menschenköpfe mit einem Schlag abzutrennen.

Währenddessen kam die *Albatros* näher und näher. In schrägem Anflug wurden Hubschrauben und Propeller verlangsamt. Bald trat sie aus der Wolkenschicht hervor, die sie bis auf weniger als hundert Meter über der Erde verbarg. Jetzt war sie da.

Entgegen der üblichen Wirkung erblickten diese wilden Eingeborenen in ihr jedoch ein himmlisches Wesen, das eigens herabgestiegen sei, um König Bahadu zu huldigen.

Also schlugen unbeschreibliche Begeisterung, endlose Anrufe, heißes Flehen und allgemeine Gebete dem natürlichen Hippogryphen entgegen, der fraglos doch gekommen war, um den Leichnam des hingeschiedenen Königs in die Höhen des Himmels von Dahomey zu holen.

Jetzt flog auch schon der erste Kopf unter dem Säbel des Minghan. Zu Hunderten wurden die anderen Gefangenen vor ihre schrecklichen Henker geschleift.

Da krachte auf der *Albatros* ein Gewehr. Der Justizminister stürzte mit dem Gesicht auf die Erde.

»Gut gezielt, Tom!« sagte Robur.

»Pah, immer hinein in den Haufen!« erwiderte der Maschinist. – Seine Kameraden standen mit der Waffe in der Hand bereit, auf das erste Zeichen des Ingenieurs zu feuern.

In der Menge war es zu einem Umschwung gekommen. Sie hatte verstanden. Das geflügelte Ungetüm war keineswegs ein wohlgesinnter, sondern ein dem Volk von Dahomey feindlicher Geist. Also schallten Racheschreie nach dem Tod des Minghan von allen Seiten, und eine Schießerei erhob sich zugleich auf der ganzen Ebene.

Die Bedrohung hinderte die *Albatros* aber nicht, auf weniger als 150 Fuß Höhe zu sinken. Welche Gefühle Onkel Prudent und Phil Evans gegen Robur auch hegten, bei einem solchen Werk der Menschlichkeit mochten sie nicht abseits stehen.

»Jawohl!« riefen sie, »befreien wir die Gefangenen.«

»Ist meine Absicht!« antwortete der Ingenieur.

Die Repetiergewehre in den Händen der beiden Kollegen wie in den Händen der Mannschaft begannen ein Musketenfeuer auf die Menschenmasse, bei dem nicht eine Kugel verlorenging. Sogar das kleine Bordgeschütz, so flach wie möglich gerichtet, schickte sein Eisen zweckmäßig herab und wirkte Wunder.

Während die Soldaten das Feuer des Luftschiffes erwiderten, zerrissen die Gefangenen gleich ihre Fesseln, ohne überhaupt zu begreifen, welcher Beistand ihnen da vom Himmel her kam. Eine Kugel durchschlug die vordere Schraube, andere Geschosse trafen den Rumpf. Fehlte nicht viel, und Frycollin wäre in der Tiefe seiner Kabine durch die Wand erwischt worden.

»Ah!« rief Tom Turner, »die Burschen warten auf bessere Pillen!«

Er stürzte in die Munitionskammer und kam mit einem Dutzend Dynamitpatronen zurück, die er an seine Kameraden verteilte. Auf einen Wink Roburs wurden die Patronen auf den Hügel geschleudert. Aufprallend explodierten sie wie kleine Granaten.

Wie war der König außer sich, der Hof, die Armee, das Volk, gepackt alle von einem nur allzu verständlichen Entsetzen! Sie suchten unter den Bäumen Schutz, während die Gefangenen flohen, ohne daß irgendwer daran dachte, sie zu verfolgen.

So wurde die Feier zu Ehren des jungen Königs von Dahomey gestört. So erfuhren Onkel Prudent und Phil Evans, welche Macht diesem Apparat innewohnte und welche Dienste er der Menschlichkeit zu leisten vermochte.

Ruhig stieg die *Albatros* nun wieder zu mittlerer Höhe auf; sie überquerte Whydah, und bald war die wilde Küste außer Sicht, gegen die der Südwestwind eine unbändige Brandung treibt.

Die *Albatros* schwebte über dem Atlantik.

DREIZEHNTES KAPITEL

IN DEM ONKEL PRUDENT UND PHIL EVANS EINEN GANZEN OZEAN ÜBERQUEREN, OHNE SEEKRANK ZU WERDEN

Ja, der Atlantik! Die Befürchtung der beiden Kollegen hatte sich erfüllt, und es sah nicht entfernt so aus, als ließe sich Robur durch die Fährnisse dieses weiten Ozeans beunruhigen. Das war nichts, um ihn oder seine Leute, für die solche Überquerungen wohl nur Routine waren, in Aufregung zu versetzen. Sie waren in aller Ruhe schon wieder auf ihren Posten. Kein Alpdrücken würde ihren Schlaf stören.

Wohin wollte die *Albatros*? Sollte eine Weltreise tatsächlich, wie der Ingenieur gesagt hatte, nur ein bescheidener Ausdruck für das sein, was er vorhatte? Irgendwo mußte die Reise doch auf jeden Fall enden. Unmöglich die Annahme, Robur verbrächte sein ganzes Leben an Bord des Luftschiffes in den Wolken, ohne je zu landen. Wie hätte er seine Vorräte an Lebensmitteln und Munition erneuern sollen, nicht zu sprechen von den Stoffen und Ersatzteilen, die für das Funktionieren der Maschinen unerläßlich waren? Notwendig mußte er eine Zuflucht haben, einen Ruhehafen, wenn auch an irgendeinem unbekannten und unzugänglichen Punkt der Erde, an dem die *Albatros* Nachschub aufnehmen konnte. Daß er auf jede Berührung mit den Bewohnern der Erde verzichtete, mochte sein, aber auf die Berührung mit jedem Punkt der Oberfläche dieser Erde – nein!

Wenn es sich so verhielt, wo lag dieser Punkt? Was hatte die Ortswahl des Ingenieurs bestimmt? Wurde er irgendwo von einer kleinen Kolonie erwartet, deren Chef er war? Konnte er dort neue Leute rekrutieren? Und warum eigentlich hatten diese Männer unterschiedlicher Herkunft sich an sein Schicksal gebunden? Welcher Art waren weiter die Mittel, über die er verfügte und die ihm die so gründlich geheimgehaltene Konstruktion dieses äußerst kostspieligen Apparates möglich gemacht hatten? Allerdings ist es richtig, daß der Unterhalt nicht sehr aufwendig zu sein schien. An Bord lebte man in einer Kommune, in einer Familie, unter glücklichen Leuten, die nicht verbargen, daß sie es waren. Schließlich aber: wer war Robur? Woher kam er? Welche Vergangenheit lag hinter ihm? Unlösbare Rätsel über Rätsel, und der Mann, um den sie kreisten, soviel war sicher, würde mit keinem Wort jemals auf sie eingehen.

So ist es nicht weiter erstaunlich, daß diese ganze aus undurchdringlichen Problemen zusammengebraute Situation die beiden Kollegen in einen Zustand der Überreizung versetzen mußte. Sie fühlten sich ins Unbekannte entführt, sahen den Ausgang ihres Abenteuers nicht, zweifelten sogar, ob es je ein Ende haben werde; sie waren verdammt, zu fliegen, zu fliegen und zu fliegen. Der Präsident und der Sekretär des Weldon-Instituts mußten doch dem Siedepunkt entgegentreiben.

Seit dem Abend des 11. Juli flog die *Albatros* nun über den Atlantik. Als am anderen Morgen die Sonne aufging, lag unter ihr jene Zirkellinie, an der Himmel und Wasser verschmelzen. Kein Streifen Land, so weit der Blick auch reichte. Afrika war hinter dem nördlichen Horizont verschwunden.

Frycollin hatte sich aus seiner Kabine hervorgewagt. Als er unter sich nichts erblickte als das Meer, da hatte ihn die galoppierende Angst auch schon wieder. ›Unter sich‹ ist nicht das richtige Wort, besser wäre zu sagen ›um sich‹, denn in diesen großen Höhen schien der Abgrund den Beobachter von allen Seiten zu umgeben, und der auf das eigene Niveau angehobene Horizont schien zurückzuweichen, ohne daß man dieser Grenze jemals hätte näher kommen können.

Gewiß erklärte sich Frycollin diesen Effekt nicht physikalisch, aber er spürte ihn moralisch. Das reichte, um in ihm jenes ›Entsetzen vor dem Abgrund‹ auszulösen, von dem manche Naturen, auch tapfere, sich nicht freimachen können. Wie dem auch sei, vorsichtshalber erging sich der Neger erst gar nicht in Wehklagen, sondern kehrte gleich in seine Kabine zurück, mit geschlossenen Augen, tappenden Armen und der Vorstellung, lange dort zu bleiben.

Tatsächlich nimmt der Atlantik mehr als ein

Viertel der 374057912 Quadratkilometer ein, welche die Gesamtoberfläche der Meere ausmacht.[1] Es sah aber nicht so aus, als ob der Ingenieur es deshalb nun eilig habe. Er hatte keineswegs volle Geschwindigkeit befohlen. Übrigens hätte die *Albatros* die Geschwindigkeit von zweihundert Kilometern die Stunde auch nicht erreichen können, die sie über Europa entwickelt hatte. In dieser Gegend, in der Südwestströmungen vorherrschen, hatte sie Gegenwind, und obwohl der Wind noch schwach war, ließ er die Höchstgeschwindigkeit nicht zu.

Die jüngsten auf zahlreiche Beobachtungen gestützten Arbeiten von Meteorologen haben erbracht, daß es in dem Gebiet zwischen den Wendekreisen eine Konvergenz der zum einen in Richtung Sahara, zum anderen in Richtung auf den Golf von Mexiko laufenden Passatwinde gibt. Außerhalb der windstillen Zone kommen sie entweder aus Westen und wehen gen Afrika, oder sie kommen aus Osten und wehen gen Amerika – wenigstens während der warmen Jahreszeit.

Die *Albatros* versuchte also gar nicht, mit der ganzen Kraft ihrer Propeller gegen die Brise anzukämpfen. Eine mäßige Geschwindigkeit genügte ihr, die immer noch über dem Tempo der schnellsten Überseedampfer lag.

Am 13. Juli überquerte das Luftschiff den Äqua-

[1] Die Landoberfläche beträgt 136051371 Quadratkilometer.

tor – was der ganzen Mannschaft bekanntgegeben wurde.

Hierbei erfuhren Onkel Prudent und Phil Evans also, daß sie jetzt von der nördlichen auf die südliche Halbkugel geraten würden. Die Überquerung brachte keine der Proben und Feiern mit sich, die auf Kriegs- oder Handelsschiffen üblich sind.

François Tapage begnügte sich allein damit, eine Kanne Wasser über dem Nacken von Frycollin auszugießen; da aber einige Gläser Gin auf diese Taufe folgten, erklärte sich der Neger zu so vielen Überquerungen bereit, wie man wünsche, nur nicht noch einmal auf dem Rücken eines mechanischen Vogels, der sein Vertrauen nicht besaß.

Am Vormittag des 15. zog die *Albatros* zwischen den Inseln Ascension und Sankt Helena ihre Bahn – näher jedoch der letzteren, deren Höhenzüge für ein paar Stunden am Horizont hervortraten.

Wahrhaftig, hätte es in der Zeit, als Napoleon in der Gewalt der Engländer war, einen dem Werk des Ingenieurs Robur ähnlichen Apparat gegeben, dann hätte Hudson Lowe trotz seiner schimpflichen Vorsichtsmaßregeln wohl erleben können, wie sein illustrer Gefangener ihm durch die Luft entwischt wäre.

Als sich am 16. und 17. Juli der Tag neigte, zeigte sich das sonderbare Phänomen eines Dämmerlichtes. Unter einem höheren Breitengrad hätte man die Erscheinung als Nordlicht ansehen kön-

nen. Die untergehende Sonne warf vielfarbene Strahlen, einige darunter von leuchtendem Grün.

Handelte es sich um eine Wolke kosmischen Staubs, die über den Globus hinzog und das letzte Tageslicht reflektierte? Einige Beobachter haben dem Dämmerlicht diese Erklärung gegeben. Aber hätten diese Gelehrten sich an Bord des Luftschiffs befunden, sie hätten ihre Erklärung nicht aufrechterhalten.

Die vorgenommene Untersuchung ergab, daß kleine Pyroxen-Kristalle in der Luft schwebten, glasartige Kügelchen, winzige Partikeln von Magneteisen, ähnlich den Stoffen, die feuerspeiende Berge emporschleudern. Demnach bestand kein Zweifel, daß ein tätiger Vulkan diese Wolke in den Raum geworfen hatte, deren kristalline Teilchen das beobachtete Phänomen bewirkten, und daß die Strömungen der Luft sie jetzt über dem Atlantik schweben ließen.

Auch verschiedene andere Erscheinungen wurden auf diesem Teil der Reise beobachtet. Zu wiederholten Malen gaben gewisse Wolken dem Himmel eine einzigartig anzusehende graue Färbung; wenn man dann den Dunstschleier hinter sich gelassen hatte, erschien sein Vordergrund ganz wellig von blendenden Schnörkeln in einem harten Weiß und übersät mit dichten Pailletten, was auch unter diesem Breitengrad nur durch etwas wie Hagelbildung zu erklären war.

Als in der Nacht auf den 18. das Luftschiff zwischen dem vollen Mond und einem dünnen Netz von sprühendem Regen schwebte, der sich zu Dunst verflüchtigte, bevor er das Meer erreicht hatte, tauchte ein Mondregenbogen auf.

Konnte aus den verschiedenen Erscheinungen

auf einen bevorstehenden Wetterumschwung geschlossen werden? Möglicherweise. Fest stand jedenfalls, daß der seit der afrikanischen Küste aus Südwest wehende Wind in den Äquatorialregionen sich zu legen begonnen hatte. In dieser tropischen Zone war es äußerst heiß. Robur suchte also frische Luft in höheren Schichten. Dort mußte man sich erst recht gegen die Sonne schützen, deren direkte Strahlen nicht auszuhalten waren.

Die Veränderung der Luftströmung zeigte gewiß an, daß sich andere klimatische Bedingungen jenseits der Äquatorialregionen anbahnten. Zudem darf man nicht außer acht lassen, daß auf der südlichen Halbkugel der Monat Juli dem Monat Januar der nördlichen Halbkugel, also dem tiefsten Winter, entspricht. Wenn die *Albatros* weiter nach Süden vordringen sollte, würde sie dies bald zu spüren bekommen.

Das Meer ›roch‹ es schon, wie die Seeleute sagen. Jenseits vom Wendekreis des Steinbocks zeigte sich am 18. Juli eine weitere Naturerscheinung, die eine Schiffsmannschaft wohl in Schrecken hätte versetzen können.

Über die Oberfläche des Ozeans rollte eine seltsame Reihe von leuchtenden Wellen mit einer Rapidität, die auf nicht weniger als sechzig Meilen die Stunde geschätzt werden mußte. Diese Lichtwellen jagten sich in einem Abstand von rund achtzig Fuß. Bei anbrechender Nacht stieg ein intensiver Widerschein bis zur *Albatros* auf. Man hätte meinen mögen, irgendein glühender Meteor habe das Meer entflammt. Nie zuvor war Robur über ein solches Feuermeer geflogen – ein Feuer ohne Hitze freilich, das man nicht durch einen Aufstieg in größere Höhen zu fliehen brauchte.

Elektrizität mußte die Ursache dieser Erscheinung sein, denn einer Laichbank von Fischen oder einem Schwarm jener winzigen Lebewesen, die in großer Dichte phosphoreszierende Wirkungen hervorrufen, konnte man sie nicht zuschreiben.

All das deutete darauf hin, daß die elektrische Spannung der Atmosphäre recht beträchtlich sein mußte.

Und in der Frühe des 19. Juli hätte ein Schiff auf diesem Meer sich wohl tatsächlich in größter Gefahr befunden. Aber Wind und Wellen waren für die *Albatros* nur ein Spiel, wie für den mächtigen Vogel, dessen Namen sie trug. Wenn es ihr nicht gefiel, wie der Sturmvogel über das Wasser hinzuschießen, konnte sie adlergleich Sonne und Ruhe in den Höhen des Himmels suchen.

Der 47. Grad südlicher Breite war gerade überflogen worden. Der Tag dauerte nur noch sieben bis acht Stunden. Je näher die antarktischen Regionen kamen, desto kürzer mußte er werden.

Gegen ein Uhr mittags hatte sich die *Albatros* erheblich gesenkt, um in eine günstigere Luftströmung zu kommen. Sie flog jetzt knapp 100 Fuß über dem Meer.

Das Wetter war ruhig. An manchen Stellen des

Himmels liefen große schwarze Wolken mit lokkerem oberem Rand in eine exakte, vollkommen horizontale Linie aus. Aus diesen Wolken sprangen längliche Spitzen hervor und schienen das Wasser anzuziehen, das unter ihnen zu flüssigen Kugelformen aufbrodelte.

Plötzlich schoß das Wasser, die Form einer riesigen Flasche annehmend, in die Höhe.

Im Nu tobte um die *Albatros* der Wirbel einer gewaltigen Windhose, die einen Schwanz zwanzig anderer von tintenschwarzer Färbung nach sich zog. Zum Glück war die Kreisbewegung der Windhose der Drehung der Hubschrauben entgegengesetzt, sonst hätten sie nicht mehr gearbeitet, und das Luftschiff wäre ins Meer gestürzt; aber mit schrecklicher Geschwindigkeit begann es nun, sich um sich selbst zu drehen.

Die Gefahr war ungeheuer, vielleicht unabwendbar, denn trotz der Propeller konnte der Ingenieur sich von der Windhose nicht befreien, deren Sog ihn gefangenhielt. Die Mannschaft wurde durch die Zentrifugalkraft an die Enden der Plattform geschleudert und mußte sich an die Masten klammern, um nicht davongetragen zu werden.

»Ruhig Blut!« schrie Robur.

Das war auch nötig – und Ausdauer.

Onkel Prudent und Phil Evans, die nur eben aus ihrer Kabine herausschauen wollten, wurden bis ans Heck geworfen und waren in Gefahr, über Bord getrieben zu werden.

Die rotierende *Albatros* folgte zugleich der Fortbewegung der Windhosen, die mit einer Geschwindigkeit im Kreis wirbelten, als wollten sie es den Hubschrauben zeigen. Und wäre sie der einen Windhose entronnen, dann hätte sie die nächste gepackt und nur in neue Gefahr gebracht, zu bersten und in tausend Stücke zu springen.

»Ein Kanonenschlag!« schrie der Ingenieur.

Der Befehl galt Tom Turner. Der Maschinist hing an dem kleinen Geschütz, das mitten auf der Plattform stand, wo die Wirkungen der Zentrifugalkraft weniger stark waren. Er begriff den Gedanken Roburs. Im Augenblick hatte er den Verschluß geöffnet und eine aus dem Lafettenkasten gegriffene Kartusche eingeschoben. Der Schuß brach, und mit ihm stürzten die Windhosen samt der Wolkendecke, die sie auf ihrem Kamm zu tragen schien, in sich zusammen.

Die Erschütterung der Luft hatte ausgereicht, die Wettersäule zu zerstören. Das schwere Gewölk löste sich in Regen, einen flüssigen Streifenvorhang zwischen Himmel und Wasser ziehend.

Die *Albatros,* endlich frei, stieg schleunigst einige hundert Meter auf.

»Nichts zerbrochen an Bord?« fragte der Ingenieur.

»Nein«, erwiderte Tom Turner, »aber auf solche Brummkreiselspiele kann ich in Zukunft verzichten!«

Für zehn Minuten war die *Albatros* tatsächlich in Not gewesen. Weniger solide gebaut, hätte sie diesen Wirbel von Windhosen nicht überstanden.

Dann wurden die Stunden wieder lang auf dieser Überquerung des Atlantiks. Kein Zwischenfall trat ein, die Monotonie zu vertreiben. Die Tage wurden ständig kürzer. Die Kälte steigerte sich. Onkel Prudent und Phil Evans sahen Robur kaum.

In seiner Kabine beschäftigte sich der Ingenieur damit, die Route festzustellen, die eingeschlagene Richtung auf seinen Karten zu überprüfen, ein ums andere Mal seine Position aufzunehmen, die Angaben der Barometer, der Thermometer, der Chronometer festzuhalten und endlich alle Ereignisse der Reise ins Logbuch einzutragen.

Unverdrossen hielten die beiden tief vermummten Kollegen indes Ausschau nach Land im Süden.

Frycollin seinerseits versuchte auf ausdrückliche Weisung von Onkel Prudent, den Meister Koch über die Herkunft des Ingenieurs auszufragen. Aber wie sollte man klug werden aus den Reden eines ausgekochten Gascogners wie François Tapage? Bald war Robur ein ehemaliger Minister der Argentinischen Republik, bald ein Chef der Admiralität, ein Präsident der Vereinigten Staaten im Ruhestand, ein spanischer General zur Disposition, ein Vizekönig von Indien, der seine Stellung im Luftraum zu verbessern suchte. Bald besaß er Millionen, die er auf Raubzügen mit seiner Maschine zusammengebracht hatte, und wurde steckbrieflich gesucht. Bald hatte ihn die Konstruktion dieses Apparates an den Bettelstab gebracht und zu Publikumsvorstellungen auf den Jahrmärkten der Welt genötigt, um sein Geld zusammenzubekommen. Und ob der Ingenieur anhalten werde irgendwann, irgendwo, nein, darüber wußte der Gascogner rein gar nichts, er hatte nur von der Absicht gehört, dem Mond einen Besuch abzustatten, und wenn es dort ein hübsches Plätzchen gäbe, dann werde man wohl Station machen.

»Was, Fry, Kollege ... würde dir doch Spaß machen, einmal zu sehen, was da oben los ist!«

»Ohne mich, da komm' ich nicht mit!« zeterte der Tropf, der all diese Flausen ernst nahm.

»Aber warum denn nicht, Fry? Wir werden dich mit einer jungen, schönen Mondmamsell verheiraten, und du wirst der Stammvater der Neger im Mond!«

Als Frycollin diese Aussichten rapportierte, mußte sein Herr erkennen, daß so keine Auskünfte über Robur einzuholen waren. Onkel Prudent sann nur noch heftiger auf Rache.

»Phil«, sagte er schließlich zu seinem Kollegen, »ist es nunmehr erwiesen, daß jede Flucht unmöglich ist?«

»Unmöglich, Onkel Prudent.«

»Gut! Aber der Mensch ist immer sein eigener Herr, und wenn er's dadurch beweist, daß er sein Leben opfert...«

»Und wenn dies Opfer nötig ist, dann sei es rasch vollbracht!« antwortete Phil Evans, dessen Temperament, so kühl es auch war, nun gleichfalls nichts mehr zugemutet werden konnte. »Ja, es ist Zeit, der Sache ein Ende zu bereiten! Wohin will die *Albatros*? Jetzt fliegt sie quer über den Atlantik, und wenn sie sich in dieser Richtung hält, wird sie die Küste Patagoniens erreichen, dann Feuerland, und danach? Wird sie auf den Pazifischen Ozean hinausfliegen und sich bis zu dem Land am Südpol vorwagen? ... Alles ist möglich bei diesem Robur! ... Es handelt sich um einen legitimen Fall von Notwehr, und wenn wir dabei unser Leben lassen müssen ...«

»Dann nicht«, warf Onkel Prudent dazwischen, »ohne uns gerächt zu haben, ohne diesen Apparat und alle, die er trägt, zunichte gemacht zu haben!«

Die beiden Kollegen hatten den Punkt erreicht, an dem ohnmächtige Wut, aufgespeicherter Zorn Kräfte verleihen. Jawohl! Wenn es sein mußte, dann würden sie sich opfern, um den Ingenieur und sein Geheimnis zu vernichten! Einige Monate nur, nicht länger würde dieses herrliche Luftschiff am Ende existiert haben, das sie gezwungen hatte, die unleugbare Überlegenheit der Fortbewegung in der Luft zu erfahren!

Die Idee hatte sich so in ihren Köpfen festgesetzt, daß sie an nichts anderes mehr dachten als an die Ausführung ihres Plans. Aber wie ausführen? Indem sie sich eines der Sprengstoffe bemächtigten, die an Bord aufbewahrt wurden, um den Apparat durch eine Explosion zu zerstören? In dem Fall mußte man es verstehen, irgendwie in die Munitionskammer einzudringen.

Glücklicherweise ahnte Frycollin nichts von diesen Vorhaben. Der Gedanke an eine Sprengung der

Albatros hoch oben in der Luft hätte ihn zum Verräter seines Herrn werden lassen können!

Am 23. Juli tauchte im Südwesten wieder Land auf, und zwar in der Nähe des Kap de las Virgenes am Eingang der Magellanstraße. Jenseits des 54. Breitengrades dauerte in dieser Jahreszeit die Nacht beinahe schon achtzehn Stunden, und die Temperatur sank im Durchschnitt auf sechs Grad unter Null.

Zunächst folgte die *Albatros*, statt sich weiter südwärts zu halten, den Windungen der Straße, als ob sie den Pazifik erreichen wolle. Nachdem sie die Lomas-Bucht passiert, dann den Mont Gregory im Norden und das Brecknocks-Gebirge im Westen hinter sich gelassen hatte, erreichte sie im Augenblick eines Feiergeläutes Punta Arena, ein kleines chilenisches Dorf, und ein paar Stunden später die alte Niederlassung Port Famine.

Ob die Patagonier, deren Feuer sie hier und dort sahen, tatsächlich überdurchschnittlich groß sind, konnten die Passagiere im Luftschiff nicht feststellen, da die Höhe die Eingeborenen zu Zwergen machte.

Aber welch eine Aussicht bot sich ihnen während der kurzen Stunden des südlichen Tages! Schroffe Berge, Gipfel im ewigen Schnee, an den Hängen dichte aufsteigende Wälder, Binnenseen, Buchten zwischen Halbinseln, die Inseln Clarence, Dawson, Desolation, Kanäle und Nebenstraßen, unzählige Kaps und Vorgebirge und als Krone all dieser Vielfalt massive Gletscher von Kap Forward, dem äußersten Punkt des amerikanischen Kontinents, bis Kap Hoorn, wo die Neue Welt endet!

Daß der Flug in südliche Richtung weitergehen würde, stand fest, seit sie Port Famine erreicht hatten. Als sie an dem Mont Tarn auf der Halbinsel Braunschweig und dem Mont Graves vorüber waren, flogen sie auf den Mont Sarmiento zu, einen gewaltigen, eisbedeckten, 2000 Meter über das Meer sich erhebenden Berg, der die Magellanstraße beherrscht.

Dies ist das Land der Pescheräh[1], wie man die Eingeborenen Feuerlands nennt.

Wie schön und fruchtbar hätte sich das Land, besonders in seinem südlichen Teil, sechs Monate früher oder später gezeigt, im Hochsommer, wenn die Tage fünfzehn oder sechzehn Stunden währen! Grün dann Täler und Triften, auf denen Tausende von Tieren Nahrung finden können, jungfräuliche Wälder mit riesigen Bäumen, Birken, Buchen, Eschen, Zypressen, baumhohen Farn; Ebenen, über die Herden von Guanacos, Vicuñas und Straußen ziehen; wahre Armeen von Pinguinen und Geflügel die Menge. Als die *Albatros* ihre

[1] In früheren Reiseberichten auftauchende Bezeichnung, gebildet nach einem Wort, das die Seeleute bei Kontakten häufig vernahmen; kein Stammesname. Anmerkung des Übersetzers

Scheinwerfer einschaltete, stürzten Lummen, Enten, Gänse auf sie ein, so daß François Tapage alle Hände voll zu tun hatte, seinen Vorrat einzusammeln.

Es gab also wieder Arbeit für den Meister Koch, der dies Fleisch so zuzubereiten wußte, daß es nicht im geringsten fett schmeckte. Es gab auch Arbeit für Frycollin, der Dutzend um Dutzend dieser interessanten Vögel freiwillig rupfte.

Als sich an jenem Tag die Sonne gegen drei Uhr nachmittags senkte, tauchte ein großer, von herrlichen Wäldern umringter See auf. Der See war völlig zugefroren, und einige Eingeborene mit länglichen Gleitschuhen an den Füßen vergnügten sich auf dem Eis.

Beim Anblick des Apparates flohen die Feuerländer jedoch in höchstem Schrecken nach allen Seiten, und wenn sie nicht fliehen konnten, verkrochen sie sich, vergruben sie sich wie Tiere.[1] Unaufhörlich ging der Flug der *Albatros* nach Süden, über den Beaglekanal hinaus, an der Insel Navarin vorbei, deren griechischer Name ein wenig aus den rauhen Bezeichnungen in dieser fernen Weltgegend herausfällt, und vorbei auch an der von den äußersten Wassern des Pazifiks umspülten Insel Wollaston. 7500 Kilometer waren nun seit der Küste Dahomeys zurückgelegt. Jetzt überflog die *Albatros* die letzten Inseln des Magellan-Archipels. Es kam die von allen am weitesten nach Süden vorgelagerte, deren Spitze eine ewige Brandung angreift, das schreckliche Kap Hoorn.

im Eis?

[1] Raum für eine Anmerkung des Lesers.

VIERZEHNTES KAPITEL

IN DEM DIE ›ALBATROS‹ VOLLBRINGT, WAS NIEMALS WOHL GELINGEN WIRD

Der nächste Tag war der 24. Juli. Der 24. Juli in der südlichen Hemisphäre wohlgemerkt, das ist der 24. Januar der nördlichen Hemisphäre. Zudem war nun bereits der 56. Breitengrad überschritten, und dieser Grad entspricht ungefähr der Breite, auf der im Norden Europas das schottische Edinburgh liegt.

Darum blieb das Thermometer auch beständig auf einem Durchschnitt unter Null. Man hatte also die Apparate ein wenig in Gang gesetzt, die für die Heizung der Kabinen zu sorgen hatten.

Es versteht sich von selbst, daß die Tageslänge, obwohl sie seit der südlichen Wintersonnenwende am 21. Juni zuzunehmen begann, für die *Albatros* in beträchtlichem Maße abnahm, je näher sie dem Gebiet der Antarktis kam.

Über dem südlichen Pazifik in der Nähe des Polarkreises herrschte also nur eine geringe Tageshelligkeit. Die Sicht war mäßig und die Nacht manchmal bitter kalt. Um ihr standzuhalten, mußte man sich nach der Mode der Eskimos oder der Feuerländer kleiden. Da eine solche Garderobe an Bord keineswegs fehlte, konnten die beiden Kollegen gut verpackt auf der Plattform sich ergehen, um ihr Projekt zu bedenken und eine Gelegenheit zur Durchführung auszuspähen. Robur sahen sie übrigens wenig, und seit den über Timbuktu ausgetauschten Drohungen hatten sie auch nicht mehr miteinander gesprochen.

Frycollin kam kaum aus der Küche heraus, wo François Tapage ihm großzügigste Gastfreundschaft gewährte – unter der Bedingung, daß er Hilfskoch spielte. Erkennbare Vorteile vor Augen, hatte der Neger mit Erlaubnis seines Herrn das Angebot angenommen. An diesem angenehmen Ort sah er auch nichts von dem, was draußen vor sich ging, und konnte sich in dem Glauben wiegen, aller Gefahr entrückt zu sein. War er nicht dem Vogel Strauß ähnlich, mit seinem phantastischen Magen in physischer und seiner seltenen Dummheit in geistiger Beziehung?

Welchem Punkt des Erdballs strebte die *Albatros* jetzt zu? Ließ sich denken, daß sie es im tiefen Winter wagen würde, die südlichen Eismeere oder die Festlandmassen um den Pol aufzusuchen? Selbst wenn man annahm, daß der Frost den chemischen Agenzien der Batterien nichts anhaben würde, hätte die eisige Atmosphäre nicht den Tod der ganzen Mannschaft bedeuten können, den schrecklichen Tod durch Erfrieren? Den Pol in der warmen Jahreszeit zu überfliegen, wäre wohl angegangen. Aber mitten in der anhaltenden Nacht des antarktischen Winters wäre ein solcher Versuch Roburs Wahnsinn gewesen.

Dies waren die Gedanken, die den Präsidenten und den Sekretär des Weldon-Instituts bewegten, als sie sich jetzt an den äußersten Punkt der Neuen Welt verschleppt sahen, der zwar immer noch zu Amerika gehört, aber nicht mehr zu den Vereinigten Staaten.

Was würde dieser Starrkopf Robur tun? War nicht endlich der Augenblick gekommen, der Reise durch Zerstörung des Reisemittels ein Ende zu setzen?

Eins stand fest: daß der Ingenieur während des 24. Juli häufige Besprechungen mit seinem Maschinisten führte. Wiederholt hatte er mit Tom Turner den Barometerstand festgestellt, aber nicht um die erreichte Höhe abzuschätzen, sondern um die Wetterbedingungen zu kontrollieren. Das waren Anzeichen, die den beiden Kollegen nicht entgingen.

Onkel Prudent glaubte auch zu bemerken, daß Robur einen Überblick über die Vorräte an Bord sowohl für die Bedienung der Maschinen als auch für die Versorgung der Mannschaft, deren Wohlergehen ebenso sichergestellt sein mußte, zu gewinnen versuchte.

All dies schien auf Pläne zu einer Rückkehr hinzudeuten.

»Rückkehr wohin?« fragte Phil Evans.

»Dorthin«, sagte Onkel Prudent, »wo Robur Proviant aufnehmen kann.«

»Das dürfte irgendeine verlorene Insel im Pazifik sein mit einer Kolonie von Schurken, die ihres Chefs würdig sind.«

»Ist auch meine Ansicht, Phil Evans. Ich glaube, er wird sich nach Westen halten, und mit der Schnelligkeit, über die er verfügt, wird er sein Ziel auch bald erreicht haben.«

»Aber wir werden unsere Pläne nicht mehr in die Tat umsetzen können, wenn er dort angelangt ist.«

»Er wird nicht ankommen, Phil Evans!«

Die beiden Kollegen hatten die Pläne des Ingenieurs offenbar zum Teil erraten. Nachdem die *Albatros* zunächst noch weiter auf das Antarktische Meer zugeflogen war, ließ die weitere Route dieses Tages keinen Zweifel, daß endgültig Rückkurs genommen wurde. Da das Eis bis in die Gegend von Kap Hoorn vorgedrungen war, waren die tiefer gelegenen Gewässer des Pazifiks erst recht mit Eisbergen und Eisfeldern bedeckt. Das Packeis bildete hier selbst für solide gebaute Schiffe und wagemutige Seeleute eine unüberwindliche Barriere.

Gewiß hätte die *Albatros,* sich sputend, die auf dem Ozean aufgetürmten Gebirge von Eis und dann die Festlandgebirge des polaren Kontinents überqueren können – wenn es so ist, daß die Polarkappe einen Kontinent bildet. Aber ließ es sich wagen, in der Polarnacht einer Atmosphäre zu trotzen, deren Temperatur bis auf sechzig Grad unter Null absinken kann?

Hundert Kilometer war die *Albatros* noch südwärts geflogen, dann bog sie tatsächlich nach Westen ab, wie um Richtung zu nehmen auf irgendein unbekanntes Eiland einer Inselkette im Pazifik.

Unter ihr dehnte sich die Wasserwüste zwischen Amerika und Asien. Das Wasser zeigte jene eigentümliche Färbung, die ihm den Namen ›Milchmeer‹ eingetragen hat. In dem Halbschatten, den die schwachen Strahlen der Sonne nicht mehr zu vertreiben vermochten, erschien die Oberfläche des Pazifiks in einem milchigen Weiß. Aus der Höhe gesehen, mochte man an ein weites, nicht sonderlich gewelltes Eisfeld denken. Hätte die Kälte diesen Teil des Ozeans gefrieren lassen und mit einer gewaltigen Eisdecke überzogen, wäre der Anblick nicht anders gewesen.

Man weiß heute, daß es Myriaden von Leuchtkörperchen sind, phosphoreszierende Kleinlebewesen, die diese Wirkung hervorbringen. Verwunderlich ist nur, daß eine solche Ballung opaleszenter Meerestierchen auch außerhalb der Gewässer des Indischen Ozeans anzutreffen ist.

Auf einmal fiel das Barometer rasch, nachdem es in den frühen Stunden des Tages einen ziemlich hohen Stand gezeigt hatte. Ein Anzeichen, das auf einem Schiff zur Sorge Anlaß gegeben hätte, das dies Luftschiff jedoch ignorieren konnte. Man mußte aber annehmen, daß kurz zuvor ein verheerendes Unwetter die Wasser des Stillen Ozeans aufgewühlt hatte.

Gegen ein Uhr mittags trat Tom Turner an den Ingenieur heran und sagte:

»Master Robur, blicken Sie doch einmal auf den schwarzen Punkt dort am Horizont! Da... genau nördlich von uns. Ein Felsen kann das doch nicht sein?«

»Nein, Tom, es liegt kein Land voraus.«

»Dann muß es ein Schiff sein oder wenigstens ein Boot.«

Onkel Prudent und Phil Evans hatten sich nach vorn begeben und blickten auf den von Tom Turner bezeichneten Punkt. Robur verlangte sein Fernrohr und hielt sorgfältig Ausschau.

»Ein Boot«, sagte er, »und ich möchte behaupten, daß Menschen an Bord sind.«

»Schiffbrüchige?« rief Tom.

»Ja, Schiffbrüchige, die gezwungen gewesen sein werden, ihr Schiff zu verlassen«, erwiderte Robur, »Unglückliche, die nicht mehr wissen, wo Land liegt, und vor Hunger und Durst vielleicht dem Tode nahe sind. Nun denn, der *Albatros* soll nicht nachgesagt werden, sie habe nicht versucht, ihnen zu Hilfe zu kommen!«

Ein Befehl erging an den Mann an der Maschine und seine beiden Gehilfen. Das Luftschiff begann sich langsam zu senken. Hundert Meter über dem Wasser stoppte es ab, dann trieben die Propeller die *Albatros* rasch nach Norden vor.

Es war wirklich ein Boot. Das Segel hing schlaff am Mast. Da kein Wind ging, kam das Boot nicht voran. An Bord schien niemand mehr Kraft genug zu haben, um ein Ruder zu führen.

Fünf Männer lagen auf dem Boden, im Schlaf oder vor Ermattung unfähig, sich zu regen, sofern sie nicht schon tot waren.

Die *Albatros* hielt über ihnen und senkte sich langsam herab.

Am Heck konnte man jetzt den Namen des Schiffes lesen, zu dem das Boot gehörte, ein französisches Schiff, das von seiner Besatzung hatte aufgegeben werden müssen, die *Jeannette* aus Nantes.

»Ahoi!« rief Tom Turner.

Man mußte ihn hören, denn das Boot lag keine achtzig Fuß unter ihm.

»Ein Schuß«, sagte Robur.

Der Befehl wurde ausgeführt, und die dröhnende Detonation rollte weit über das Wasser.

Da erhob sich einer der Schiffbrüchigen unter Mühen, mit stierem Blick und dem eingefallenen Gesicht eines Toten.

Als er des Schiffs in der Luft ansichtig wurde, reagierte er mit einer Gebärde des Entsetzens.

»Fürchten Sie sich nicht!« rief Robur auf französisch. »Wir kommen Ihnen zu Hilfe. Wer seid Ihr?«

»Matrosen der *Jeannette*, eines Dreimasters, auf dem ich Bootsmann war«, antwortete der Mann. »Es war vor vierzehn Tagen, wir haben ihn verlassen, als er sank, im letzten Augenblick ... Wir haben kein Wasser mehr und keine Lebensmittel!«

Nach und nach hatten sich auch die vier anderen Schiffbrüchigen aufgerichtet. Hager, elend, in einem schrecklichen Zustand der Auszehrung streckten sie dem Luftschiff die Hände entgegen.

»Achtung!« rief Robur.

An einem Tau wurde ein Eimer voll Süßwasser zu dem Boot herabgelassen.

Mit einer schmerzlich anzusehenden Gier warfen sich die Unglücklichen darüber und tranken.

»Brot! Brot!« schrien sie.

Sogleich ging ein Korb mit etlichen Lebensmitteln, Konserven, einer Flasche Brandy und einigen Pinten Kaffee nieder. Der Bootsmann hatte alle Mühe, seine Leute zur Mäßigung bei der ersten Nahrungsaufnahme anzuhalten.

Dann die Frage:

»Wo sind wir?«

»Fünfzig Meilen vor der chilenischen Küste und den Chonos-Inseln«, antwortete Robur.

»Danke, aber wir haben keinen Wind und ...«

»Wir werden euch ins Schlepptau nehmen!«

»Wer sind Sie?«

»Leute, die glücklich sind, Ihnen helfen zu können«, erwiderte Robur ohne Umstände.

Der Bootsmann begriff, daß es hier ein Inkognito zu respektieren galt. Aber war es möglich, daß ein solcher Flugapparat Kraft genug besaß, sie zu ziehen?

Als das Boot mit einem starken Tau von hundert Fuß Länge festgemacht war, sah es ganz so aus, denn sie machten tüchtige Fahrt gen Osten.

Gegen zehn Uhr abends kam Land in Sicht, das heißt man konnte Leuchtfeuer sehen, die die Nähe von Land anzeigten. Diese Hilfe vom Himmel war für die Überlebenden der *Jeannette* zur rechten Zeit gekommen, und sie hatten allen Grund, ihre Errettung als ein Wunder anzusehen!

Nachdem Robur sie so in das Fahrwasser vor den Chonos-Inseln gebracht hatte, rief er ihnen zu, das Schlepptau abzuwerfen. Sie taten es unter Hochrufen auf ihre Retter, und die *Albatros* suchte wieder die offene See.

Solch ein Luftschiff, das dem Verderben geweihte Seeleute zu retten vermochte, war ganz entschieden eine schöne Sache! Welcher Ballon, wie perfekt auch immer, wäre imstande gewesen, einen ähnlichen Dienst zu leisten?! Onkel Prudent und Phil Evans mußten das vor sich zugeben, mochten sie auch in einer Geistesverfassung sein, selbst das Geschehene nicht gelten zu lassen.

Immer noch unruhige See. Alarmierende Anzeichen. Das Barometer war noch einige Millimeter gefallen. Auf heftige Windstöße einer Bö, die pfeifend durch das Helikoptersystem der *Albatros* gingen, folgten Augenblicke plötzlicher Ruhe. Ein Segelschiff hätte unter diesen Umständen schon das zweite Reff seiner Marssegel und das erste Reff des Focksegels eingesteckt. Alles deutete darauf hin, daß der Wind nach Nordwesten umspringen würde. Die Röhre des *stormglass* begann sich in beunruhigender Weise zu trüben.

Ein Uhr morgens herrschte ein Sturm von äußerster Heftigkeit. Obwohl sie den Sturm gegen sich hatte, war die *Albatros* noch stärker und kam dank der Kraft ihrer Propeller mit einer Geschwindigkeit von vier bis fünf Meilen die Stunde voran. Aber mehr war ihr nicht abzuverlangen.

Es war offensichtlich, daß ein Zyklon heranzog, der unter diesen Breitengraden selten vorkommt. Mag auf dem Atlantischen Ozean der Name auch Hurrikan sein, Taifun in den chinesischen Meeren, Samum in der Sahara und Tornado an der Westküste, es handelt sich immer um einen Wirbelwind und immer um einen schrecklichen. Ja, schrecklich für jedes Schiff, das von dieser Kreisbewegung ergriffen wird, die sich vom Rand zur Mitte hin steigert und in der es nur einen Ort der Ruhe gibt, das Zentrum dieses Mahlstroms der Lüfte.

Robur wußte das. Er wußte auch, daß es klüger war, einem Zyklon durch Aufstieg in höhere Luftschichten zu entfliehen, um aus der Zone der Anziehung herauszukommen. Bis jetzt war ihm das immer gelungen. Aber es war keine Zeit, vielleicht keine Minute mehr zu verlieren.

Die Gewalt des Sturmes wuchs spürbar an. Kammlose Wellen jagten weißen Wasserstaub über die Meeresfläche. Es stand außer Frage, daß der Zyklon mit rasender Geschwindigkeit den polaren Regionen entgegenzog. – »Hinauf!« rief Robur.

»Hinauf!« wiederholte Tom Turner.

Mit voller Auftriebskraft stieg das Luftschiff schräg auf, als werde es auf einer in Südwestrichtung geneigten Ebene emporgezogen.

Im gleichen Augenblick sank das Barometer noch tiefer – ein jäher Sturz um acht, um zwölf Millimeter. Plötzlich hörte der Aufstieg der *Albatros* auf.

Was hatte den Stopp verursacht? Offenbar irgendein Druck der Luft, eine tückische, von oben nach unten ziehende Strömung, die den Luftwiderstand vergrößerte.

Wenn ein Dampfer einen Fluß hinauffährt, geht um so mehr Arbeit der Schraube verloren, je stärker die Strömung ist. Die Zurückdrängung ist beträchtlich, sie kann sogar die Kraft der Fortbewegung ausgleichen. So erging es jetzt der *Albatros.*

Doch Robur gab die Partie nicht auf. Seine 74 Schrauben arbeiteten vollkommen simultan und rotierten in Höchstgeschwindigkeit. Aber die *Albatros* riß sich nicht los aus den Fängen des Zyklons. Ließ der Abwind für einen Augenblick nach, stieg das Luftschiff prompt auf. Dann fiel er wieder schwer auf den Apparat nieder, und die *Albatros* sank ab wie ein untergehendes Schiff. Sollte sie in diesem Luftmeer tatsächlich vergehen, in dieser tiefen Nacht, die selbst die Scheinwerfer Roburs nur auf kurze Entfernung durchdrangen?

Sollte die Gewalt des Zyklons noch verheerender werden, so würde die *Albatros* nichts als ein hilfloser Strohhalm in einem dieser Wirbelstürme sein, die Bäume entwurzeln, Dächer abheben und Mauerkronen einreißen.

Robur und Tom konnten sich nur durch Zeichen verständigen. An die Reling geklammert, fragten sich Onkel Prudent und Phil Evans, ob nicht das Unwetter dabei sei, ihre Pläne zu verwirklichen, das Luftschiff zu vernichten und mit ihm den Erfinder und mit dem Erfinder das Geheimnis seiner Erfindung!

Da es der *Albatros* aber nicht gelang, vertikal dem Zyklon zu entkommen, blieb ihr da nicht ein anderer Ausweg offen: das Zentrum zu gewinnen, wo sie in relativer Ruhe eher Herr ihrer Manöver wäre? Ja, aber um das Zentrum zu erreichen, müßte sie die Luftwirbel überwinden, die sie an ihre Peripherie schleudern würden. Reichte die mechanische Kraft aus, die Wirbel niederzukämpfen?

Plötzlich barsten die Wolken. Regenstürze prasselten herab.

Es war zwei Uhr morgens. Das mit Abweichung von zwölf Millimetern schwankende Barometer war auf 709 gefallen, wobei die Höhe zu bedenken ist, die das Luftschiff über dem Meeresspiegel erreicht hatte.

Das Auftreten eines Zyklons außerhalb der Zonen zwischen dem 30. Grad nördlicher und dem 26. Grad südlicher Breite, in denen er normalerweise wütet, war ein einigermaßen ungewöhnliches Naturereignis. Vielleicht erklärt sich daraus, daß sich der Wirbelsturm unvermittelt in einen geradlinigen Orkan wandelte. Aber was für ein Orkan! Vergleichbar mit jenem, der mit einer Geschwindigkeit von 116 Metern pro Sekunde, das sind mehr als 100 Meilen die Stunde, am 22. März 1887 über Connecticut hinraste.

Es galt also, dem Wind im Rücken zu entfliehen

wie ein Schiff, das einem Unwetter zu entkommen sucht, oder vielmehr sich auf der Bahn des Sturms davontragen zu lassen, gegen den die *Albatros* nicht ankommen konnte, aus dem herauszukommen ihr mißlang. Aber dieser Bahn folgen, das hieß, nach Süden verschlagen werden in jene Polarregionen, deren Nähe Robur hatte vermeiden wollen, das hieß, auf Herrschaft über den Kurs verzichten, der Willkür des Orkans ausgeliefert sein!

Tom Turner hatte das Steuer übernommen. Es brauchte sein ganzes Geschick, um das Luftschiff nicht nach der einen oder anderen Seite gieren zu lassen.

In den frühen Stunden des Morgens – wenn man die helleren Schatten am Horizont Morgen nennen kann – befand sich die *Albatros* fünfzehn Grad unterhalb Kap Hoorn, hatte also mehr als vierhundert Meilen zurückgelegt und überquerte nun den Polarkreis.

Dort dauerte die Nacht im Monat Juli neunzehn und eine halbe Stunde. Ohne Wärme, ohne Leuchtkraft erscheint die Sonnenscheibe nur am Horizont, um gleich wieder zu verschwinden. Am Pol währt die Nacht 79 Tage an. Alle Zeichen standen dafür, daß die *Albatros* in einen nachtschwarzen Schlund eintauchen werde.

Eine Positionsbestimmung hätte, wenn sie an diesem Tag möglich gewesen wäre, 66° 40′ südlicher Breite ergeben. Das Luftschiff war also nicht mehr als 1400 Meilen vom Südpol entfernt.

Während es unwiderstehlich diesem unzugänglichen Punkt der Erde entgegengetrieben wurde, ›fraß‹ die Geschwindigkeit sozusagen die Schwere der *Albatros*, obwohl diese infolge der Abplattung der Erde am Pol etwas größer geworden war. Es sah fast so aus, als hätte man auf die Hubschrauben verzichten können. Der Orkan wütete bald so stark, daß Robur es für besser hielt, die Drehzahl der Propeller auf ein Minimum zu beschränken, um eine schwere Havarie zu vermeiden, zugleich aber bei möglichst geringer Eigengeschwindigkeit die Manövrierfähigkeit zu erhalten.

Umringt von diesen Gefahren, gab der Ingenieur seine Befehle kalten Blutes, und seine Leute führten sie aus, als wohne die Seele ihres Chefs auch in ihnen.

Onkel Prudent und Phil Evans hatten das Verdeck nicht einen Augenblick verlassen. Der Aufenthalt dort war übrigens nicht beschwerlich. Man spürte keinen oder nur geringen Luftwiderstand. Das Luftschiff schwamm im Wind, wie ein Aerostat sich mit dem Element, das ihn umhüllt, fortbewegt.

Das südliche Polargebiet soll 4 500 000 Quadratmeter umfassen. Stellt es einen Kontinent dar? Ist es ein Archipel? Ein paläokrystisches Meer, dessen Eis auch während der langen Sommerzeit nicht schmilzt? Wir wissen es nicht. Wohl aber ist bekannt, daß der Südpol kälter ist als der Nordpol. Die Erklärung dafür liegt in der Stellung der

Erde auf ihrer Umlaufbahn während der Monate, in denen in der Antarktis Winter herrscht.

Während des Tages ergab sich kein Hinweis auf ein Abnehmen des Sturms. Unter dem 75. Grad westlicher Länge drang die *Albatros* jetzt in die zirkumpolare Region vor. Unter welchem Meridian würde sie sie verlassen – wenn sie sie je wieder verlassen würde?

Je weiter südlich sie kam, desto kürzer wurde der Tag. Bald würde jene ewige Nacht das Luftschiff umhüllen, die nur den Schein des Mondes oder die bleichen Südlichter kennt. Es war aber die Zeit des Neumonds. Die Begleiter Roburs konnten also nicht sicher sein, daß sie überhaupt etwas von den Gebieten sehen würden, deren Geheimnisse der menschlichen Wißbegier bis jetzt verborgen sind.

Wahrscheinlich war die *Albatros* aber noch über einigen schon erkundeten Punkten westlich von Grahamsland, das Biscoe 1832 entdeckte, und dem 1838 von Dumont d'Urville entdeckten Louis-Philipp-Land, den äußersten Grenzen, die auf diesem unbekannten Kontinent erreicht wurden.

Dennoch hatte man an Bord unter der Temperatur kaum zu leiden, die durchaus nicht so niedrig war, daß man sie fürchten mußte. Der Orkan schien wie eine Art Golfstrom der Lüfte zu wirken und Wärme mit sich zu führen.

Welcher Jammer aber, daß tiefe Dunkelheit herrschte! Doch selbst wenn der Mond den Raum aufgehellt hätte, wären die Beobachtungsmöglichkeiten nur gering gewesen. Denn die Oberfläche des Polargebietes lag in dieser Jahreszeit unter einem dichten Mantel von Eis und Schnee. Selbst der weißliche Widerschein des Eises, jenes ›Blinken‹, fehlte am düsteren Horizont. Wie hätten die Luftschiffer unter diesen Umständen die Formen des Landes erkennen sollen, die Ausdehnung des Meeres, die Lage der Inseln? Wie die hydrographischen Verhältnisse oder auch nur die orographischen aufnehmen, da Hügelketten und Berge nicht von Eisbänken und Eisbergen zu unterscheiden waren?

Wenig vor Mitternacht leuchtete ein Australlicht auf, eine Himmelserscheinung, die sich mit ihren die Finsternis teilenden Strahlen darbot wie ein silbriger, über eine Hälfte des Himmels geöffneter Fächer. Seine letzten elektrischen Ausflüsse verloren sich im Kreuz des Südens, dessen vier Sterne im Zenit funkelten. Die Erscheinung war von unvergleichlicher Pracht, und die Helligkeit reichte aus, den Anblick der in ein überwältigendes Weiß getauchten Landschaft zu enthüllen.

Es versteht sich von selbst, daß die ständig abweichende Kompaßnadel in dieser Nähe zum magnetischen Südpol die eingeschlagene Richtung auch nicht mehr halbwegs genau anzugeben vermochte. Doch war in einem bestimmten Augenblick die Inklination so stark, daß Robur es für sicher halten durfte, den ungefähr auf dem

78. Breitengrad gelegenen magnetischen Pol zu überfliegen.

Und gegen ein Uhr morgens, als er den Winkel berechnete, den die Kompaßnadel mit der Scheitellinie bildete, brach er in den Ruf aus:

»Der Südpol liegt zu unseren Füßen!«

Eine weiße Kappe war zu sehen, doch was unter dem Eis verborgen lag, ließ sie nicht erkennen.

Das Südlicht verlöschte bald, und jener ideale Punkt, in dem sich alle Meridiane des Globus schneiden, bleibt noch immer zu erforschen.

Wenn Onkel Prudent und Phil Evans den Wunsch hegten, das Luftschiff und alle, die es durch den Raum trug, zugrunde gehen zu lassen, dann war die Gelegenheit in dieser geheimnisvollsten der Einöden gewiß günstig. Taten sie es nicht, so nur aus dem einen Grund, daß ihnen das Mittel noch fehlte, dessen ihr Vorhaben bedurfte.

Der Orkan raste weiter mit einer Wut, daß die *Albatros*, hätte ein Berg sich in ihre Flugbahn erhoben, zerschellt wäre wie ein strandendes Schiff.

Nicht nur, daß sie nicht mehr Herr ihrer horizontalen Fortbewegung war, auch die Höhe des Fluges war außer Kontrolle.

Auf antarktischem Boden liegen aber mehrere aufragende Gipfel. Ein Aufprall wäre jeden Augenblick möglich gewesen und hätte die Zerstörung des Apparates bewirkt.

Diese Katastrophe war um so mehr zu befürchten, als die Windrichtung nach Osten hin neigte und über den Null-Meridian ging. Zwei Lichtpunkte zeigten sich jetzt rund hundert Kilometer vor der *Albatros.*

Es waren die beiden Vulkane Erebus und Terror, die zu dem mächtigen orographischen System des Ross-Gebirges gehören.

War es der *Albatros* bestimmt, wie ein Riesenschmetterling in ihren Flammen zu verbrennen?

Es war eine Stunde voller Herzklopfen. Der eine der Vulkane, der Erebus, schien dem Luftschiff entgegenzustürzen, das aus der Bahn des Sturms noch immer nicht herauskommen konnte. Die Feuersäule wuchs zusehends. Ein flammender Vorhang versperrte den Weg. Starke Helligkeit erfüllte jetzt den Raum. Die auf der Plattform stehenden Männer boten in diesem unheimlichen Licht ein Bild wie aus der Hölle. Wortlos, reglos, starr harrten alle der schrecklichen Minute, in der das Feuer der infernalischen Glut über ihnen zusammenschlagen würde.

Aber der Orkan, dem die *Albatros* ausgeliefert war, bewahrte sie auch vor der entsetzlichen Katastrophe. Der Sturm schlug die gierigen Flammen des Erebus nieder. Das Luftschiff konnte passieren. Durch einen Lavaschauer hindurch, den die zentrifugale Wirkung der Hubschrauben glücklich abwies, brauste es über den voll ausgebrochenen Krater.

Eine Stunde später sanken die beiden gigantischen Fackeln, die die Grenzen der Erde während der langen Polarnacht erleuchten, unter den Horizont.

Um zwei Uhr morgens kamen sie an den Balleny-Inseln am Ende der Entdeckungsküste vorbei, ohne die Inselgruppe jedoch ausmachen zu können, da sie durch einen massiven Eismantel mit den antarktischen Landmassen verbunden war.

Als die *Albatros* dann wieder über den Polarkreis hinausgelangte, den sie unter dem 175. Meridian schnitt, trieb sie das Unwetter noch immer über Packeis und Eisberge hin, an denen zerschmettert zu werden sie hundertmal Gefahr lief. Sie war nicht mehr in der Hand des Steuermanns, sondern in Gottes Hand ... und Gott ist ein guter Lotse.

Das Luftschiff erreichte jetzt wieder den Meridian von Paris, der einen Winkel von 105 Grad mit jenem bildet, unter dem sie den Polarkreis überschritten hatten.

Jenseits des 60. Breitengrades stellten sich dann die ersten Anzeichen ein, daß der Sturm sich endlich legen werde. Seine Gewalt ließ merklich nach. Allmählich kam die *Albatros* wieder unter Kontrolle. Auch kehrte sie jetzt, und dies war eine wesentliche Erleichterung, in die hellen Regionen des Erdballs zurück. In der achten Morgenstunde wurde es wieder Tag.

Wie sie dem Zyklon bei Kap Hoorn entkommen waren, so hatten Robur und die Seinen auch

diesen Orkan überstanden. Über das ganze Polargebiet hinweg waren sie wieder zum Stillen Ozean verschlagen worden, nachdem sie in neunzehn Stunden 7000 Kilometer zurückgelegt hatten, das entspricht mehr als einer Meile pro Minute, einer

Geschwindigkeit also, die beinahe doppelt über dem Tempo lag, das die *Albatros* unter normalen Umständen durch die Kraft ihrer Propeller erreichen konnte.

Als Folge der Abirrung der Kompaßnadel in der Nähe des magnetischen Pols wußte Robur aber nicht mehr, wo er sich nun befand. Er mußte warten, bis die Sonne sich zeigen und günstige Umstände für eine Positionsbestimmung bringen würde. Unglücklicherweise bedeckten dichte Wolken an diesem Tag den Himmel, so daß die Sonne nicht zum Vorschein kam.

Dies war um so ärgerlicher, als die beiden Propellerschrauben durch das Unwetter leicht beschädigt worden waren.

Verdrossen über dieses Mißgeschick, konnte Robur den Tag über nur mit relativ mäßiger Geschwindigkeit fliegen. Über den Antipoden von Paris brachte er es gerade auf sechs Meilen die Stunde. Zudem mußte er Vorsicht üben, die Havarie nicht noch zu verschlimmern. Denn für den Fall, daß seine beiden Propeller ausfallen sollten, wäre das Luftschiff über den Weiten des Pazifischen Ozeans in eine sehr heikle Lage geraten. Also fragte sich der Ingenieur, ob er nicht aus Rücksicht auf eine sichere Fortsetzung der Reise die Ausbesserungen an Ort und Stelle vornehmen lassen solle.

Gegen sieben Uhr morgens wurde am folgenden Tag, dem 27. Juli, im Norden Land gemeldet.

Bald war zu erkennen, daß es sich um eine Insel handelte. Aber welche unter den Tausenden, mit denen der Pazifik übersät ist? Robur entschloß sich, hier zu halten, ohne jedoch zu landen. Der Tag mußte nach seiner Schätzung ausreichen, um die Havarie zu beheben, so daß die Fahrt am selben Abend würde fortgesetzt werden können.

Der Wind hatte sich völlig gelegt, was für die auszuführenden Arbeiten nur günstig sein konnte. Zum wenigsten würde die *Albatros* auf ihrer Position bleiben und nicht weiß Gott wohin abgetrieben werden.

Ein Anker an einem Tau von 150 Fuß Länge wurde über Bord geworfen. Als das Luftschiff sich dem Gestade näherte, schrammte der Anker die ersten Klippen, dann verhakte er sich fest zwischen zwei Felsen. Durch den Auftrieb der Hubschrauben spannte sich das Tau, und die *Albatros* verharrte unbeweglich wie ein vor der Küste ankerndes Schiff.

Es war die erste Berührung der Erde seit dem Abflug aus Philadelphia.

FÜNFZEHNTES KAPITEL

IN DEM DINGE GESCHEHEN, DIE DER MÜHE DES ERZÄHLENS ALLERDINGS WERT SIND

Als die *Albatros* in einiger Höhe herangeflogen war, hatte sich erkennen lassen, daß es sich um eine Insel von mittlerer Größe handelte. Aber auf welchem Breitengrad lag sie? Unter welchem Meridian machte Robur hier halt? Gehörte die Insel zum Pazifik, zu Australasien, zum Indischen Ozean? Solange der Ingenieur die Position nicht aufgenommen hatte, wußte man es nicht. Immerhin hatte er Grund zu der Annahme, daß er sich eher über pazifischen Gewässern befand, wenn er sich auch auf die Angaben des Kompasses nicht stützen konnte. Doch würde er Gewißheit haben, sobald sich nur die Sonne zeigen würde.

Die Insel, deren Küstenlänge gut fünfzehn Meilen betragen mochte, bot aus der Höhe von 150 Fuß das Bild eines dreizackigen Seesterns.

An der südöstlichen Spitze lag ein Inselchen mit einigen vorgelagerten Felsen. An der Küste gab es keine Ablagerungen der Flut, was die Ansicht Roburs über seinen Aufenthaltsort zu bestätigen schien, denn im Pazifik sind Ebbe und Flut beinahe gleich null.

An der Nordwestspitze erhob sich ein kegelförmiger Berg, dessen Höhe auf 1200 Fuß geschätzt werden konnte.

Eingeborene sah man nicht, aber möglicherweise

hielten sie sich im entgegengesetzten Küstenstrich auf. Auf jeden Fall hätten sie sich dann aus Schreck über den Anblick des Luftschiffs versteckt oder wären geflohen.

Die *Albatros* lag über der südöstlichen Spitze der Insel. Nicht weit entfernt ergoß sich zwischen Felsen ein Fluß in eine kleine Bucht. Jenseits der Bucht einige gewundene Täler mit vielfältigem Baumwuchs, mit Wild, Rebhühnern und Trappen in großer Zahl. Wenn die Insel unbewohnt war, erschien sie doch bewohnbar. Gewiß hätte Robur hier niedergehen können, und wenn er darauf verzichtete, dann sicherlich aus dem Grund, daß der äußerst unebene Boden ihm keinen günstigen Landeplatz zu bieten schien.

Auf den Weiterflug eingestellt, ließ der Ingenieur mit den Ausbesserungen gleich beginnen, die er im Verlauf des Tages zu bewältigen hoffte. Die Hubschrauben, denen der Sturm merklich die Arbeit erleichtert hatte, hatten im Wüten des Orkans bewundernswert funktioniert und befanden sich in gutem Zustand. Robur ließ jetzt die Hälfte von ihnen laufen, das reichte aus, um die Spannung des senkrecht über der Küste stehenden Taus zu sichern.

Aber die beiden Propeller hatten doch stärker gelitten, als Robur dachte. Er mußte die Flügel richten und das Triebgestänge, das sie rotieren ließ, überprüfen.

Unter der Anleitung Roburs und Tom Turners

reparierte die Mannschaft zuerst die Vorderschraube. Es war besser, mit dieser zu beginnen, für den Fall, daß die *Albatros* aus irgendeinem Grund zu einem vorzeitigen Aufbruch gezwungen sein sollte. Wenn schon nur mit einem Propeller, dann ließ sich leichter mit diesem gute Fahrt machen.

Onkel Prudent und sein Kollege hatten sich inzwischen im Heck niedergelassen, nachdem sie eine Weile über die Plattform spaziert waren.

Frycollin verhielt sich auffallend ruhig. Das war doch schon ein Unterschied, wenn man nur noch 150 Fuß über der Erde hing!

Die Arbeiten wurden nur für einen Augenblick unterbrochen, als es die Sonnenhöhe über dem Horizont zunächst gestattete, den Stundenwinkel festzustellen und während der Kulmination dann die genaue Südrichtung zu berechnen.

Das Resultat der mit größter Genauigkeit angestellten Aufnahme war:

Länge: 176° 17' östlich vom Null-Meridian.

Breite: 43° 37' südlich.

Dieser Punkt entsprach auf der Karte der Lage der Chathaminsel und der Viffinsel, deren Gruppe auch unter der allgemeinen Bezeichnung Broughtonarchipel bekannt ist. Diese Gruppe liegt fünfzehn Grad östlich von Te-Wahi-Punamu, der Südinsel Neuseelands im südlichen Pazifik.

»Ungefähr wie ich dachte«, sagte Robur zu Tom Turner.

»Demnach sind wir ...?«

»46 Grad südlich der Insel X, also 2800 Meilen von ihr entfernt.«

»Ein Grund mehr, unsere Propeller zu reparieren«, erwiderte der Maschinist. »Auf dieser Strecke könnten wir auf Gegenwind treffen und mit den geringen Vorräten, die uns noch bleiben, ist es wichtig, die Insel X so schnell wie möglich zu erreichen.«

»Ja, Tom, und ich hoffe doch, noch an diesem Abend aufbrechen zu können, auch wenn ich nur mit einer Schraube fliegen und die andere unterwegs reparieren müßte.«

»Master Robur«, fragte Tom Turner, »und unsere beiden Gentlemen mit ihrem Diener ...?«

»Tom Turner«, antwortete der Ingenieur, »hätten sie sich zu beklagen, wenn sie Kolonisten der Insel X würden?«

Aber welche Insel war diese Insel X? Ein verlorenes Eiland in der unermeßlichen Weite des Stillen Ozeans zwischen dem Äquator und dem Wendekreis des Krebses, eine Insel, die das algebraische Zeichen, mit dem Robur sie belegt hatte, zu Recht trug. Fernab aller interozeanischen Schiffahrtsrouten erhob sie sich aus der Wasserwüste um die Marquesasinseln. Dort hatte Robur seine kleine Kolonie gegründet, dort suchte die *Albatros* Zuflucht, wenn sie Rast brauchte nach ihrem Flug, dort versorgte sie sich mit allem Proviant, den sie für ihre ständigen Reisen benötigte. Auf dieser Insel X hatte Robur, der über bedeutende Ressourcen verfügte, eine Werft anlegen und sein Luftschiff bauen können. Dort konnte er es ausbessern, sogar nachbauen. Seine Magazine horteten Materialien, Naturalien, Vorräte aller Art, die für den Unterhalt von etwa fünfzig Leuten, den einzigen Bewohnern der Insel, aufgehäuft worden waren.

Als Robur vor einigen Tagen Kap Hoorn umflogen hatte, war seine Absicht wohl gewesen, die Insel X quer über den Pazifik anzufliegen. Aber der Zyklon hatte die *Albatros* in seinen Wirbel hineingerissen. Danach hatte der Orkan das Luftschiff in südlichere Regionen verschlagen. Letzten Endes hatte es seine frühere Richtung ungefähr wiedergewonnen, und ohne die Propellerschäden wäre die Verzögerung ganz bedeutungslos gewesen.

Sie wollten also die Insel X erreichen. Aber es stand ihnen, wie Tom Turner gesagt hatte, noch ein langer Flug bevor. Widrige Winde waren zu gewärtigen. Die *Albatros* hätte ihre volle mechanische Kraft gut gebrauchen können, um ihren Bestimmungsort rechtzeitig zu erreichen. Mit durchschnittlicher Geschwindigkeit und bei normalem Wetter mußte die Strecke in drei oder vier Tagen zu schaffen sein.

Aus diesen Gründen hatte sich Robur entschlossen, über der Chathaminsel zu halten. Die Umstände waren dort für ihn günstig, um wenigstens

die Vorderschraube zu reparieren. Auch für den Fall, daß Gegenwind aufkommen sollte, fürchtete er nicht mehr, nach Süden abgetrieben zu werden, wenn er nach Norden wollte. Die Reparatur würde bei Anbruch der Nacht beendet sein und der

Anker eingeholt werden. Sollte er zu fest in den Felsen sitzen, würde der Ingenieur, der Einfachheit halber und um Zeitverlust zu vermeiden, das Tau kappen lassen und seinen Flug in Richtung Äquator fortsetzen.

Die Mannschaft wußte, daß keine Zeit zu verlieren war, und machte sich resolut ans Werk.

Während die ganze Besatzung im Bug des Luftschiffes arbeitete, führten Onkel Prudent und Phil Evans eine Unterhaltung, deren Folgen von außerordentlicher Tragweite sein sollten.

»Phil Evans«, sagte Onkel Prudent, »Sie sind also gleich mir entschlossen, Ihr Leben zu opfern?«

»Jawohl, ganz wie Sie!«

»Ein letztes Mal, uns ist doch klar, daß wir von diesem Robur nichts mehr zu erwarten haben?«

»Nicht das geringste.«

»Wohlan denn, Phil Evans, mein Entschluß ist gefaßt. Da die *Albatros* noch an diesem Abend aufbrechen soll, wird die Nacht nicht vorübergehen, ohne daß wir unseren Plan ausgeführt haben. Diesem Vogel des Ingenieurs Robur werden wir die Flügel stutzen! Heute nacht wird er in die Luft fliegen!«

»Und wie er in die Luft fliegen wird!«

Man sieht, die beiden Kollegen waren in allen Punkten einig, selbst darin, den grausamen Tod, der sie erwartete, stoisch hinzunehmen.

»Sind Sie im Besitz der notwendigen Mittel?« fragte Phil Evans.

»Bin ich! Als Robur und seine Leute sich in der letzten Nacht um nichts als ihr Luftschiff kümmerten, konnte ich mich in die Waffenkammer schleichen und eine Dynamitkartusche an mich bringen!«

»Onkel Prudent, ans Werk!«

»Nein, erst heute abend! Wenn es Nacht geworden ist, begeben wir uns in unsere Kabine, und Sie werden wachen, daß man mich nicht überrumpelt!«

Gegen sechs Uhr aßen die beiden Kollegen wie gewöhnlich zu Nacht. Zwei Stunden später waren sie in ihre Kabine zurückgekehrt, mit der Miene von Leuten, die eine tüchtige Mütze Schlaf nehmen wollen.

Weder Robur noch einer seiner Leute konnte ahnen, von welcher Katastrophe die *Albatros* bedroht war.

Onkel Prudent gedachte folgendermaßen vorzugehen:

Wie er erzählt hatte, war es ihm gelungen, in das Abteil im Bauch des Luftschiffes einzudringen, das als Waffenkammer diente. Dort hatte er sich einer gewissen Menge Pulvers bemächtigt und einer ähnlichen Kartusche, wie sie der Ingenieur in Dahomey eingesetzt hatte. Wieder in seiner Kabine, hatte er die Kartusche sorgfältig versteckt, mit der er die *Albatros* in der Nacht zu sprengen beabsichtigte, wenn sie den Flug durch die Lüfte wieder aufgenommen haben würde.

Phil Evans untersuchte gerade den Sprengkörper, der von seinem Gefährten versteckt worden war.

Es handelte sich um eine Hülse, deren Metallmantel annähernd ein Kilogramm Sprengstoff barg, eine Menge, die ausreichen mußte, um das Luftschiff zu Bruch gehen zu lassen und sein Schraubensystem zu zerstören. Wenn die Explosion das Luftschiff auch nicht auf einen Schlag vernichten würde, so würde doch der Absturz das Werk vollenden. Nichts war einfacher, als die Kartusche in einer Ecke der Kabine zu deponieren, so daß die Plattform bersten und der Rumpf bis auf sein Gerippe zersplittern mußte.

Um die Kartusche aber krepieren zu lassen, mußte ihre Fulminatzündung zur Explosion gebracht werden. Dies war der heikelste Teil der Operation, denn die Zündung mußte mit äußerster Präzision zu einem genau kalkulierten Zeitpunkt erfolgen.

Onkel Prudent hatte folgendes bedacht: Sobald der Bugpropeller repariert war, würde das Luftschiff seinen Flug gen Norden wieder aufnehmen; aber es war nur wahrscheinlich, daß Robur und seine Leute sich danach an die Instandsetzung des Heckpropellers machen würden. Die Anwesenheit der gesamten Mannschaft in der Nähe der Kabine hätte sich nun für Onkel Prudents Vorhaben als hinderlich herausstellen können. Deswegen hatte er vor, sich einer Zündschnur zu bedienen, um die

Explosion auch wirklich in dem vorgesehenen Augenblick erfolgen zu lassen.

Zu Phil Evans sagte er:

»Außer der Kartusche habe ich auch Pulver an mich gebracht. Mit Hilfe des Pulvers stelle ich eine Lunte her, deren Länge auf die gewünschte Brenndauer berechnet ist und die ich in die Zündung einbaue. Ich werde die Lunte um Mitternacht in Brand setzen, so daß die Explosion zwischen drei und vier Uhr morgens stattfindet.«

»Wohl geplant!« äußerte Phil Evans.

Eisigen Sinnes waren die beiden Kollegen nunmehr dabei, die Vernichtung zu organisieren, die sie selbst das Leben kosten mußte. So unbändiger Haß auf Robur und die Seinen hatte sich in ihnen aufgestaut, daß es ihnen nichts bedeutete, das eigene Leben zu opfern, um mit der *Albatros* alle auszulöschen, die sie durch die Lüfte trug. War die Tat auch sinnlos, ruchlos gar – sei's drum! Es stand nun einmal so um sie nach fünf Wochen voller Zorn, dem sie nicht hatten Luft machen können, voller Wut, die zur Ohnmacht verurteilt war!

»Und Frycollin?« sagte Phil Evans. »Haben wir das Recht, über sein Leben zu verfügen?«

»Wir opfern auch das unsere!« erwiderte Onkel Prudent.

Es ist fraglich, ob Frycollin diese Logik überzeugend gefunden hätte.

Onkel Prudent machte sich unverzüglich an die

Arbeit, während Phil Evans vor der Kabinentür wachte.

Die Mannschaft war noch immer im Bug beschäftigt. Es stand nicht zu befürchten, daß Onkel Prudent überrascht werden würde.

Er begann damit, eine kleine Menge Pulver zu Pulverstaub zu zermahlen. Diesen feuchtete er leicht an und wickelte ihn dann in ein Tuch, das er zur Lunte drehte. Er zündete sie an und beobachtete, daß sich der Brand in zehn Minuten um fünf Zentimeter vorarbeitete, einen Meter mithin in annähernd dreieinhalb Stunden. Er löschte die Lunte wieder, rollte sie zu einer Spirale zusammen, die er fest mit Bindfaden umschnürte und mit der Zündkapsel der Kartusche verband.

Die Arbeit war gegen zehn Uhr abends beendet, ohne daß der geringste Verdacht erregt worden wäre. Phil Evans konnte seinem Kollegen nun wieder in der Kabine Gesellschaft leisten.

Die Ausbesserungsarbeiten an der vorderen Schraube waren den ganzen Tag über angestrengt vorangetrieben worden. Man hatte sie an Bord holen müssen, um die verbogenen Flügel abnehmen zu können.

Hingegen hatten weder die Batterien und Akkumulatoren noch sonst ein Teil im System, das die mechanische Kraft der *Albatros* produzierte, unter der Gewalt der Zyklone gelitten. Die Verpflegung reichte noch für vier oder fünf Tage.

Als die Nacht kam, unterbrachen Robur und

seine Männer ihre Arbeit. Der demontierte Bugpropeller lag noch auf der Plattform. Drei Stunden Arbeit waren noch notwendig, bevor er wieder funktionieren würde. Nachdem sich der Ingenieur mit Tom Turner beredet hatte, entschied er, der abgekämpften Mannschaft eine Ruhepause zu geben und die restlichen Arbeiten am folgenden Morgen zu erledigen, da das Licht ohnehin nicht mehr ausreichte, um den Propeller zu justieren, und die Scheinwerfer für diesen äußerst komplizierten Vorgang nicht genug Helligkeit lieferten.

Von dieser Anordnung hatten Onkel Prudent und Phil Evans keine Ahnung. Nach allem, was sie Robur hatten reden hören, mußten sie annehmen, daß die Reparatur des Bugpropellers vor Einbruch der Nacht beendet sein sollte und die *Albatros* dann sofort nach Norden weiterfliegen würde. Sie glaubten also, sie habe die Insel hinter sich gelassen, während sie in Wahrheit dort noch ankerte. Durch diesen Umstand sollten die Dinge eine Wendung nehmen, die sie sich nicht hatten träumen lassen.

Finster die Nacht und kein Mond. Dichte Wolken sorgten für tiefste Dunkelheit. Man spürte schon eine leichte Brise aufkommen. Ein schwaches Wehen kam aus Südwest, ohne die *Albatros* jedoch zu bewegen. Reglos stand sie über ihrem Anker, dessen vertikal gespanntes Tau sie mit dem Boden verband.

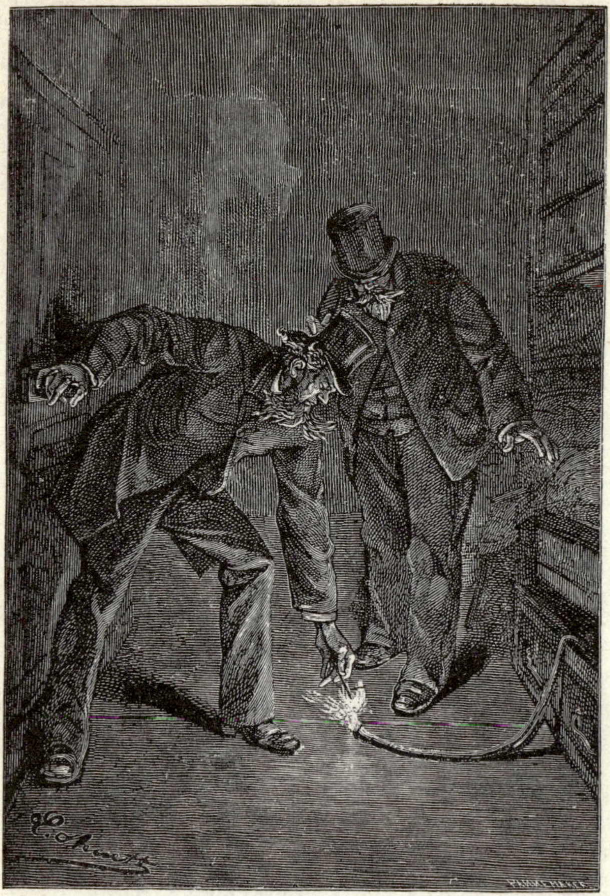

Onkel Prudent und sein Kollege saßen in ihrer Kabine und wechselten kaum ein Wort. Sie lauschten dem Schwirren der Hubschrauben, das jeden anderen Laut an Bord überdeckte, und warteten auf den Augenblick zum Handeln.

Mitternacht kam heran.

»Es ist Zeit!« sagte Onkel Prudent.

Unter den Liegen in der Kabine befand sich eine Truhe, die wie eine Schublade zu öffnen war. In diese Truhe legte Onkel Prudent die Dynamitkartusche mit der angeschlossenen Lunte. Dort konnte die Zündschnur abbrennen, ohne sich durch Geruch oder Knistern zu verraten. Onkel Prudent zündete ihr Ende an. Dann schob er die Truhe wieder unter die Liege.

»Jetzt zum Heck«, sagte er, »dort wollen wir warten!«

Beide verließen die Kabine und waren zuerst erstaunt, den Steuermann nicht an seinem üblichen Platz zu sehen.

Phil Evans beugte sich über die Reling.

»Die *Albatros* liegt noch immer an derselben Stelle!« sagte er mit gedämpfter Stimme. »Die Arbeiten sind nicht fertig geworden. Sie konnte nicht abfliegen!«

Onkel Prudent machte eine Geste der Enttäuschung.

»Dann muß die Lunte wieder gelöscht werden«, sagte er.

»Aber nein!« erwiderte Phil Evans. »Wir werden uns retten!«

»Uns retten?«

»Ja! Wir lassen uns am Ankertau hinunter. Schließlich ist es Nacht, und die einhundertfünfzig Fuß, das ist nichts!«

»Wahrhaftig, Phil Evans, und wir wären verrückt, wenn wir diese unverhoffte Chance nicht nutzen würden!«

Zuvor aber kehrten sie in ihre Kabine zurück und nahmen an sich, was sie forttragen konnten, da sie ja einem mehr oder minder langen Aufenthalt auf der Chathaminsel entgegensahen. Dann schlossen sie wieder die Tür und schlichen geräuschlos nach vorn.

Sie wollten Frycollin wecken und ihn zwingen, mit ihnen die Flucht zu ergreifen.

Tiefe Finsternis herrschte. Die Wolken zogen immer schleuniger aus Südwesten heran. Schon schlingerte das Luftschiff ein wenig über seinem Anker, und das Haltetau wich leicht aus der Vertikalen ab. Der Abstieg würde also etwas schwieriger werden. Aber das konnte Männer nicht schrecken, die zuvor nicht gezögert hatten, mit ihrem Leben zu spielen.

Sie schlüpften über die Plattform und verhielten nur manchmal hinter den Kabinen, um zu horchen, ob sich irgendwo etwas rege. Vollkommene Stille überall. Kein Lichtschimmer hinter den Bullaugen. Es war nicht nur ruhig, das Luftschiff lag in tiefem Schlaf.

Onkel Prudent und sein Kollege waren bis zu Frycollins Kabine vorgedrungen, als Phil Evans stehenblieb.

»Die Wache!« flüsterte er.

Neben der Kabine ruhte tatsächlich ein Mann.

Wenn er schlief, dann nur leicht. Hätte er Alarm gegeben, dann wäre an Flucht nicht mehr zu denken gewesen.

An dieser Stelle lagen noch ein paar Stricke, Segelzeug und Werg von den Ausbesserungsarbeiten an der Schraube umher.

Im Nu war der Mann gewickelt und geknebelt und an einen Pfosten der Reling gebunden, so daß ihm keine Möglichkeit blieb, zu schreien oder sich zu rühren.

Beinahe lautlos war das gelungen.

Onkel Prudent und Phil Evans lauschten. Im Inneren der Kabinen blieb alles ganz still. Niemand an Bord war im Schlaf gestört worden.

Die beiden Flüchtlinge – kann man ihnen schon diesen Namen geben? – erreichten die Kabine, die Frycollin bewohnte. François Tapage[1] schnarchte, daß es seinem Namen Ehre machte – ein beruhigendes Geräusch.

Zu seiner großen Verwunderung brauchte Onkel Prudent Frycollins Tür nicht aufzumachen. Sie stand offen. Er ging halb hinein, kehrte um und sagte:

»Nicht da!«

»Nicht da ... wo kann er sein?« murmelte Phil Evans.

Beide krochen zum Bug, in der Meinung, Frycollin schliefe vielleicht in irgendeiner Ecke.

[1] tapage (franz.) = Lärm, Gepolter, Radau

Dort war er auch nicht.

»Ist der Schuft etwa schneller gewesen als wir?« sagte Onkel Prudent.

»Vielleicht, vielleicht auch nicht«, sagte Phil Evans, »wir können nicht länger warten. Los!«

Ohne zu zögern, ergriffen die Flüchtlinge nacheinander mit beiden Händen das Tau, klemmten es zwischen die Füße und ließen sich dann hinuntergleiten. Heil und gesund kamen sie auf dem Boden an.

Welch eine Lust für sie, wieder auf dem Erdboden zu stehen, den sie so lange entbehrt hatten, auf festem Grund zu gehen, endlich nicht mehr Spielball der Luft zu sein!

Sie machten sich eben auf, dem Lauf des Flüßchens folgend, das Innere der Insel zu erreichen, als sich plötzlich ein Schatten vor ihnen erhob.

Es war Frycollin.

Ja, der Neger hatte dieselbe Idee gehabt, die seinem Herrn gekommen war, und auch die Verwegenheit besessen, es seinem Herrn zuvorzutun, ohne ihn zu verständigen.

Aber jetzt war nicht die rechte Zeit, mit Frycollin zu zanken, denn Onkel Prudent war darauf aus, an entlegener Stelle der Insel ein Versteck zu suchen. Da hielt Phil Evans an.

»Onkel Prudent, hören Sie«, sagte er. »Wir haben uns jetzt aus der Gewalt dieses Robur befreit. Ein schrecklicher Tod wartet auf ihn und seine Gefährten. Allerdings hat er ihn verdient! Aber wenn er bei seiner Ehre jedem Versuch abschwüre, uns wieder zu fangen ...«

»Eines solchen Menschen Ehre ...«

Onkel Prudent kam nicht dazu auszureden. An Bord der *Albatros* war eine Bewegung entstanden.

Offensichtlich wurde Alarm gegeben, der Ausbruch mußte jeden Augenblick entdeckt werden.

Jemand rief: »Zu Hilfe! Zu Hilfe!«

Das war der Wachtposten, dem es gelungen war, seinen Knebel loszuwerden. Hastige Schritte hallten über die Plattform. Augenblicklich erhellten die Scheinwerfer das Land in einem weiten Umkreis.

»Da sind sie! Da sind sie!« schrie Tom Turner.

Die Flüchtlinge waren entdeckt.

Mit starker Stimme erteilte Robur einen Befehl, sogleich verlangsamten sich die Hubschrauben, das Tau wurde mit aller Kraft eingeholt, und dadurch begann die *Albatros,* sich dem Boden zu nähern.

Da ließ sich scharf die Stimme des Sekretärs vernehmen:

»Ingenieur Robur«, rief er hinauf, »erklären Sie bei Ihrer Ehre, uns auf dieser Insel freizulassen?«

»Niemals!« rief Robur zurück.

Dieser Antwort folgte ein Schuß, der die Schulter von Phil Evans streifte.

»Diese Lumpen!« schrie Onkel Prudent.

Mit dem Messer in der Hand stürzte er auf die Felsen zu, zwischen denen der Anker festgehakt saß. Das Luftschiff war nur noch fünfzig Fuß vom Boden entfernt...

Es dauerte kaum Sekunden, bis das Tau zerschnitten war, und die Brise, die merklich steifer geworden war, faßte die *Albatros* von der Seite und stieß sie nach Nordosten aufs Meer hinaus.

SECHZEHNTES KAPITEL

DAS DEN LESER IN EINER VIELLEICHT BEDAUERLICHEN UNGEWISSHEIT LÄSST

Jetzt war Mitternacht. Vom Luftschiff herab waren noch fünf oder sechs Schüsse gefallen. Phil Evans stützend, hatten Onkel Prudent und Frycollin sich hinter die Felsen geflüchtet. Die Schüsse hatten nicht getroffen. Für den Augenblick hatten sie nichts zu fürchten.

Während die *Albatros* sich von der Chathaminsel entfernte, wurde sie zugleich auf eine Höhe von 900 Metern emporgetragen. Um nicht ins Meer zu geraten, hatte sie ihre ganze Auftriebskraft entfalten müssen.

Kaum daß der Wachtposten sich von seinem Knebel freigemacht und den ersten Schrei ausgestoßen hatte, waren Robur und Tom Turner auch schon zur Stelle gewesen, hatten ihm die Fesseln abgenommen und den Mann aus dem Segeltuch gewickelt, in das er eingemummt war. Dann war der Maschinist in die Kabine von Onkel Prudent und Phil Evans gestürzt und hatte sie leer gefunden.

François Tapage hatte die Kabine Frycollins untersucht und ebenfalls niemanden gefunden.

Als Robur feststellen mußte, daß seine Gefangenen entkommen waren, ließ er sich zu einem heftigen Zornausbruch hinreißen. Eine Flucht von Onkel Prudent und Phil Evans hätte sein Geheimnis, hätte seine Existenz aller Welt entdeckt. Über die Botschaft, die Onkel Prudent während der Überquerung Europas abgeworfen hatte, hatte Robur sich nicht sonderlich beunruhigt, da doch alle Möglichkeiten bestanden, daß sie verlorengegangen war ... Aber jetzt!

Dann hatte er sich gefaßt:

»Sie sind also entflohen, meinetwegen«, sagte er. »Da sie doch Tage brauchen, um die Chathaminsel verlassen zu können, werde ich zurückkommen! Ich werde sie suchen und fangen! Und dann werden wir sehen ...«

In der Tat konnten die drei Flüchtlinge sich noch längst nicht in Sicherheit wähnen. Wenn die *Albatros* wieder voll manövrierfähig war, würde sie sofort zur Chathaminsel zurückkehren, von der die Flüchtlinge ihrerseits so bald nicht würden fortkommen können. Keine zwölf Stunden, und der Ingenieur hätte sie wieder in seine Gewalt gebracht.

Keine zwölf Stunden! Aber vor Ablauf von zwei Stunden würde die *Albatros* doch zerstört sein! Diese Dynamitkartusche, war sie nicht wie ein in die Flanke gebohrter Torpedo, der das Zerstörungswerk hoch in der Luft vollenden würde?

Der Wind hatte sich inzwischen verstärkt, und das Luftschiff war noch weiter nach Nordosten abgekommen. Obwohl seine Geschwindigkeit gering war, mußte es doch bei Sonnenaufgang die Chathaminsel aus der Sicht verloren haben.

Um gegen den Wind aufzukommen, hätten die Propeller oder doch wenigstens der vordere funktionieren müssen.

»Tom«, sagte der Ingenieur, »dreh die Scheinwerfer voll auf.«

»Jawohl, Master Robur.«

»Und alle Mann an die Arbeit!«

»Alle!« wiederholte der Maschinist.

Es konnte nicht mehr die Rede davon sein, die Arbeit auf den nächsten Morgen zu verschieben. Müdigkeit stand jetzt nicht zur Debatte! Kein Mann auf der *Albatros*, der nicht den Ingrimm seines Chefs geteilt hätte! Keiner, der nicht zu allem bereit war, um die Entflohenen wieder zu ergreifen! Sobald die Vorderschraube wieder montiert war, würden sie zur Chathaminsel zurückfliegen, neuerlich ankern und auf Gefangenenjagd gehen. Dann wären nur noch die Arbeiten an der Heckschraube vorzunehmen, und danach würde das Luftschiff seine Rückreise über den Pazifik zur Insel X in aller Sicherheit fortsetzen können.

Es war jedoch wichtig, daß die *Albatros* nicht zu weit nach Nordosten fortgetragen wurde. Denn der Wind nahm immer noch zu, und dieser widrige Umstand erlaubte es dem Luftschiff nicht, umzukehren oder auch nur seine Position zu halten. Seiner Propeller beraubt, war es wie ein unlenkbarer Ballon. Die am Strand stehenden Flüchtlinge hatten zu dem Schluß kommen müssen, daß die *Albatros* vor dem Zeitpunkt, an dem die Explosion sie zerfetzen sollte, verschwunden sein würde.

Diese Lage der Dinge mußte Robur einige Sorgen bereiten, wenn er an seine weiteren Pläne dachte. Hatte er nicht spürbare Verzögerungen hinzunehmen, um zur Chathaminsel zurückzugelangen? Während die Reparaturen kräftig vorangebracht wurden, faßte er den Entschluß, tiefer zu gehen, da er in den unteren Luftschichten auf günstigere Strömungen zu treffen hoffte. Mochte es der *Albatros* vielleicht gelingen, sich bei geringerer Höhe ungefähr auf der Stelle zu halten, bis sie wieder über genug mechanische Kraft verfügte, um über den Wind zu triumphieren?

Das Manöver wurde umgehend ausgeführt. Wäre jetzt ein Schiff diesem von elektrischem Licht überfluteten Apparat begegnet, die Seeleute wären von Entsetzen gepackt worden.

Als die *Albatros* nur noch einige hundert Fuß über den Wellen war, ließ Robur stoppen.

Zu seinem Verdruß mußte Robur jedoch feststellen, daß der Wind in dieser unteren Luftschicht noch stärker ging und sein Luftschiff mit größerer Geschwindigkeit abgetrieben wurde. Er lief also Gefahr, sehr weit nach Nordosten abzukommen und einen noch weiteren Rückweg zur Chathaminsel zu haben.

Nach diesem Versuch stand fest, daß es für die *Albatros* vorteilhafter war, sich in den hohen Zonen aufzuhalten, in denen die atmosphärischen

Verhältnisse ausgeglichener waren. So stieg sie denn wieder zu einer Höhe von durchschnittlich 3000 Meter auf. Zwar konnte sie sich dort auch nicht halten, wurde aber wenigstens langsamer abgetrieben. Der Ingenieur durfte also hoffen, bei Tagesanbruch, zumal aus dieser Höhe, noch Sicht auf die Gewässer um die Insel zu haben, deren Lage er übrigens mit großer Genauigkeit aufgenommen hatte.

An die Frage, ob die Flüchtlinge, für den Fall, daß die Insel bewohnt sein sollte, bei Eingeborenen freundliche Aufnahme gefunden haben könnten, verschwendete Robur keinen Gedanken. Es war ihm gleichgültig, daß Eingeborene ihnen Unterstützung gewähren könnten. Die Angriffswaffen, über die die *Albatros* gebot, hätten die Eingeborenen sogleich in Schrecken versetzt und auseinandergetrieben. Die Gefangennahme der Flüchtlinge konnte Robur also vor kein Problem stellen, und einmal gefangengenommen ...

»Von der Insel X gibt es kein Entkommen!« sagte Robur.

Eine Stunde nach Mitternacht war die Reparatur des Bugpropellers beendet. Jetzt war nur noch die Montage zu erledigen, die eine weitere Stunde Arbeit in Anspruch nehmen würde. Danach würde der Ingenieur auf Südwestkurs gehen und während des Rückflugs den Heckpropeller auseinandernehmen lassen.

Aber die Zündschnur in der verlassenen Kabine

brannte! Mehr als ein Drittel ihrer Länge war schon verschmort! Der Zündfunke fraß sich an die Dynamitkartusche heran!

Wäre die Mannschaft nicht so konzentriert bei der Arbeit gewesen, hätte vielleicht einer das leise Knistern gehört, das jetzt doch aus der Kabine drang. Vielleicht wäre ihm auch der Geruch verbrannten Pulvers in die Nase gekommen. Er wäre stutzig geworden und hätte den Ingenieur oder Tom Turner benachrichtigt. Man hätte gesucht und die Höllenmaschine in der Truhe entdeckt ... Noch wäre Zeit gewesen, diese herrliche *Albatros* zu retten und alle, die sie trug!

Aber die Männer waren im Bug beschäftigt, zwanzig Meter also von der Kabine der Flüchtlinge entfernt. Keine andere Aufgabe berief sie von dort ab, und nichts konnte sie von der Arbeit ablenken, die ihre ganze Aufmerksamkeit erforderte.

Auch Robur hielt sich im Bug auf und legte, tüchtiger Mechaniker, der er war, selbst mit Hand an. Er trieb zur Eile an, achtete aber zugleich auf größte Sorgfältigkeit. Denn er mußte wieder vollkommen Herr seines Apparates werden. Wenn es ihm nicht gelang, der Entflohenen wieder habhaft zu werden, dann würden sie am Ende auch den Weg in ihre Heimat finden. Man würde Untersuchungen in Gang bringen. Vielleicht wäre sogar die Insel X vor Nachforschungen nicht mehr sicher. Und das wäre das Ende der Existenz, die die Männer der *Albatros* sich geschaffen hatten – einer übermenschlichen, einer erhabenen Existenz![1]

Tom Turner – die Uhr zeigte auf Viertel nach eins – trat an den Ingenieur heran.

»Master Robur«, sagte er, »ich habe den Eindruck, daß der Wind allmählich abflaut und sich nach Westen wenden will.«

»Was zeigt das Barometer an?« fragte Robur nach einem Blick zum Himmel.

»Es ist beinahe beständig«, antwortete der Maschinist. »Doch kommt es mir vor, als ob die Wolken unter der *Albatros* tiefer hingen.«

»Stimmt, Tom Turner, und deshalb ist es nicht unwahrscheinlich, daß es über dem Meer regnet. Aber das macht nichts, wenn wir über der Regenzone bleiben. Wir werden in unserer Arbeit nicht behindert sein.«

»Wenn Regen fällt«, sagte Tom Turner, »dann wohl nur leicht, jedenfalls läßt die Wolkenform darauf schließen, und wahrscheinlich legt sich weiter unten der Wind bald ganz.«

»Sicherlich«, erwiderte Robur, »dennoch scheint es mir geraten, noch nicht tiefer zu gehen. Führen wir unsere Reparaturen zu Ende, dann können wir wieder frei manövrieren. Davon hängt alles ab.«

Ein paar Minuten nach zwei war der erste Teil der Arbeit fertig. Die Vorderschraube saß wieder an ihrer Stelle, die Batterien, die sie trieben, traten

[1] existence surhumaine, sublime!

in Tätigkeit. Die Rotation steigerte sich allmählich, die *Albatros* drehte auf Südwest und flog mit mittlerer Geschwindigkeit in Richtung Chathaminsel zurück.

»Tom«, sagte Robur, »wir sind ungefähr zwei und eine halbe Stunde lang nach Nordosten abgetrieben worden. Durch Beobachtung des Kompasses habe ich mich vergewissert, daß sich der Wind nicht gedreht hat. Ich schätze also, daß wir in höchstens einer Stunde wieder vor der Insel sein können.«

»Das glaube ich auch«, antwortete der Maschinist, »denn wir kommen in einem Tempo von zwölf Metern pro Sekunde voran. Zwischen drei und vier Uhr morgens wird die *Albatros* ihren Ausgangspunkt wieder erreicht haben.«

»Um so besser, Tom!« erwiderte der Ingenieur. »Es ist uns daran gelegen, bei Nacht anzukommen und zu landen, ohne gesehen zu werden. Die Flüchtlinge wähnen uns weit im Norden und werden nicht sonderlich auf der Hut sein. Wenn die *Albatros* dicht über der Erde ist, werden wir versuchen, sie hinter hohen Felsen zu verbergen. Sollten wir dann genötigt sein, einige Tage auf Chatham zu verbringen ...«

»Dann verbringen wir sie dort, Master Robur, und sollten wir gegen eine Eingeborenenstreitmacht kämpfen müssen ...«

»Dann werden wir kämpfen, Tom, wir kämpfen für unsere *Albatros*!«

Der Ingenieur wandte sich jetzt an seine Leute, die auf neue Befehle warteten.

»Meine Freunde«, sagte er, »noch haben wir keine Zeit zum Ausruhen. Wir müssen bis Tagesanbruch arbeiten.«

Alle waren bereit.

An dem hinteren Propeller war nun dieselbe Havarie zu beheben wie an dem vorderen. Der Schaden war derselbe, weil die Ursache dieselbe gewesen war, die Gewalt des Orkans bei der Überquerung des antarktischen Kontinents.

Um die Schraube abzunehmen, war es besser, den Flug für einige Minuten zu stoppen und das Luftschiff sogar zurücksetzen zu lassen. Der Hilfsmechaniker führte dieses Manöver auf Befehl Roburs aus, indem er die Vorderschraube rückläufig rotieren ließ. Robur ließ ›backbrassen‹, wenn es erlaubt ist, diesen seemännischen Ausdruck anzuwenden.

Alle schickten sich an, ins Heck zu gehen, als Tom Turner sich über einen sonderbaren Geruch wunderte.

Der Qualm der Zündschnur, der sich in der Truhe angestaut hatte, drang jetzt aus der Kabine der Entwichenen.

»Nanu?« sagte der Maschinist.

»Was ist?« fragte Robur.

»Merken Sie nichts? Es riecht nach verbranntem Pulver.«

»Wahrhaftig, Tom!«

»Und der Geruch kommt aus der hinteren Kabine!«

»Ja, direkt aus der Kabine...«

»Sollten die Kerle etwa Feuer gelegt haben?«

»Wenn nicht Schlimmeres!« rief Robur. »Schlag die Tür ein, Tom, sofort!«

Aber der Maschinist hatte kaum einen Schritt vorwärts gemacht, als eine furchtbare Explosion die *Albatros* erschütterte. Die Kabinen wurden zerfetzt. Die Scheinwerfer erloschen, denn der elektrische Strom setzte augenblicklich aus, und völlige Finsternis herrschte. Die meisten Hubschrauben waren verbogen oder zerbrochen und außer Betrieb, nur im Bug liefen einige noch.

Unmittelbar hinter dem ersten Aufbau, dessen Akkumulatoren den Bugpropeller noch antrieben, brach plötzlich der Rumpf des Luftschiffes auseinander, und der hintere Teil des Decks sackte in den Raum.

Nahezu gleichzeitig liefen die letzten Hubschrauben aus. Die *Albatros* stürzte in den Abgrund.

Ein Sturz von 3000 Metern für die acht Männer, die sich wie Schiffbrüchige an Wrackteile klammerten!

Beschleunigt wurde dieser Sturz noch dadurch, daß der in die Vertikale gekippte Bugpropeller immer noch arbeitete!

Da wand sich Robur, mit einer Geistesgegenwart, die nur aus äußerster Kaltblütigkeit er-

wächst, bis zu dem halbzerstörten Aufbau vor, riß den Bedienungshebel herum und änderte die Drehrichtung der Schraube, so daß sie bremste.

Verhindert wurde der Sturz dadurch zwar nicht, aber doch ein wenig verlangsamt; wenigstens fiel das Wrack nicht mit der wachsenden Geschwindigkeit von Körpern, die den Wirkungen der Schwerkraft preisgegeben sind. War den Männern der *Albatros* auch der Tod bestimmt, da sie ja ins Meer stürzten, so erlitten sie doch nicht den Erstickungstod in einer Luft, die sich wegen der Geschwindigkeit des Falls nicht mehr hätte atmen lassen.

Achtzig Sekunden nach der Explosion war alles, was von der *Albatros* geblieben war, in die Fluten des Meeres eingetaucht.

SIEBZEHNTES KAPITEL

DAS ZWEI MONATE ZURÜCKSPRINGT UND NEUN MONATE VORAUSEILT

Wochen zuvor war es am 13. Juni, dem Tag nach der Sitzung im Weldon-Institut, auf der so stürmische Diskussionen ausgebrochen waren, in allen Klassen der Bevölkerung Philadelphias, der schwarzen sowohl wie der weißen, zu einer Erregung gekommen, die leicht zu konstatieren war, aber schwer zu beschreiben ist.

Schon in den frühen Vormittagsstunden drehten sich alle Gespräche nur um den verblüffenden und skandalösen Zwischenfall des vorigen Abends. Ein Eindringling, der sich als Ingenieur ausgab, ein Ingenieur, der angeblich den unglaublichen Namen Robur – Robur der Eroberer! – führte, eine Person von anonymer Herkunft und unbekannter Nationalität war unverhofft im Sitzungssaal aufgetaucht, hatte die Ballonschiffer geschmäht, die Lenker von Aerostaten beleidigt, Apparate schwerer als Luft wunder wie gepriesen, in einem ungeheuren Tumult Hohngelächter angestimmt und Drohungen provoziert, die er seinen Widersachern ins Gesicht zurückschleuderte. Als er schließlich das Rednerpult räumte, hatte der Mensch Revolver knallen lassen und war verschwunden. Allen Nachforschungen zum Trotz hatte er nichts mehr von sich hören lassen.

Das war allerdings genug, um die Mäuler zu beschäftigen und die Phantasie gehörig anzuregen. So etwas hatte Philadelphia noch nicht gesehen, ebenso wenig wie die 36 anderen Staaten der Union und die Alte Welt genaugenommen auch nicht.

Aber welche Exaltation gab es erst, als am Abend dieses 13. Juni herauskam, daß weder der Präsident noch der Sekretär des Weldon-Instituts in ihr Heim zurückgekehrt waren. Männer von Rang, Ehre und Besonnenheit! Sie hatten den Sitzungssaal am Abend zuvor als Bürger verlassen, denen nichts anderes im Sinn stand, als in aller Ruhe nach Hause zu gehen, als Junggesellen, denen kein grämliches Gesicht die Heimkehr versauern konnte. Sollten sie zufällig verreist sein? Nein, jedenfalls hatten sie nichts geäußert, was darauf hätte hindeuten können. Obendrein hatte es als ausgemacht gegolten, daß sie an diesem Abend wieder ihre Plätze im Büro des Klubs einnehmen würden, der eine als Präsident, der andere als Sekretär, um in der vorgesehenen Sitzung die Ereignisse des vergangenen Abends zu diskutieren.

Doch nicht allein, daß diese beiden hervorragenden Persönlichkeiten des Staates Pennsylvanien verschwunden waren, auch von dem Diener Frycollin fehlte jede Spur. Er blieb unauffindbar wie sein Herr. Nein, über keinen Neger seit Toussaint Louverture, Dessalines und Soulouque[1] war so viel geredet worden wie über diesen. Ihm war ein

[1] Toussaint Louverture (1743 – 1803), Freiheitsheld Haitis, der die Parolen der Französischen Revolution zu wörtlich nahm; nützlich im Kampf gegen die Engländer; 1801 von einer Expedition unter Leclerc überfallen; glaubte, mit einem General der Revolution verhandeln zu können, wurde aber heimtückisch gefangengenommen und nach Frankreich verschleppt.

Jean-Jacques Dessalines (um 1760–1806) führte den Freiheitskampf weiter, vernichtete Leclerc in mehreren Schlachten, rief die Republik aus. Als sich Napoleon am 2. 12. 1804 zum sogenannten Kaiser krönte, ließ sich D., immer noch Sklave der Französischen Revolution, am 8. 12. 1804 ebenso zum Kaiser krönen. Wurde im Gegensatz zu Napoleon von republikanischen Verschwörern liquidiert.

Faustin Soulouque (um 1782–1867), Früchtchen der später korrumpierten Armee Haitis, machte sich 1849 durch ein Blutbad zum Kaiser, setzte alles daran, Napoleon an Prunk zu übertreffen. Scheiterte an der beispielhaften soldatischen Haltung der Truppe, die weglief, als er eine Erhebung niederschlagen wollte. Wurde nach Jamaika verbannt. Anmerkungen des Übersetzers

bedeutender Platz nicht nur unter seinen Kollegen in der philadelphischen Dienerschaft sicher, sondern unter allen Originalen überhaupt, die je in diesem schönen Land Amerika ins Licht der Öffentlichkeit rückten, weil sie nur irgendwie exzentrisch waren.

Am nächsten Morgen nichts Neues. Die beiden Kollegen und Frycollin sind immer noch nicht aufgetaucht. Die Beunruhigung wächst. Der öffentliche Frieden gerät ernsthaft in Gefahr. Begierig, Neuigkeiten zu erfahren, strömen die Massen vor den Post- und Telegraphenämtern zusammen.

Noch immer nichts!

Man hatte beide Herren gesehen, wie sie, mit erhobener Stimme debattierend, das Weldon-Institut verließen, Frycollin mitnahmen, der auf sie gewartet hatte, dann die Walnut Street hinunterschritten und bis zum Fairmount Park gelangten.

Jem Cip, der Vegetarier, hatte dem Präsidenten sogar die Rechte gedrückt und dabei die Worte »Auf morgen!« gesprochen.

Und William T. Forbes, der Fabrikant von Lumpenzucker, hatte von Phil Evans einen warmen Händedruck empfangen, wobei dieser »Auf Wiedersehen, auf Wiedersehen!« gesagt hatte, zweimal!

Miß Doll und Miß Mat Forbes, mit Onkel Prudent durch Bande der lautersten Freundschaft verknüpft, konnten sich über sein Verschwinden gar nicht beruhigen und waren noch schwatzhafter als gewöhnlich, um vielleicht doch eine Neuigkeit aufzuschnappen.

Drei, vier, fünf, sechs Tage verflossen so, eine Woche, zwei Wochen... Niemand kam zurück, und kein Anzeichen ergab sich, das auf die Spur der drei Verschwundenen hätte führen können.

Im ganzen Viertel wurden die gründlichsten Untersuchungen angestellt... nichts! In den Straßen, die zum Hafen führten... nichts! Sogar im Park, zwischen Baumgruppen und im Dickicht... nichts! Gar nichts!

Eines immerhin wurde festgestellt: das Gras auf der großen Lichtung war kürzlich niedergetrampelt worden, und zwar in einer Weise, die unerklärlich, also verdächtig erschien. Ebenso wurden am Saum des Wäldchens, das die Lichtung umschloß, Spuren eines Kampfes entdeckt. Waren die beiden Kollegen also auf eine Bande von Strauchdieben gestoßen und zu vorgerückter Stunde in dem verlassenen Park angegriffen worden?

Das war möglich. Also schaltete sich unter Beachtung der Formfragen und mit jener Langsamkeit, die Ordnung ausdrückt, die Polizei ein. Der Schuylkill wurde mit Netzen abgesucht, das Flußbett beharkt, das Ufer von wucherndem Unkraut befreit. Das brachte zwar nichts ein, war aber dennoch keine verlorene Liebesmüh. Dem Schuylkill tat die Pflege gut. Die Gelegenheit war einmalig. Die praktischen Stadtväter von Philadelphia hatten das gleich erkannt.

Dann wandte man sich über die Zeitungen an die Öffentlichkeit im Lande. Anzeigen und Aufrufe erschienen in allen demokratischen und republikanischen Blättern, ohne Ansehen der Partei und der Hautfarbe. Der *Daily Negro*, ein Sonderblatt der schwarzen Rasse, veröffentlichte ein Porträt Frycollins nach seiner jüngsten Photographie. Belohnungen wurden in Aussicht gestellt, Prämien versprochen für jeden, der eine Nachricht von den drei Vermißten brächte oder auch nur ein Indiz angeben würde, das geeignet sei, auf ihre Spur zu führen.

›5000 Dollar! 5000 Dollar! Für jeden Bürger, welcher ...‹

Das nutzte alles nichts. Die 5000 Dollar blieben in der Kasse des Weldon-Instituts.

›Unauffindbar! Unauffindbar!! Unauffindbar!!! Onkel Prudent und Phil Evans aus Philadelphia!‹

Es versteht sich von selbst, daß der Klub durch das unerklärliche Verschwinden seines Präsidenten und seines Sekretärs in tiefste Verwirrung gestürzt wurde. Zuvörderst wurde über einen Dringlichkeitsantrag beschlossen, die Arbeiten an dem Ballon *Go ahead*, mochten sie sich auch in fortgeschrittenem Stadium befinden, zu suspendieren. Wie hätte man in Abwesenheit der Seelen des Unternehmens, die beide so viel Zeit und Geld an diese ihre Lebensaufgabe verwandt hatten, das Werk abschließen können, wie hätte man, wenn sie nicht da waren, es vollenden können? Da konnte nur gewartet werden.

Genau zu dieser Zeit kam die Rede wieder auf jenes seltsame Phänomen, das einige Wochen zuvor die Gemüter so heftig in Wallung gebracht hatte.

Das geheimnisvolle Objekt war nämlich in den hohen Zonen der Atmosphäre wieder verschiedentlich gesehen oder vielmehr flüchtig ausgemacht worden. Allerdings dachte gewiß niemand daran, einen Zusammenhang zwischen dem neuerlichen Auftauchen dieser unerklärlichen Erscheinung und dem nicht minder unbegreiflichen Verschwinden der beiden Mitglieder des Weldon-Instituts herzustellen. In der Tat hätte es eine außerordentlich schäumende Phantasie gebraucht, um diese beiden Vorkommnisse miteinander zu verknüpfen.

Mochte das nun ein Asteroid, ein Meteor, ein Luftungeheuer sein oder was man sonst darin sehen wollte, es war jetzt unter Bedingungen wieder gesichtet worden, die eine genauere Abschätzung seiner Dimensionen und seiner Form gestattet hatten. Zuerst in Kanada über den Territorien zwischen Ottawa und Quebec, und zwar genau am Morgen nach dem Verschwinden der beiden Kollegen; später sodann über den Prärien von Far West, als das Flugobjekt einem Zug der Pacific Railway einen Wettkampf lieferte.

Von dem Tage an war für die gelehrte Welt alle Ungewißheit beseitigt. Der Körper war keineswegs eine Naturerscheinung; es handelte sich vielmehr um einen fliegenden Apparat, der die praktische Verwirklichung der Theorie ›Schwerer als Luft‹ bedeutete. Und wenn der Schöpfer und Herr dieses Luftschiffs für seine Person das Inkognito noch wahren wollte, dann lagen die Gründe dafür offensichtlich nicht in seiner Maschine, da er sie andernfalls nicht so dicht über den Far-West-Territorien gezeigt hätte. Welche mechanische Kraft ihm zur Verfügung stand und welche Maschinen seine Fortbewegung ermöglichten, lag allerdings noch im dunkeln. Doch stand außer Frage, daß dies Luftschiff mit einer außerordentlichen Antriebskraft ausgestattet sein mußte. Denn ein paar Tage später war es aus dem Himmlischen Reich gemeldet worden, dann aus dem nördlichen Hindustan, und anschließend war es über den endlosen Steppen Rußlands aufgetaucht.

Wer war der verwegene Mechaniker, der über eine solche Antriebskraft gebot, dem die Staaten keine Grenzen mehr setzten und die Ozeane keine Schranken, der die Atmosphäre der Erde beherrschte wie seinen Besitz? Konnte man auf den Gedanken kommen, daß dies eben jener Robur sei, der das Weldon-Institut so grob mit seinen Theorien konfrontiert und die Utopie der lenkbaren Ballons in Grund und Boden verdammt hatte?

Möglich, daß einige scharfsinnige Köpfe diese Idee hatten, aber – und das ist erstaunlich genug – niemand verfiel auf die Hypothese, besagter Robur könne mit dem Verschwinden von Präsident und Sekretär des Weldon-Instituts etwas zu tun haben.

Ohne eine Depesche aus Frankreich, die via

New York am 6. Juli um 11 Uhr 37 eintraf, wäre der Schleier des Geheimnisses wohl nicht gelüftet worden.

Und was berichtete diese Depesche? Sie übermittelte den Text des Dokumentes, das in Paris in einer Tabaksdose gefunden worden war und endgültig enthüllte, was aus den beiden Personen geworden war, um die die Union trauerte.

Dieser Robur also war für die Entführung verantwortlich, der Ingenieur, der eigens nach Philadelphia gekommen war, um die Theorie der Ballonschiffer an der Wurzel zu packen und auszurotten! Er war es, der das Luftschiff *Albatros* gebaut hatte und mit der Entführung von Onkel Prudent und Phil Evans und von Frycollin obendrein zu Repressalien geschritten war! Und diese Personen mußten für immer als verloren gelten, wenn es ihren Freunden auf der Erde nicht irgendwie gelang, eine Maschine zu konstruieren, die es mit dem mächtigen Apparat aufnehmen und die Entführten zurückholen konnte!

Große Bewegung! Große Bestürzung! Das Telegramm aus Paris war an das Büro des Weldon-Instituts adressiert worden. Die Mitglieder des Klubs wurden auf der Stelle in Kenntnis gesetzt. Nach zehn Minuten hatte ganz Philadelphia telephonisch die Neuigkeit erfahren und über die zahllosen Drähte, die die Neue Welt überziehen, keine Stunde später ganz Amerika. Man wollte es nicht glauben und war doch verwirrt. Das müsse ein übler Scherz sein, sagten die einen, eine ganz traurige Ente, die anderen. Wie hätte sich dieser Menschenraub in Philadelphia durchführen lassen, und zudem in aller Heimlichkeit? Wie hätte die *Albatros* im Fairmount Park landen können, ohne überhaupt am Horizont des Staates Pennsylvanien aufzutauchen?

Das waren Argumente. Die Ungläubigen hatten Grund zu zweifeln. Aber sieben Tage nach der Ankunft des Telegramms hatten sie keinen Grund mehr. Am 13. Juli lief das französische Paketboot *Normandie* in den Hudson ein und brachte die berühmte Tabakdose. Die New Yorker Eisenbahn spedierte sie unverzüglich nach Philadelphia.

In der Tat, das war die Tabakdose des Präsidenten! Jem Cip hätte besser daran getan, an dem Tag kräftigere Speisen zu sich zu nehmen, denn er fiel fast in Ohnmacht, als er die Dose erkannte. Wie oft hatte er ihr doch eine Freundschaftsprise entnommen! Miss Doll und Miss Mat erkannten die Dose gleichfalls, auf die sie so oft Blicke der stillen Hoffnung gerichtet hatten, eines Tages werde Onkel Prudent auch ihre mageren Altjungfernfinger hineinfassen lassen! Dann bestätigten ihr Vater, William T. Forbes, Truk Milnor, Bat T. Fyn und viele andere Mitglieder des Weldon-Instituts die Identität der Dose, die sie hundertmal in den Händen ihres verehrten Präsidenten sich hatten öffnen und schließen sehen. Für die Echtheit verbürgten sich alle Freunde Onkel Prudents in dieser schönen Stadt Philadelphia, deren Name – daran sei erinnert – besagt, daß sich alle Einwohner wie Brüder lieben.

Auch nicht der Schatten eines Zweifels ließ sich noch aufrechterhalten. Nicht allein die Tabaksdose, auch die Schrift auf dem Dokument war unverkennbar. Jetzt hob ein großes Wehklagen an, verzweiflungsvoll wurden die Hände zum Himmel gestreckt. Onkel Prudent und sein Kollege in einer fliegenden Maschine gefangen und kein Mittel in Sicht, sie zu befreien!

Fehlte nicht viel, und die *Niagara-Falls Company*, deren größter Aktionär Onkel Prudent war, hätte ihre Arbeit eingestellt und die Fälle angehalten. Die *Walton-Watch Company* erwog die Schließung ihrer Uhrenfabrik, nachdem sie doch ihres Direktors Phil Evans verlustig gegangen war.

Ja, die Trauer war allgemein, und das Wort Trauer ist nicht übertrieben, denn von einigen Hitzköpfen abgesehen, die es eben auch in den Vereinigten Staaten gibt, hoffte niemand mehr darauf, die beiden ehrenwerten Bürger je wiederzusehen.

Von der *Albatros* war indessen nichts Neues mehr zu hören gewesen, seit sie Paris passiert hatte. Einige Stunden später war sie über Rom erschienen, und das war alles. Angesichts der Geschwindigkeit, mit der das Luftschiff Europa von Nord nach Süd und das Mittelmeer von West nach Ost überquert hatte, war das nicht weiter verwunderlich. Dank dieser Geschwindigkeit war es auf seiner Route auch durch kein Fernrohr erfaßt worden. Da mochten alle Observatorien Tag und Nacht ihr Personal einsetzen, die Flugmaschine Roburs des Eroberers war verschwunden, in die Ferne oder in die Höhe – oder, wie man auch sagte, nach Ikarien –, so daß es zweifelhaft war, ob man jemals wieder eine Spur von ihr sehen würde.

Das Luftschiff in den Höhen des algerischen Himmels zu suchen, durch die es mit nur mäßiger Geschwindigkeit zog, hätte sich ohnehin niemand einfallen lassen, selbst wenn das Dokument schon allgemein bekannt gewesen wäre. Es ist richtig, daß die *Albatros* über Timbuktu wahrgenommen wurde; aber das Observatorium dieser berühmten Stadt – falls es dort eins gibt – hatte noch keine Zeit gehabt, das Ergebnis seiner Beobachtungen nach Europa zu schicken. Was den König von Dahomey angeht, so hätte er eher zwanzigtausend Subjekten einschließlich seiner Minister den Kopf abschlagen lassen als zuzugeben, daß er im Kampf mit einem Luftgefährt das Nachsehen gehabt hatte. Eine Frage der Selbstachtung.

Danach hatte der Ingenieur Robur den Atlantik überflogen, Feuerland berührt, dann Kap Hoorn. Er hatte sich, wenn auch nicht ganz freiwillig, über antarktischem Gebiet befunden, über der unermeßlichen polaren Einöde. Aus dieser Gegend war keine Meldung zu erwarten.

Der Juli verstrich, und kein menschliches Auge

konnte sich rühmen, das Luftschiff erspäht zu haben.

Der August ging zu Ende, und das Schicksal der Gefangenen Roburs lag noch immer völlig im dunkeln. Man mußte sich jetzt fragen, ob der Ingenieur nicht wie Ikarus, der erste in der Geschichte erwähnte Mechaniker, der eigenen Kühnheit zum Opfer gefallen war.

Die ersten siebenundzwanzig Tage des Septembers gingen ohne eine neue Wendung hin.

Diese Welt schickt sich gewiß in alles. Es liegt in der menschlichen Natur, daß fernes Leid niemanden bewegt. Man vergißt, weil es notwendig ist, zu vergessen. Aber in unserem Fall folgte die Weltöffentlichkeit diesem Hang nicht, zu ihrer Ehre muß es gesagt werden. Nein, ihr war das Schicksal der beiden Weißen und des einen Schwarzen keineswegs gleichgültig, die aufgefahren waren wie der Prophet Elias, dem übrigens in der Bibel die Rückkehr zur Erde nicht versprochen worden war.

Philadelphia war noch weit mehr als jeder andere Ort berührt. Hier spielten außerdem gewisse persönliche Befürchtungen hinein. Rachsüchtig hatte Robur Onkel Prudent und Phil Evans dem Boden entrissen, in dem sie wurzelten. Sicherlich hatte er Genugtuung gesucht, wenn auch außerhalb allen Rechts. Aber waren seine Rachegelüste damit gestillt? Würde er sie vielleicht noch auf irgendwelche Kollegen des Präsidenten und des

Sekretärs ausdehnen? Und wer konnte sich in Sicherheit vor den Anschlägen des allmächtigen Herrn der Lüfte wähnen?

Da geschah es am 28. September, daß eine Neuigkeit in Windeseile durch die Stadt lief. Onkel Prudent und Phil Evans waren zurückgekommen. Am Nachmittag waren sie in der Privatwohnung des Präsidenten eingetroffen.

Und das Ungewöhnlichste an dieser Nachricht war, daß sie stimmte, obwohl vernünftige Leute es ablehnten, daran zu glauben.

Dennoch mußten sie sich der Tatsache beugen. Die beiden Verschwundenen waren da, in Person, nicht als Geister... Und Frycollin war ebenso zurück.

Die Mitglieder des Klubs, dann ihre Freunde, dann das Volk liefen vor Onkel Prudents Haus. Die beiden Kollegen wurden mit Beifall überschüttet und mußten unzählige Hände schütteln, während laut »hurra!« und »hip! hip!« gerufen wurde.

Jem Cip war zur Stelle, der sein Mittagessen – herrlich gratinierten Lattich – im Stich gelassen hatte, ebenso William T. Forbes und seine beiden Töchter, Miss Doll und Miss Mat. Beide hätte Onkel Prudent sie an diesem Tag heiraten können, wenn er Mormone gewesen wäre; war er aber nicht und besaß auch keine Neigung, es zu werden. Truk Milnor und Bat T. Fyn waren da, alle Mitglieder des Klubs hatten sich eingefunden. Noch heute fragt man sich, wie Onkel Prudent und Phil Evans den abertausend Armen lebend entkamen, von denen sie auf ihrem ersten Rundgang durch die Stadt umschlungen wurden.

Am nämlichen Abend sollte das Weldon-Institut seine wöchentliche Sitzung abhalten. Man rechnete darauf, daß die beiden Kollegen ihren Platz im Präsidium einnehmen würden. Da sie noch nichts von ihren Abenteuern erzählt hatten – waren sie vielleicht gar nicht zu Wort gekommen? –, hoffte man auch, daß sie die Fülle ihrer Reiseeindrücke zum besten geben würden.

Beide waren tatsächlich, aus welchem Grunde auch immer, stumm geblieben, stumm auch Frycollin, der Diener, den seine Sippschaft vor Begeisterung beinahe in Stücke gerissen hätte.

Was die beiden Kollegen nicht erzählt hatten oder nicht hatten erzählen wollen, sei hier beschrieben.

Es ist nicht nötig, auf die Ereignisse in der Nacht vom 27. auf den 28. Juli noch einmal im einzelnen einzugehen, auf die wagemutige Flucht des Präsidenten und des Sekretärs, ihre lebhafte Bewegung, als sie auf den Felsen der Chathaminsel standen, den Schuß auf Phil Evans, den raschen Entschluß, das Ankertau zu durchschneiden, und die Ohnmacht der havarierten *Albatros* gegenüber der Brise aus Südwest, die sie in die Höhe trieb und in die Ferne. Einige Zeit war sie dank ihren Scheinwerfern zu beobachten gewesen. Dann dauerte es nicht mehr lange, und sie war verschwunden.

Die Flüchtlinge hatten nichts mehr zu fürchten. Wie hätte Robur zu der Insel zurückkehren können, wenn er noch drei oder vier Stunden auf seine Propeller verzichten mußte?

Inzwischen aber würde die *Albatros* durch die Explosion zerstört und nur noch Treibgut der Wellen sein und die Männer, die sie trug, tot und zerrissen, so daß nicht einmal ihre Leichname auffindbar sein würden.

Das Werk der Rache war dann mit seinem ganzen Schrecken vollendet.

Onkel Prudent und Phil Evans wähnten jedoch das Notwehrrecht auf ihrer Seite und hatten kein schlechtes Gewissen.

Phil Evans war durch den Schuß von der *Albatros* nur leicht verletzt worden. Also hatten die drei sich in der Hoffnung, Eingeborene zu treffen, auf den Weg gemacht.

Diese Hoffnung wurde nicht enttäuscht. An der Westküste von Chatham hausten gut fünfzig Insulaner, die sich vom Fischfang ernährten. Sie hatten das Luftschiff über der Insel niedergehen sehen und bereiteten den Flüchtlingen den Empfang, der übernatürlichen Wesen gebührt. Man betete sie an, wenigstens fehlte nicht viel, und ließ sie in die beste Hütte einziehen. Einzig und nie wiederkehrend diese Gelegenheit für Frycollin, als Gott der Schwarzen zu gelten.

Wie von Onkel Prudent und Phil Evans nicht anders erwartet, kam das Luftschiff nicht wieder zurück. Sie mußten daraus den Schluß ziehen, daß es in der Höhe der Atmosphäre zur Katastrophe gekommen war. Weder von dem Ingenieur Robur noch von der phantastischen Maschine, die er mit seinen Gefährten gebaut hatte, würde man je wieder etwas hören.

Jetzt mußten die Flüchtlinge auf eine Möglichkeit warten, wieder nach Amerika zu gelangen. Die Chathaminsel wird aber nur selten von einem Schiff angelaufen. Der ganze August verstrich, und sie begannen sich zu fragen, ob sie nicht ein Gefängnis gegen ein anderes eingetauscht hatten, mochte sich auch Frycollin in diesem besser arrangieren als in dem luftigen Kerker.

Am 3. September endlich legte ein Schiff an, um frisches Wasser zu fassen. Man erinnert sich, daß Onkel Prudent einige tausend Dollar bei sich trug, als er in Philadelphia entführt wurde – das war mehr als genug, um die Rückkehr nach Amerika zu bezahlen. Die beiden Kollegen und Frycollin schifften sich nach Auckland ein, nachdem sie ihren Anbetern, die mit Respektsbezeigungen nicht sparten, gedankt hatten. Von ihrer Geschichte erzählten die Reisenden nichts. Nach zwei Tagen hatten sie die Hauptstadt Neuseelands erreicht.

Dort nahm sie ein Paketboot als Passagiere auf, und nach einer überaus bequemen Reise landeten die Überlebenden der *Albatros* am 20. September in San Francisco. Wieder hatten sie nicht erzählt, wer sie waren und woher sie kamen; da sie aber einen hübschen Preis für die Überfahrt entrichtet hatten, hätte es wohl keinen amerikanischen Kapitän gegeben, den mehr interessiert hätte.

In San Francisco bestiegen Onkel Prudent, sein Kollege und der Diener Frycollin den ersten Zug der Großen Pazifikbahn. Am 27. kamen sie in Philadelphia an.

Soweit der gedrängte Bericht der Ereignisse seit der Flucht aus dem Luftschiff und der Abfahrt von der Chathaminsel. Am Abend ihrer Ankunft leiteten der Präsident und der Sekretär wieder das Weldon-Institut, während im Sitzungssaal ein unglaubliches Gedränge herrschte.

Doch keiner von beiden hatte je größere Ruhe an den Tag gelegt. Wer sie so sah, konnte nicht den Eindruck gewinnen, daß sich seit der Sitzung am 12. Juni irgend etwas Anomales ereignet habe. Die vergangenen dreieinhalb Monate schienen in ihrem Leben nicht zu zählen!

Nach den ersten Hurrasalven, die beide Kollegen entgegennahmen, ohne daß sich in ihrem Gesicht die leiseste Bewegung widergespiegelt hätte, bedeckte sich Onkel Prudent mit dem Hut und ergriff das Wort.

»Verehrte Mitbürger«, sagte er, »die Sitzung ist eröffnet.«

Begeisterter Applaus, und völlig zu Recht! Denn war auch nichts Ungewöhnliches dabei, daß diese Sitzung eröffnet wurde, so war es doch weit weniger selbstverständlich, daß Onkel Prudent, assistiert von Phil Evans, sie eröffnete.

Der Präsident wartete, bis die Begeisterungsrufe nachließen und die Hände erlahmten. Dann begann er:

»Auf unserer letzten Sitzung, meine Herren, hatte sich eine lebhafte Diskussion entwickelt *(Hört, hört)* zwischen den Befürwortern einer Vorderschraube und den Befürwortern einer Hinterschraube für unseren Ballon *Go ahead! (Anzeichen von Verblüffung.)* Doch haben wir jetzt einen Ausweg gefunden, um Einigkeit zwischen der Partei der Vorderschraube und der Partei der Hinterschraube zu erzielen. Dieser Ausweg ist, daß wir zwei Schrauben anbringen, an beiden Seiten der Gondel eine!« *(Sprachlosigkeit.)*

Das war alles!

Jawohl, alles! Kein Wort darüber, daß der Präsident und der Sekretär des Weldon-Instituts entführt worden waren! Kein Wort über die *Albatros* oder den Ingenieur Robur! Kein Wort über die Reise! Kein Wort über die Flucht der Gefangenen! Auch kein Wort darüber, was aus dem Luftschiff geworden war, ob es noch durch die Luft flog, ob neue Repressalien gegen die Mitglieder des Klubs zu befürchten seien oder nicht!

An Lust fehlte es den versammelten Ballonisten sicherlich nicht, Onkel Prudent und Phil Evans auszufragen; aber sie wirkten so gesammelt, so zugeknöpft, daß es schicklich erschien, ihr Verhalten zu respektieren. Wenn sie es für angebracht halten würden zu sprechen, dann würden sie sprechen, und es würde eine große Ehre sein, ihnen zuzuhören.

Am Ende mochte auch ein Geheimnis vorliegen, das noch nicht unter die Leute gebracht werden durfte.

In einer Stille, die auf Sitzungen im Weldon-Institut bislang unbekannt gewesen war, nahm Onkel Prudent neuerlich das Wort.

»Meine Herren«, sagte er, »es bleibt nicht mehr zu tun, als jetzt den Ballon *Go ahead* zu vollenden, dem es bestimmt ist, das Luftreich zu erobern. – Die Sitzung ist geschlossen.«

ACHTZEHNTES KAPITEL

DAS DIE WAHRHAFTIGE GESCHICHTE DER ›ALBATROS‹ BEENDIGT, OHNE SIE ABZUSCHLIESSEN

Am 29. April des folgenden Jahres, sieben Monate nach der unverhofften Rückkehr von Onkel Prudent und Phil Evans, war ganz Philadelphia in Aufruhr. Ohne politischen Anlaß, diesmal ging es nicht um Wahlen und nicht um Versammlungen. Der Aerostat *Go ahead*, dank der Rastlosigkeit des Weldon-Instituts vollendet, sollte von dem ihm bestimmten Element Besitz ergreifen.

Der berühmte, am Anfang dieser Erzählung genannte Aeronaut Harry W. Tinder sollte ihn – unterstützt durch eine Hilfskraft – lenken.

Als Passagiere waren der Präsident und der Sekretär des Weldon-Instituts bestimmt. Waren sie nicht einer solchen Ehrung würdig? Stand es ihnen nicht zu, mit ihrer ganzen Person gegen jeglichen Apparat zu protestieren, der auf dem Prinzip ›schwerer als Luft‹ beruhte?

Obwohl sieben Monate vergangen waren, hatten sie noch immer nichts von ihren Abenteuern berichtet. Sogar Frycollin hatte trotz aller Schwatzlust kein Wort über den Ingenieur Robur und seine wunderbare Maschine verloren. Kein Zweifel, Onkel Prudent und Phil Evans lehnten ab, unter verschworenen Ballonisten über Luftschiffe oder irgendeinen anderen Flugapparat zu sprechen. Solange unter den Fortbewegungsmitteln der Luft nicht der erste Platz für den Ballon *Go ahead* gesichert war, wollten sie keine der Erfindungen auf der Grundlage des aviatorischen Prinzips gelten lassen. Sie glaubten noch und sie wollten immer glauben, daß der Aerostat das einzige ernst zu nehmende Fahrzeug der Luft sei und daß ihm allein die Zukunft gehöre.

Der, an dem sie so schreckliche – und nach ihrer Ansicht nur gerechte – Rache genommen hatten, existierte nicht mehr. Keiner seiner Gefährten hatte ihn überleben können. Der Pazifik hatte das Geheimnis der *Albatros* verschlungen.

Der Gedanke, Robur habe dennoch eine Insel, irgendeine Zufluchtsstätte inmitten des weiten Ozeans erreichen können, war nichts als eine gewagte

Hypothese. Jedenfalls behielten sich die beiden Kollegen die Entscheidung, ob es geraten sei, Nachforschungen in dieser Hinsicht anzustellen, für später vor.

Nun stand also das bedeutende Experiment bevor, das das Weldon-Institut von so langer Hand und mit so großer Hingabe vorbereitet hatte. Was die *Inflexible* oder die *Formidable* in der Kunst des Schiffsbaus sind, das war die *Go ahead* in der Kunst des Ballonbaus – das vollkommenste Werk seiner Epoche.

Die *Go ahead* besaß alle Qualitäten, die ein Luftballon haben soll. Sein Volumen erlaubte ihm, in die äußersten Höhen aufzusteigen, die ein Ballon überhaupt erreichen kann; seine Undurchlässigkeit, sich unbegrenzt in der Atmosphäre zu halten; seine Solidität, jeder Ausdehnung des Gases standzuhalten und den Gewalten von Sturm und Regen zu trotzen. Seine Auftriebskraft war so stark, daß er mit allem Zubehör einen Elektromotor tragen konnte, der den Propellern eine noch nicht dagewesene Antriebskraft verlieh. Die *Go ahead* hatte eine Zylinderform, die die horizontale Fortbewegung erleichterte. Die Gondel, die starke Ähnlichkeit mit der Plattform des Ballons von Krebs und Renard aufwies, transportierte alle notwendigen Ausrüstungsgegenstände wie physikalische Instrumente, Anker, Schleppseil etc., desgleichen die Apparate, Batterien und Akkumulatoren, in denen die mechanische Kraft erzeugt wurde. An der Spitze der Gondel befand sich eine Schraube, am Ende waren eine weitere Schraube und ein Steuer angebracht. Aber die Maschinenleistung der *Go ahead* mußte aller Wahrscheinlichkeit nach doch weit unter der der *Albatros* liegen.

Nachdem die *Go ahead* mit Gas aufgefüllt worden war, wurde sie auf eben die Lichtung im Fairmount Park gebracht, auf der sich das Luftschiff für ein paar Stunden niedergelassen hatte.

Es versteht sich von selbst, daß der Ballon seine Auftriebskraft dem leichtesten aller Gase verdankte. Ein Kubikmeter Leuchtgas hebt lediglich rund 700 Gramm, so daß Leuchtgasballons in der Luft kaum mehr als ein labiles Gleichgewicht erreichen. Ein Kubikmeter Wasserstoff hingegen kann 1100 Gramm heben. Reiner, in den Apparaten des berühmten Henry Giffard nach dessen Verfahren präparierter Wasserstoff also füllte den gewaltigen Ballon. Da die *Go ahead* 40 000 Kubikmeter Gas faßte, entsprach ihre Hubkraft 40 000 mal 1100 Gramm, das sind 44 000 Kilogramm.

An diesem Vormittag des 29. April war alles bereit. Seit elf Uhr schwebte der Riesenballon wenige Fuß über der Erde und wartete darauf, sich in die Lüfte zu erheben.

Herrliches Wetter herrschte, wie bestellt für dieses bedeutende Experiment. Vielleicht wäre es besser gewesen, wenn etwas Wind geherrscht hätte, um die Demonstration noch eindringlicher gelingen zu lassen, denn daß ein Ballon sich in ruhiger Luft lenken läßt, ist ja niemals in Zweifel gezogen worden; in bewegter Luft aber verhalten sich die Dinge anders, so daß der gewünschte Beweis unter erschwerten Bedingungen zu führen wäre.

In Wahrheit regte sich heute jedoch kein Lüftchen und gab es kein Zeichen, daß Wind aufkommen würde. Nordamerika geruhte ausnahmsweise, keinen der strammen Stürme nach Westeuropa zu schicken, die sonst in nimmermüder Reihe über den Ozean kommen. Der Tag hätte also für ein aeronautisches Experiment gar nicht besser ausgesucht sein können.

Ist es notwendig, über die unabsehbare Menschenmenge zu sprechen, die im Fairmount Park zusammengeströmt war, über die Sonderzüge, die Schaulustige aus allen angrenzenden Staaten in die Hauptstadt Pennsylvaniens gebracht hatten, über die Arbeitseinstellung in Industrie und Handel, damit alle kommen konnten, das große Ereignis zu bestaunen, die Chefs, die Angestellten, die Arbeiter, Männer, Frauen, Kinder, Greise, Kongreßmitglieder, Repräsentanten der Armee, Ratsherren, Reporter, weiße und schwarze Einwohner, damit alles Volk sich auf der weiten Lichtung drängeln konnte? Ist es notwendig, die heftige Erregung zu beschreiben, die unerklärlichen Bewegungen, das plötzliche Geschiebe, das die Menge wogen läßt? Ist es notwendig, die Hurrarufe aufzuzählen, die von allen Seiten erschallten und zu einem Donnern aufbrausten, als Onkel Prudent und Phil Evans auf der Plattform unter dem mit den amerikanischen Farben geschmückten Ballon auftauchten? Ist es notwendig, schließlich noch darauf hinzuweisen, daß der größere Teil der Neugierigen vielleicht gar nicht gekommen war, um die *Go ahead* zu sehen, sondern um den Anblicks der beiden außerordentlichen Männer willen, um welche die Alte Welt die Neue beneidete?

Warum eigentlich nur zwei und nicht drei? Warum nicht Frycollin? Deswegen nicht, weil Frycollin fand, daß mit der Reise auf der *Albatros* genug für seine Berühmtheit getan sei. Also hatte er auf die Ehre, seinen Herrn zu begleiten, verzichtet und konnte nun des begeisterten Beifalls auch nicht teilhaftig werden, der dem Präsidenten und dem Sekretär des Weldon-Instituts entgegenbrandete.

Des weiteren braucht auch nicht betont zu werden, daß von den Mitgliedern des erlauchten Klubs nicht eines auf den reservierten, durch Pflöcke und Seile abgegrenzten Plätzen fehlte. Truk Milnor und Bat T. Fyn waren zur Stelle, William T. Forbes mit beiden Töchtern im Arm, Miss Doll und Miss Mat. Sie alle hatten sich eingefunden, um durch ihre Gegenwart zu bekräftigen, daß nichts die Verfechter des Prinzips ›Leichter als Luft‹ jemals werde trennen können!

Gegen elf Uhr zwanzig verkündete ein Kanonenschlag das Ende der letzten Vorbereitungen.

Die *Go ahead* wartete nur noch auf das Signal zum Aufstieg.

Um elf Uhr fünfundzwanzig dröhnte ein zweiter Kanonenschlag.

An den Haltetauen stieg die *Go ahead* auf fünfzehn Meter über der Lichtung auf. Überzeugend stand sie über der aufgewühlten Menschenmenge. Aufrecht am Bug der Gondel stehend, führten Onkel Prudent und Phil Evans die linke Hand an ihre Brust, zum Zeichen, daß sie mit der ganzen Versammlung ein Herz und eine Seele waren. Dann streckten sie die rechte Hand gegen den Zenit, zum Zeichen, daß der größte aller bis auf den Tag bekannten Ballons nunmehr Besitz ergreife von dem über-irdischen Reich.

Einhunderttausend Hände fuhren an einhunderttausend Brüste, und einhunderttausend weitere Hände stießen in den Himmel.

Um elf Uhr dreißig der dritte Kanonenschlag.

Onkel Prudent rief die feierliche Formel: »Alle Taue los!«

Und die *Go ahead* erhob sich ›majestätisch‹ – wie das unvermeidliche Beiwort in allen Beschreibungen von Ballonfahrten lautet.

Es war auch tatsächlich ein herrliches Schauspiel! Ein Stapellauf ins Luftmeer!

Vollkommen senkrecht stieg die *Go ahead* in die Luft – Beweis absoluter Windstille in der At-

mosphäre – und kam in einer Höhe von 250 Metern zum Stehen.

Jetzt sollte der horizontale Flug beginnen. Von ihren beiden Schrauben getrieben, zog die *Go ahead* mit einer Geschwindigkeit von 10 Metern die Sekunde der Sonne entgegen. Das ist die Geschwindigkeit, mit der der Wal dahinzieht. Ein solcher Vergleich mit dem Riesen der nördlichen Meere ist nicht einmal fehl am Platz, da die *Go ahead* ja auch die Form dieses gewaltigen Säugetieres hatte.

Eine neue Hurrasalve stieg zu den geschickten Aeronauten empor.

Jetzt flog die *Go ahead* auf einer Kreisbahn durch die Luft, flog schräg und wieder geradeaus, wie die Hand des Steuermanns es wollte. Jetzt wendete sie und flog im Kreis zurück und wieder vorwärts und wieder zurück, um auch noch den letzten Zweifler an der Möglichkeit, Ballons zu dirigieren, zu überzeugen – wenn es einen solchen Zweifler noch gab! Hätte es ihn noch gegeben, Prügel wären ihm gewiß gewesen.

Aber warum fehlte bei dieser großartigen Demonstration der Wind? Das war höchst beklagenswert. Ohne Frage hätte man die *Go ahead* alle Manöver, ob in schräger Fahrt gleich dem Segelschiff, das so dicht wie möglich beim Wind bleibt, ob gegen den Luftstrom wie ein flußaufwärts fahrender Dampfer, prompt ausführen sehen.

Jetzt stieg der Ballon um einige hundert Meter höher in den Raum.

Jedermann verstand den Sinn. Onkel Prudent und seine Gefährten suchten eine Luftbewegung in den höheren Zonen, um ihren Beweis noch glänzender ausfallen zu lassen. Ein den Schwimmblasen von Fischen ähnliches System von kleineren Ballons im Innern, in die sich eine gewisse Menge Luft pumpen ließ, regulierte übrigens die vertikalen Bewegungen. Ohne je Ballast abwerfen zu müssen, um aufsteigen zu können, oder Gas abzugeben, um zu sinken, war die *Go ahead* zu Auf- und Abstiegen in der Atmosphäre nach dem Belieben der Aeronauten imstande. Dennoch war in der oberen Hälfte des Ballons ein Ablaßventil angebracht für den Fall, daß er zu einem schnellen Abstieg gezwungen sein sollte. Diese Systeme waren insgesamt zwar schon bekannt, aber auf einen äußersten Grad an Perfektion gebracht worden.

Einer genau vertikalen Linie folgend, stieg die *Go ahead* also auf. Für die Zuschauer, die sich beinahe das Genick verrenkten, um diesem Schauspiel zu folgen, nahmen ihre gewaltigen Ausmaße optisch ständig ab. Der riesige Wal war nur noch ein Meerschweinchen, bald würde er nicht mehr größer sein als ein Gründling.

Die *Go ahead* stieg weiter und erreichte eine Höhe von 4000 Metern. Aber in dem klaren Himmel, den kein Nebelstreifen trübte, blieb sie dauernd sichtbar.

Dabei blieb sie immer über der Lichtung, als werde er von unsichtbaren Leinen gehalten. Wäre eine riesige Glocke über die Atmosphäre gestülpt worden, so hätte sie nicht unbeweglicher sein können. In keiner Höhe des Himmels machte sich ein

Windhauch bemerkbar. Stark verkleinert, wie wenn man ihn durch ein umgekehrtes Fernrohr betrachtet hätte, beschrieb der Aerostat seine Figuren, ohne auf irgendwelchen Widerstand zu stoßen.

Plötzlich stieg ein Schrei aus der Menge auf, ein Schrei, dem ein hunderttausendfacher Aufschrei folgte. Alle Arme wiesen auf einen Punkt am Horizont. Dieser Punkt zeigte sich im Nordwesten.

Aus dem tiefen Azur taucht ein beweglicher Körper auf, der sich nähert und größer wird. Ist es ein Vogel, der sich in die Höhen des Himmels aufgeschwungen hat? Handelt es sich um einen auf schräger Bahn in die Atmosphäre eingedrungenen Meteor? Die Geschwindigkeit muß jedenfalls enorm sein. Gleich wird der Körper über der Menge sein.

Ein Verdacht elektrisiert die Gehirne, springt von einem zum andern über.

'Es hat aber den Anschein, als habe die *Go ahead* das seltsame Objekt bemerkt. Augenscheinlich hat sie gespürt, daß ihr eine Gefahr droht, denn ihre Geschwindigkeit ist gewachsen. Sie flieht gen Osten.

Ja, die Menge hat begriffen! Der Name, der einem Mitglied des Weldon-Instituts entfuhr, pflanzt sich fort von Mund zu Mund:

»Die *Albatros!* ... Die *Albatros!* ...«

Es ist wahrhaftig die *Albatros*! Robur erscheint wieder in den Höhen des Himmels! Er ist es, der wie ein gigantischer Raubvogel auf die *Go ahead* niederschießt!

Aber vor neun Monaten hatte doch die Explosion das Luftschiff bersten lassen, die Schrauben zerbrochen, die Plattform geteilt, die *Albatros* vernichtet. Ohne die bewundernswerte Kaltblütigkeit des Ingenieurs, der den Rotationssinn des Bugpropellers änderte und diesen dadurch in eine Hubschraube verwandelte, wäre die gesamte Mannschaft durch die bloße Geschwindigkeit des Sturzes erstickt. Wie aber hatten Robur und seine Leute, wenn sie schon dem Erstickungstod entronnen waren, es fertiggebracht, in den Fluten des Pazifiks nicht zu ertrinken?

Daß die Reste der Plattform, die Flügel der Propeller und die Wände der Aufbauten als Wrackteile auf dem Wasser schwammen, hatte ihre Rettung bedeutet. Der getroffene Vogel war zwar in die Fluten gestürzt, aber seine Flügel hielten ihn noch auf den Wellen. Einige Stunden harrten Robur und seine Gefährten auf den Wrackteilen aus, dann fanden sie ein Kautschukboot, das auf dem Ozean trieb.

Die Vorsehung – für solche, die an göttliche Interventionen in menschlichen Angelegenheiten glauben – kam ihnen zu Hilfe oder der Zufall – für solche, die die Schwäche haben, nicht an die Vorsehung zu glauben.

Ein Schiff hatte sie einige Stunden nach Sonnenaufgang entdeckt. Die Seeleute ließen ein Boot zu

Wasser, das nicht nur Robur und seine Gefährten aufnahm, sondern auch die schwimmenden Reste des Luftschiffs. Der Ingenieur begnügte sich mit der Erklärung, daß sein Fahrzeug bei einer Kollision zu Bruch gegangen sei, und sein Inkognito wurde respektiert.

Bei dem Schiff handelte es sich um den englischen Dreimaster *Two Friends* aus Liverpool. Sein Bestimmungshafen war Melbourne, das wenige Tage später erreicht wurde.

Robur befand sich nun in Australien und weit entfernt von der Insel X, auf die er so schnell wie möglich gelangen mußte.

In den Trümmern der hinteren Kabine hatte er eine recht beträchtliche Summe Geld finden können, die es ihm jetzt ermöglichte, für die Bedürfnisse seiner Mannschaft aufzukommen, ohne irgend jemanden um Hilfe angehen zu müssen. Bald nach seiner Ankunft in Melbourne beschaffte sich Robur einen kleinen Schoner von hundert Tonnen, mit dem der Ingenieur, der auch ein tüchtiger Seemann war, die Insel X erreichte.

Jetzt war er nur noch von einem Gedanken besessen: Rache. Um sich aber rächen zu können, mußte er eine zweite *Albatros* bauen. Das sollte ihn jedoch geringere Mühen kosten als die Konstruktion der ersten. Die Propeller des alten Luftschiffs und einiges andere Gerät, das mit allen Trümmern auf den Schoner geschafft worden war, fanden wieder Verwendung. Der Mechanismus hingegen wurde mit neuen Batterien und neuen Akkumulatoren aufgebaut. In weniger als acht Monaten war die Arbeit beendet, und eine neue *Albatros,* identisch mit der, die die Explosion zerstört hatte, ebenso stark, ebenso schnell, stand bereit, in die Luft aufzusteigen.

Es versteht sich, daß Robur dieselbe Mannschaft hatte und daß diese Mannschaft in Zorn entbrannt war gegen Onkel Prudent und Phil Evans im besonderen und gegen das Weldon-Institut im allgemeinen.

Schon in den ersten Apriltagen verließ die *Albatros* die Insel X. Der Ingenieur wünschte nicht, daß sein Luftschiff von irgendeinem Punkt der Erde aus entdeckt werde. Also flog er fast stets über den Wolken. Als er Nordamerika erreicht hatte, landete er in einem entlegenen Gebiet des Fernen Westens. Dort hörte Robur, der sein Inkognito streng wahrte, was zu hören ihm die größte Freude bereiten mußte: daß das Weldon-Institut dabei war, seine Versuche wieder aufzunehmen, und daß die von Onkel Prudent und Phil Evans gebaute *Go ahead* am 29. April in Philadelphia aufsteigen sollte.

Welche Gelegenheit, den Wunsch nach Rache zu stillen, den Robur und seine Männer im Herzen trugen! Schrecklich würde die Rache sein, der die *Go ahead* unmöglich entrinnen konnte! Öffentliche Rache, die zugleich die Überlegenheit des

Luftschiffs über alle Aerostaten und ähnliche Erfindungen dieser Art beweisen würde!

Darum erschien wie ein aus der Höhe herabstürzender Habicht die *Albatros* an diesem Tag über dem Fairmount Park.

Jawohl, das war die *Albatros,* leicht zu erkennen auch für alle, die sie noch nie gesehen hatten!

Noch immer floh die *Go ahead.* Aber bald mußte sie einsehen, daß sie in horizontaler Flucht niemals würde entkommen können. Also suchte sie ihr Heil in vertikaler Flucht, aber nicht indem sie sich zum Boden sinken ließ, denn das Luftschiff hätte ihr den Weg versperrt, sondern indem sie aufstieg, um eine Zone zu gewinnen, in der sie vielleicht unerreichbar war. Das war verwegen, aber gleichzeitig logisch. Doch die *Albatros* stieg mit ihr auf. Um vieles kleiner als die *Go ahead,* schien sie der Schwertfisch zu sein, der den Wal jagt, um ihn aufzuspießen, oder der Torpedo, der das Panzerschiff mit einem Schlag vernichtet.

Die Menge konnte das Schauspiel gut verfolgen, und mit welcher Angst sie es verfolgte! In wenigen Augenblicken hatte der Ballon eine Höhe von 5000 Metern erreicht. Die *Albatros* war ihr gefolgt und hielt sich an ihrer Seite. Jetzt begann sie, den Ballon zu umkreisen, und zog die Kreise immer enger. Sie konnte die *Go ahead* mit einem Stoß vernichten, der die dünne Hülle zerfetzt hätte. Der schreckliche Sturz hätte Onkel Prudent und seine Freunde zerschmettert!

Die Menge war stumm und atemlos, von jenem Entsetzen gepackt, das die Brust beklemmt und die Beine lähmt, wenn man jemanden aus großer Höhe herabstürzen sieht. Ein Luftkampf spielte sich ab, ein Kampf, der selbst die Aussichten auf Rettung ausschließt, die bei einem Seekampf immer noch bleiben – der erste Kampf dieser Art, doch sicherlich nicht der letzte, denn der Fortschritt ist eines der Gesetze dieser Welt. Und wie die *Go ahead* in mittlerer Höhe des Zylinders das Sternenbanner zeigte, so hatte die *Albatros* ihre Flagge gesetzt, das mit der goldenen Sonne Roburs des Eroberers bestirnte Tuch.

Die *Go ahead* stieg immer höher auf, um ihren Gegner doch noch hinter sich zu lassen. Sie warf allen Ballast ab, den sie mit sich führte, und gewann noch einmal tausend Meter Höhe dazu. Jetzt war sie nur noch ein Punkt im Raum. Die *Albatros*, die immer noch folgte und ihren Schrauben die maximale Rotationsleistung abverlangte, war unsichtbar geworden.

Da ging ein Schrei des Entsetzens über die Lichtung.

Man sah die *Go ahead* wieder größer werden, und das mit ihr absinkende Luftschiff tauchte wieder auf. Der Ballon stürzte. Die Ausdehnung des Gases in den hohen Zonen hatte die Hülle gesprengt, und der auf die Hälfte zusammengeschrumpfte Ballon sank ziemlich rasch.

Das Luftschiff aber, das seine Hubschrauben

langsamer laufen ließ, kam mit gleichmäßiger Geschwindigkeit herab. Es holte die *Go ahead* ein, als sie nur noch 1200 Meter über dem Boden war, und hielt sich Bord an Bord mit ihr.

Wollte Robur ihr den letzten Stoß versetzen? ... Nein, er wollte helfen, er wollte die Mannschaft retten!

So geschickt manövrierte er das Luftschiff, daß der Aeronaut und sein Gehilfe sich auf die Plattform der *Albatros* schwingen konnten.

Sollten Onkel Prudent und Phil Evans etwa die Hilfe Roburs ausschlagen, sollten sie es ablehnen, von ihm gerettet zu werden? Sie waren dazu imstande. Aber die Männer des Ingenieurs packten sie und zogen sie mit Gewalt von der *Go ahead* auf die *Albatros* herüber.

Jetzt ließ die *Albatros* von dem Ballon ab, der alles Gas verloren hatte und in die Bäume des Parks fiel, in denen er wie ein Riesenlumpen hängen blieb, während das Luftschiff reglos in der Luft verharrte.

Grabesstille herrschte auf der Erde. Es schien, als hätten die Herzen der Zuschauer aufgehört zu schlagen. Viele Augen hatten sich geschlossen, um die Katastrophe nicht mitansehen zu müssen.

Onkel Prudent und Phil Evans waren also wieder die Gefangenen des Ingenieurs Robur. Da er sich ihrer nun wieder bemächtigt hatte, wollte er sie jetzt ein zweitesmal ins All verschleppen, dorthin, wo ihm keine Verfolgung drohte?

Man mochte es glauben.

Aber die *Albatros* flog nicht in die Lüfte auf, sie senkte sich auf die Erde zu. Wollte sie landen? Die Menge gewann den Eindruck und drängte zurück, um ihr in der Mitte der Lichtung Platz zu machen.

Die Erregung war auf den Höhepunkt gestiegen.

Zwei Meter über dem Boden hielt die *Albatros* an. In der tiefen Stille, die herrschte, ließ sich die Stimme des Ingenieurs vernehmen.

»Bürger der Vereinigten Staaten«, sagte er, »der Präsident und der Sekretär des Weldon-Instituts sind wieder in meiner Gewalt. Ich würde nur von meinem Recht auf Repressalien Gebrauch machen, wenn ich sie gefangenhielte. Aber die leidenschaftlichen Gefühle, die der Erfolg der *Albatros* in ihren Herzen erweckte, haben mich erkennen lassen, daß ihr Geist noch nicht offen ist für die große Revolution, die eines Tages die Eroberung der Luft herbeiführen wird. Onkel Prudent und Phil Evans, Sie sind frei!«

Der Präsident und der Sekretär des Weldon-Instituts, der Aeronaut und sein Gehilfe brauchten nur auf die Erde hinunterzuspringen.

Die *Albatros* stieg sogleich ein Stück über die Menge auf.

Dann fuhr Robur fort:

»Bürger der Vereinigten Staaten, mein Experiment ist vollbracht; aber ich bin hinfort der Meinung, daß nichts zur Unzeit kommen darf, nicht einmal der Fortschritt. Die Wissenschaft darf den Sitten nicht vorauseilen. Evolutionen tun not, nicht Revolutionen. Mit einem Wort: alles zu seiner Zeit. Um alle widersprüchlichen und geteilten Interessen zu überwinden, würde ich heute zu früh kommen. Die Nationen sind noch nicht reif für die Union.

Deshalb breche ich auf und nehme mein Geheimnis mit mir. Aber es wird für die Menschheit nicht verloren sein. Es wird ihr an dem Tag gehören, an dem sie fortgeschritten genug ist, um Nutzen daraus zu ziehen, und weise genug, um keinen Mißbrauch damit zu treiben. Heil, Bürger der Vereinigten Staaten, heil!«

Und die *Albatros* peitschte die Luft mit ihren vierundsiebzig Schrauben, gab beiden Propellern volle Kraft und entflog nach Osten, während brausende Hurrarufe ihr begeistert folgten.

Die gedemütigten Kollegen vom mit ihnen gedemütigten Weldon-Institut taten das einzige, was sie tun konnten: sie gingen nach Hause. Die Menge indessen hatte nicht übel Lust, sie mit Spott zu bedecken, ausgerechnet in dieser Stunde!

Bleibt jetzt noch die Frage: ›Wer ist Robur? Wird man es je erfahren?‹

Heute weiß man: Robur ist die künftige Wissenschaft, vielleicht schon die Wissenschaft von morgen. Robur ist Reserve für die Zukunft.

Und die *Albatros,* fliegt sie noch immer durch die irdische Atmosphäre als Herrscher jenes Reichs, das niemand ihr streitig machen kann?

Daran ist nicht zu zweifeln. Wird Robur der Eroberer eines Tages wiederkehren, wie er es angekündigt hat? Ja, er wird das Geheimnis seiner Erfindung preisgeben, die die sozialen und politischen Bedingungen der Welt ändern kann.

Die Zukunft der Fortbewegung in der Luft gehört dem Luftschiff, nicht dem Ballon.

Eindeutig ist den *Albatrossen* die Eroberung der Luft vorbehalten!

Ausgelesen
30.12.82

Phantastische und Science-Fiction-Literatur im Diogenes Verlag

● **John Bellairs**

Das Haus, das tickte
Roman. Aus dem Amerikanischen von Alexander Schmitz. Mit Zeichnungen von Edward Gorey. detebe 20368

● **Ambrose Bierce**

Die Spottdrossel
Ausgewählte Erzählungen und Fabeln. Auswahl und Vorwort von Mary Hottinger. Aus dem Amerikanischen von Joachim Uhlmann, Günter Eichel und Maria von Schweinitz. Mit Zeichnungen von Tomi Ungerer. detebe 20234

● **Ray Bradbury**

Die Mars-Chroniken
Roman in Erzählungen. Deutsch von Thomas Schlück. detebe 20863

Der illustrierte Mann
Erzählungen. Deutsch von Peter Naujack. detebe 20365

Fahrenheit 451
Roman. Deutsch von Fritz Güttinger. detebe 20862

Die goldenen Äpfel der Sonne
Erzählungen. Deutsch von Margarete Bormann. detebe 20864

Medizin für Melancholie
Erzählungen. Deutsch von Margarete Bormann. detebe 20865

Das Böse kommt auf leisen Sohlen
Roman. Deutsch von Norbert Wölfl. detebe 20866

● **Fredric Brown**

Flitterwochen in der Hölle
SF- & Schauergeschichten. Aus dem Amerikanischen von B. A. Egger. Mit Illustrationen von Peter Neugebauer. detebe 20600

● **Karel Čapek**

Der Krieg mit den Molchen
Roman. Deutsch von Eliška Glaserová. detebe 20805

● **Wilkie Collins**

Ein schauerliches fremdes Bett
Gruselgeschichten. Aus dem Englischen von Elizabeth Gilbert und Peter Naujack. Zeichnungen von Bob van den Born. detebe 20589

● **Guy Cullingford**

Post mortem
Roman. Aus dem Englischen von Helmut Degner und Peter Naujack. detebe 20369

● **Alexandre Dumas Père**

Horror in Fontenay
Roman. Aus dem Nachlaß herausgegeben von Alan Hull Walton. Deutsch von Alexander Schmitz. detebe 20367

● **Lord Dunsany**

Smetters erzählt Mordgeschichten
Fünf Kriminalgeschichten. Aus dem Englischen von Elisabeth Schnack. Zeichnungen von Paul Flora. detebe 20597

Jorkens borgt sich einen Whisky
Zehn Clubgeschichten. Deutsch von Elisabeth Schnack. Zeichnungen von Paul Flora. detebe 20598

● **David Ely**

Aus!
Eine Atomkatastrophengeschichte. Aus dem Amerikanischen von Felix Gasbarra. detebe 20036

● **Egon Friedell**

Die Rückkehr der Zeitmaschine
Phantastische Novelle. detebe 20177

● **Felix Gasbarra**
Schule der Planeten
Roman. detebe 20549

● **Eric Geen**
Tolstoi lebt in 12N B9
Roman. Aus dem Englischen und mit einer Nachbemerkung von Helga und Alexander Schmitz. detebe 20221

● **Gespenster**
Englische Gespenstergeschichten von Daniel Defoe bis Elisabeth Bowen. Herausgegeben von Mary Hottinger. Mit 13 Zeichnungen von Paul Flora. Ein Diogenes Sonderband, auch als detebe 20497.

● **Mehr Gespenster**
Die besten Gespenstergeschichten aus England, Schottland und Irland. Herausgegeben von Mary Hottinger. Ein Diogenes Sonderband

● **Noch mehr Gespenster**
Die besten Gespenstergeschichten aus aller Welt, von Balzac bis Čechov. Herausgegeben von Dolly Dolittle. Ein Diogenes Sonderband

● **Klassische und moderne Gruselgeschichten**
Von Poe bis Hemingway. Herausgegeben von Mary Hottinger. Mit Zeichnungen von Paul Flora. Ein Diogenes Sonderband

● **Rider Haggard**
Sie
Roman. Aus dem Englischen von Helmut Degner. detebe 20236

König Salomons Schatzkammern
Roman. Deutsch von V. H. Schmied. detebe 20920

● **W. F. Harvey**
Die Bestie mit den fünf Fingern
Gruselgeschichten. Aus dem Englischen von Günter Eichel und Peter Naujack. Mit Zeichnungen von Peter Neugebauer. detebe 20599

● **Patricia Highsmith**
Der Schneckenforscher
Gesammelte Geschichten. Vorwort von Graham Greene. Aus dem Amerikanischen von Anne Uhde. detebe 20347

Leise, leise im Wind
Erzählungen. Deutsch von Anne Uhde

● **Joris-Karl Huysmans**
Gegen den Strich
Roman. Deutsch von Hans Jacob. Einführung von Robert Baldick. Essay von Paul Valéry. detebe 20921

● **Gerald Kersh**
Mann ohne Gesicht
Phantastische Geschichten. Aus dem Englischen von Peter Naujack. detebe 20366

● **Klassische Science-Fiction-Geschichten**
Von Voltaire bis H. G. Wells. Ein Diogenes Sonderband

● **Sheridan Le Fanu**
Carmilla, der weibliche Vampir
Vampirgeschichte. Aus dem Englischen von Helmut Degner. detebe 20596

● **W. Somerset Maugham**
Der Magier
Ein parapsychologischer Roman. Aus dem Englischen von Melanie Steinmetz und Ute Haffmans. detebe 20165

● **Peter Naujack (Hrsg.)**
Science-Fiction-Geschichten
Von Robert Heinlein bis Isaac Asimov. Übersetzt und mit einem Nachwort des Herausgebers. Ein Diogenes Sonderband

● **Edgar A. Poe**
Der Untergang des Hauses Usher
Ausgewählte Erzählungen und sämtliche Detektivgeschichten. Aus dem Amerikanischen von Gisela Etzel. Herausgegeben und mit einem Vorwort von Mary Hottinger. detebe 20233

● **Herbert Rosendorfer**
Der Ruinenbaumeister
Roman. detebe 20251

● **Saki**
Die offene Tür
Ausgewählte Erzählungen. Aus dem Englischen von Günter Eichel. Mit einem Nachwort von Thomas Bodmer und Zeichnungen von Edward Gorey. detebe 20115

● **Hermann Harry Schmitz**
Buch der Katastrophen
Tragikomische Geschichten. Vorwort von Otto Jägersberg. Holzstichmontagen von Horst Hussel. detebe 20548

● **Bram Stoker**
Draculas Gast
Sechs Gruselgeschichten. Aus dem Englischen von Erich Fivian und H. Haas. Mit Zeichnungen von Peter Neugebauer. detebe 20135

● **Roland Topor**
Der Mieter
Roman. Aus dem Französischen von Wolfram Schäfer. detebe 20358

● **Jules Verne**
Werke
in 19 Bänden. Diverse Übersetzer. detebe

● **H. G. Wells**
Der Krieg der Welten
Roman. Deutsch von G. A. Crüwell und Claudia Schmölders. detebe 20171

Die Zeitmaschine
Eine Erfindung. Deutsch von Peter Naujack. detebe 20172

● **Urs Widmer**
Die gelben Männer
Roman. detebe 20575

Werk- und Studienausgaben in Diogenes Taschenbüchern

● **Alfred Andersch**
Studienausgabe in 15 Einzelbänden
detebe

Einige Zeichnungen
Essay. detebe 20399

Das Alfred Andersch Lesebuch
Herausgegeben von Gerd Haffmans.
detebe 20695

Über Alfred Andersch
Herausgegeben von Gerd Haffmans.
detebe 20819

● **Sherwood Anderson**
Ich möchte wissen warum
Erzählungen. detebe 20514

● **Angelus Silesius**
Der cherubinische Wandersmann
detebe 20644

● **Honoré de Balzac**
Die großen Romane
in 10 Bänden. detebe 20901–20910

Erzählungen
in 3 Bänden. detebe 20896, 20897, 20899

Über Balzac
Herausgegeben von Claudia Schmölders.
detebe 20309

● **Charles Baudelaire**
Die Tänzerin Fanfarlo
Prosadichtungen. detebe 20387

● **Gottfried Benn**
Ausgewählte Gedichte
Herausgegeben und mit einem Nachwort von Gerd Haffmans. detebe 20099

● **Ambrose Bierce**
Die Spottdrossel
Erzählungen. detebe 20234

● **James Boswell**
Dr. Samuel Johnson
Biographie. detebe 20786

● **Ulrich Bräker**
Werke in 2 Bänden
Herausgegeben von Samuel Voellmy und Heinz Weder. detebe 20581 und 20582

● **Wilhelm Busch**
Schöne Studienausgabe in 7 Einzelbänden
Herausgegeben von Friedrich Bohne in Zusammenarbeit mit dem Wilhelm-Busch-Museum in Hannover. detebe 20107–20113

● **Calderón**
Das große Welttheater
Neu übersetzt von Hans Gerd Kübel und Wolfgang Franke. detebe 20888

● **Anton Čechov**
Das dramatische Werk in 8 Bänden
in der Neuübersetzung und Neutranskription von Peter Urban.
detebe

Das erzählende Werk in 10 Bänden
Herausgegeben von Peter Urban.
detebe 20261–20270

● **Joseph Conrad**
Lord Jim
Roman. detebe 20128

Der Geheimagent
Roman. detebe 20212

Herz der Finsternis
Erzählung. detebe 20369

● **Das Diogenes Lesebuch amerikanischer Erzähler**
Geschichten von Poe bis Brodkey.
detebe 20271

● **Das Diogenes Lesebuch englischer Erzähler**
Geschichten von Stevenson bis Sillitoe. detebe 20272

● **Das Diogenes Lesebuch irischer Erzähler**
Geschichten von Wilde bis O'Brien. detebe 20273
Alle herausgegeben von Gerd Haffmans

● **Das Diogenes Lesebuch klassischer deutscher Erzähler**
in 3 Bänden.
Band I: von Wieland bis Kleist.
Band II: von Grimm bis Hauff.
Band III: von Mörike bis Busch.
detebe 20727, 20728, 20669

● **Das Diogenes Lesebuch moderner deutscher Erzähler**
in 2 Bänden.
Band I: von Schnitzler bis Kästner.
Band II: von Andersch bis Widmer.
detebe 20782 und 20776
Alle herausgegeben von Christian Strich und Fritz Eicken

● **Das Diogenes Lesebuch französischer Erzähler**
Geschichten von Stendhal bis Simenon. Herausgegeben von Anne Schmucke und Gerda Lheureux. detebe 20304

● **Fjodor Dostojewski**
Meistererzählungen
Herausgegeben und übersetzt von Johannes von Guenther. detebe 20951

● **Friedrich Dürrenmatt**
Das dramatische Werk in 17 Bänden
detebe 20831–20847

Das erzählende Werk in 12 Bänden
detebe 20848–20860
Herausgegeben in Zusammenarbeit mit dem Autor. Alle Bände wurden revidiert und mit neuen Texten ergänzt.

Über Friedrich Dürrenmatt
Herausgegeben von Daniel Keel. detebe 20861

● **Meister Eckehart**
Deutsche Predigten und Traktate
detebe 20642

● **Joseph von Eichendorff**
Aus dem Leben eines Taugenichts
Novelle. detebe 20516

● **William Faulkner**
Werkausgabe in 19 Einzelbänden
detebe

Briefe
Herausgegeben und übersetzt von Elisabeth Schnack und Fritz Senn. detebe 20958

Über William Faulkner
Herausgegeben von Gerd Haffmans. detebe 20098

● **Federico Fellini**
Werkausgabe der Drehbücher und Schriften
Herausgegeben von Christian Strich. detebe

● **F. Scott Fitzgerald**
Studienausgabe in bisher 8 Einzelbänden
detebe

● **Gustave Flaubert**
Werkausgabe in 7 Bänden
detebe 20721–20725 und 20386

Über Gustave Flaubert
Herausgegeben von Gerd Haffmans und Franz Cavigelli. detebe 20726

● **Ford Madox Ford**
Die allertraurigste Geschichte
Roman. detebe 20532

● **Franz von Assisi**
Die Werke
detebe 20641

● **Goethe**
Gedichte I
detebe 20437

Gedichte II
Gedankenlyrik / Westöstlicher Diwan. detebe 20438

Über Schopenhauer
Herausgegeben von Gerd Haffmans.
detebe 20431

● **William Shakespeare**
Sonette
Deutsch von Karl Kraus. detebe 20381

Dramatische Werke in 10 Bänden
Übersetzung von Schlegel/Tieck. Illustrationen von Heinrich Füßli. detebe 20631–20640

Shakespeare's Geschichten
Sämtliche Stücke von William Shakespeare nacherzählt von Walter E. Richartz und Urs Widmer. detebe 20791 und 20792

● **Alan Sillitoe**
Studienausgabe in bisher 7 Einzelbänden
detebe

● **Stendhal**
Werke in 10 Bänden
detebe 20966–20975

Über Stendhal
Herausgegeben von Irene Riesen.
detebe 20976

● **Laurence Sterne**
Tristram Shandy
Roman. detebe 20950

● **R. L. Stevenson**
Werke in 12 Bänden
in der Edition und Übersetzung von Curt und Marguerite Thesing.
detebe 20701–20712

● **Teresa von Avila**
Die innere Burg
detebe 20643

● **Henry D. Thoreau**
Walden oder Leben in den Wäldern
Vorwort von W. E. Richartz. detebe 20019

Über die Pflicht zum Ungehorsam gegen den Staat
Essay. Nachwort von W. E. Richartz.
detebe 20063

● **Lydia Tschukowskaja**
Ein leeres Haus
Roman. detebe 20008

Untertauchen
Roman. detebe 20393

● **Robert Walser**
Der Spaziergang
Erzählungen und Aufsätze. Nachwort von Urs Widmer. detebe 20065

Maler, Poet und Dame
Aufsätze über Kunst und Künstler. Herausgegeben von Daniel Keel. detebe 20794

● **H. G. Wells**
Studienausgabe in bisher 5 Einzelbänden
detebe

● **Nathanael West**
Schreiben Sie Miss Lonelyhearts
Roman. detebe 20058

Tag der Heuschrecke
Roman. detebe 20059

Eine glatte Million oder Die Demontage des Mister Lemuel Pitkin
Roman. detebe 20249

● **Oscar Wilde**
Der Sozialismus und die Seele des Menschen
Essay. detebe 20003

Die Sphinx ohne Geheimnis
Sämtliche Erzählungen. detebe 20922

● **Hans Wollschläger**
Die bewaffneten Wallfahrten gen Jerusalem
Geschichte der Kreuzzüge. detebe 20082

Die Gegenwart einer Illusion
Essays. detebe 20576

Karl May
Biographie. detebe 20253